KB045939

1
어서오세요 실력지상주의 교실에 2학년편
Welcome to the Classroom of the Second-year
키누가사 쇼고 × 토모세슌사쿠

호우센 카즈오미
1학년 D반 신입생.
보이는 모습 그대로
난폭한 남자.
시바 카츠노리
괴짜만 모인 1학년
D반의 담임.
"알면 빨리 돌아가라.
싸움은 복도에서
하는 게 아니다."
"좋아, 좋아. 이런 학교까지
들어온 보람이 있다니까."

"저는 폭력에
굴하지 않아서요."
나나세 츠바사
1학년 신입생.
몹시 사교적이고
태도가 정중한
소녀지만 D반.

“상위를 노린다면 내가 파트너 해줄까?”

"헤~이. 우수한 파트너를 찾는다면 여기 있는데~?"

"네 이름은?"

"난 1학년 A반 아마사와 이치카.
호리키타 선배와 마찬가지로 학력 A야."
갸루 같은 외모와 어울리지 않게
머리가 좋은 학생이었다.

나나세 츠바사

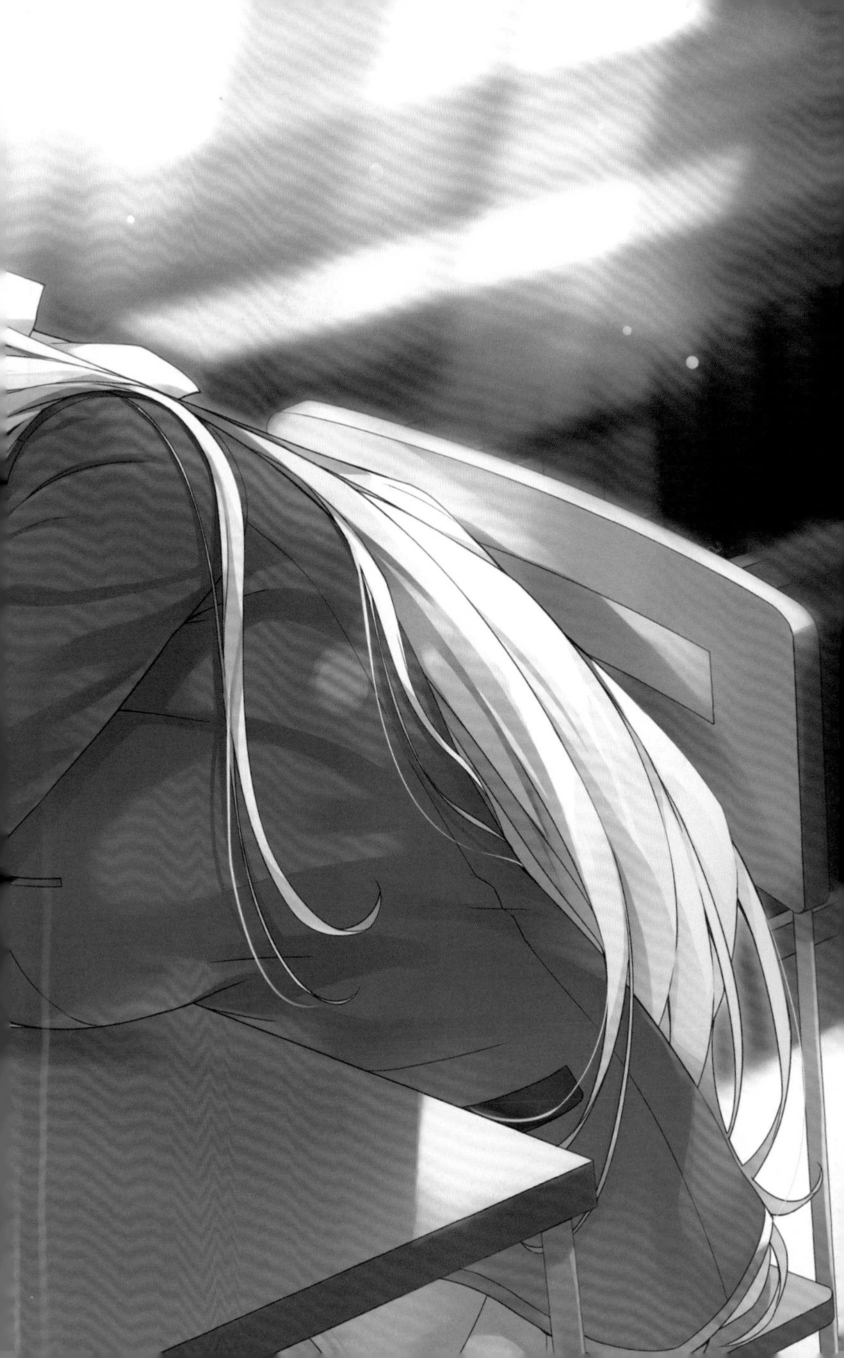

1
어서오세요 실력지상주의 교실에 2학년편
Welcome to the Classroom of the Second-year

어서 오세요 실력지상주의 교실에 2학년 편 1

키누가사 쇼고 지음 / 토모세슌사쿠 일러스트 / 조민정 옮김

소미미디어

어서오세요 실력지상주의 교실에 2학년편 ①

Welcome to the Classroom of the Second-year

contents

커버, 본문 일러스트 : 토모세슌사쿠

○암약

때는 두 달 정도 거슬러 올라간, 2월의 어느 날.

도쿄도의 어느 시설 미팅룸에서 40대로 보이는 남자, 츠키시로가 스크린에 표시된 자료를 읽으며 상황을 설명하고 있었다. 그 말에 귀를 기울이고 있는 것은 10대 청소년. 이제 곧 고등학교에 진학할 15세 아이였다.

다만 그 정체는 단순한 아이가 아니다.

화이트 룸이라 불리는 극비 시설에서 자라며 특수한 교육을 받은 인간.

“이상이 아야노코지 키요타카 및 2학년 총 156명의 상세한 정보입니다. 전부 머리에 잘 넣었습니까?”

츠키시로는 실내에 비치는 스크린을 통해 학교에서 1년 동안 모은 학생들의 자료를 전부 공개했다. 이름과 생년월일, 출신 학교는 물론이고 부모, 형제, 어릴 때부터의 성적이며 교우관계까지. 담임조차 보지 못했을 모든 상세한 자료를 넣은 극비 미팅.

“잘 알겠지만 중요한 건 4월 안에 아야노코지를 퇴학시켜 화이트 룸으로 돌려보내는 것입니다. 이 이상 계획을 끌어서는 곤란하니까요. 하지만 스마트하게 수행해주십시오. 절대 이 일이 세상에 드러나서는 안 됩니다. 만약 우리의 움직임이 정부 쪽 귀에 들어가기라도 한다면, 그분……

선생님의 이름에 먹칠을 하게 될 위험이 있으니까 말이죠."

츠키시로의 설명에 화이트 룸생이 천천히 손을 들었다.

"즉 쓸데없이 튀지 말라는?"

"그렇습니다. 그래서 학생 신분으로 잠입한 자밖에 할 수 없는 일인 겁니다. 나 역시 최대한 뒤에서 지원하겠지만, 앞으로는 사카야나기 측의 경계도 한층 심해질 테니 섣부른 행동은 할 수 없게 되었습니다."

화이트 룸생은 모든 상황을 파악한 듯 보였는데, 표정에 불만도 포함되어 있었다.

츠키시로가 그것을 놓칠 리는 없었다.

"납득이 안 된다는 표정이군요."

등 뒤 스크린에 비친 아야노코지의 사진을 한 번 쳐다본 후, 츠키시로는 다시 그와 시선을 맞추었다.

"그…… 아야노코지가 최고 걸작이라며 치켜세워지는 게 마음에 안 듭니까? 제가 투입되었을 뿐만 아니라 재가동된 화이트 룸의 사람까지 결국에는 실험을 중단하고 끌려왔습니다. 참으로 사치스럽고 극진한 대응이라고 말할 수밖에 없죠. 같은 시설에서 자란 사람들 입장에서는 이보다 더 굴욕적인 일은 없겠지요."

츠키시로는 그 점을 강조하며 다시 설명을 차근차근 이어나갔다.

대항심을 자극해 실력 그 이상을 발휘하게 만들려고 하는 츠키시로의 의도.

아야노코지 키요타카는 최고 걸작이다.

그런 말을 들을 때마다, 마음에 잠재된 감정에 뭔가가 점점 주입된다.

완벽한 공작을 보여주는 츠키시로가 유일하게 잘못 읽었던 감정 부분.

화이트 룸에서 자란 인간이 몸서리쳐질 정도로 세뇌당해야 했던 것.

'아야노코지 키요타카를 뛰어넘는 존재가 되어라.'

그 시설에서 자라지 않은 제삼자는 알 턱이 없는 '증오'의 감정.

그것은 때때로 주체할 수 없을 만큼 부풀어 올라 폭주를 불러일으키고 만다.

"무대는 준비되어 있습니다. 이제 충분히 능력을 발휘하는 것만 남았어요. 검토한 정보를 보니 과분할 정도더군요. 이런 실력이라면 그를 퇴학시키는 것쯤이야 일도 아니겠죠?"

설명 그리고 왜곡된 도발을 끝낸 츠키시로는 스크린 전원을 껐다.

어둠에 휩싸여 있던 실내는 잠시 후 천장 조명이 켜지면서 환한 빛에 휩싸였다.

"자. 질문이 없으면 이걸로 마치죠. 시간은 무척 소중하니까요."

그 말에 화이트 룸생은 아무 일도 없었다는 듯이 퇴실하려고 등을 돌렸다.

츠키시로는 그 태연자약한 태도가 조금 마음에 걸렸다.

자기가 한 설명 중에 잘못된 단어가 있었다는 사실을 직감했다.

하지만 이미 뱉어버린 말은 도로 주워 담을 수 없다.

"한 가지—— 확인하는 걸 깜박했습니다."

화이트 룸생이 퇴실하려는 차에, 등에 대고 츠키시로가 말했다.

"나에게 숨기는 게 있는 건 아니겠죠?"

같은 편에 있다고 해서 그 조직이 반드시 하나로 똘똘 뭉치는 건 아니라는 사실을 츠키시로는 잘 알고 있었다.

생각이 서로 일치하지 않는다면 잘될 일도 그르치기 마련이다.

그래서 하는 확인.

화이트 룸생은 뒤돌아보지 않고 고개만 살짝 끄덕이고는 조용히 떠났다.

그가 퇴실하고 나자, 츠키시로는 다시 한번 실내를 어둡게 하고 스크린에 영상을 띄웠다.

그것은 '아야노코지 키요타카'의 화이트 룸에서의 기록을 담은 모든 데이터.

"이런 단어를 간단히 쓰는 것은 좋아하지 않습니다만……

괴물이군요."

학력은 말할 것도 없고 신체 능력 역시 성인이 무색할 만큼 뛰어나다.

정공법으로 전투의 프로와 대결해도 싱겁게 이겨버릴 수 있을 만큼의 경험, 실적을 쌓았다.

"화이트 룸 동기들끼리의 대결…… 제대로 붙으면, 어떤 결과가 나올지."

물론 츠키시로는 이기기 위한 계획을 단단히 세워두었다.

그래도 100%란 없다.

"잡을 것인가 잡힐 것인가. 애들끼리 노는 거지만, 재미있을 것 같군요."

어른인 츠키시로는 당황하지 않는다. 당황하지 않고, 주어진 임무를 담담히 해나갈 뿐.

○실력이란

21세기도 이제는 익숙해진 지 오래인 어느 해.

전 세계가 다양한 문제에 직면하는 가운데, 일본 역시도 전환기를 맞이했다.

저출산 고령화, 환경 문제, 국력 저하. 쇠퇴하고 있는 일본 사회.

그러한 문제들을 근본적으로 바로잡기 위해, 정부는 인재 육성에 힘쓰기 시작했다.

그리고 그 정책 중 하나로 탄생한 고등학교가 있었다.

전국 각지에서 다양한 학생을 모아 세계로 나아갈 젊은 인재를 육성하는 배움터.

'고도 육성 고등학교'

이 학교 최대의 특징은 중학교까지 쌓아온 성적을 보지 않는다는 것이다.

학교 독자적인 선정 기준에 따라 선발된 학생은 남녀 모두 다양한 특징을 갖추고 있다.

공부는 잘하지만 소통 능력이 떨어지는 사람. 운동은 잘하지만 공부를 못하는 사람.

또는 어느 것 하나 뛰어난 부분이 없는 학생인데도 함께 뒤섞여 교육을 받는다.

일반적인 고등학교라면 일단 상상하기 힘든 구조다.

그렇게 다종다양한 개성을 지닌 학생들이 단체 생활을 하며 반 단위로 겨루게 만든다.

경쟁사회에서 싸워 집단으로 살아남기 위해 필요한 밑바탕을 만드는 것이 목적이리라.

그리고 부적격자 낙인이 찍힌 학생은 가차 없이 퇴학이라는 운명을 맞이한다.

공부 하나만, 운동 하나만 잘해서는 이 학교에서 살아남을 수 없다.

1학년은 총 네 반으로 A반에서 D반까지 있다.

입학 때는 어느 반 할 것 없이 40명씩 있었다. 그래서 총 160명.

더 구체적으로, 이 학교가 다른 고등학교와 크게 다른 점을 소개해보겠다.

우선 기본적인 이야기인데, 졸업할 때까지 3년간 학생은 외부와 연락할 수 없다. 동시에 학교 부지 밖으로 나가는 것도 금지이며, 기숙사 생활을 해야만 한다. 그렇다고는 해도 학교는 광대한 부지 면적을 자랑하고, 학생들을 위한 시설도 충분히 갖추었기 때문에 생활에 별 어려움은 없다. 케야키 몰이라는 학생 및 학교 관계자 전용 대형 상업 시설에는 카페에서부터 가전제품 전문점, 미용실, 노래방까지 필요한 웬만한 것은 다 있다. 만약 그곳에서 살 수 없는 게 있다고 해도 인터넷을 통해 살 수 있다.

또 평소에 물건을 살 때 쓰는 돈은 '프라이빗 포인트'라는 형태로 지급되는데, 이해하기 쉽게 1포인트당 1엔으로 현금 대신 쓸 수 있다.

다만 이 프라이빗 포인트는 무한하게 나오는 게 아니다.

매달 '반 포인트'에 해당하는 수치×100이 프라이빗 포인트로 지급된다.

즉 생활에 필요한 프라이빗 포인트를 모으려면 우선 반 포인트를 확보하는 것이 중요하다.

반 포인트를 늘리는 데에는 몇 가지 방법이 있는데 대표적으로는 '특별시험'이라는 이름의, 학교에서 주는 과제를 클리어하는 것이다.

기본적으로 네 반이 경쟁해서 상위는 반 포인트를 얻고 하위는 반 포인트를 잃는다. 1,000포인트를 가지게 되면 매달 그 반 학생들은 현금으로 10만 엔에 해당하는 용돈을 받게 되며, 반대로 계속 지기만 하면 반 포인트는 가차 없이 0이 되어 매달 받을 프라이빗 포인트 역시 0이 되고 만다.

반 포인트와 프라이빗 포인트의 표리일체 관계는 반 포인트를 모음으로써, 사고방식이 저마다 다른 학생들을 단결하게 만드는 구조이기도 하리라. 반 포인트를 차곡차곡 쌓고 있다는 건 그만큼 학교생활에 충실하다는 의미도 되기 때문이다.

고도 육성 고등학교의 매력은 그뿐만이 아니다.

학교 최대의 '강점'은 A반인 상태로 졸업할 때 있다. 끝내 이겨낸 학생은 원하는 곳으로 진학 또는 취업할 수 있다. 극단적으로 말해서 최고의 난도를 자랑하는 대학이든, 일류 대기업이든 프리패스로 합격이 보장된다. 그렇다고는 하나 그것만으로 낙관할 순 없다. 합격한 후에 자신의 실력이 따라주지 않으면 결국은 나가떨어질 것이야 불 보듯 뻔하니까.

그래도 무척 매력적인 보상이라는 사실은 의심할 여지가 없다.

이렇게 해서 고도 육성 고등학교의 개요는 다 전한 것 같다.

나── 아야노코지 키요타카는 바로 이 주목의 학교에 다니는 학생.

그리고 이제 2학년에 올라간다.

4월 1일 시점에 내가 몸담은 'D반'의 반 포인트는 275포인트. 매달 3만 엔에 가까운 프라이빗 포인트가 들어오는 상태다. 참고로 현재 1위 사카야나기가 이끄는 A반의 반 포인트는 1,119포인트로 압도적이다. 그들을 뒤쫓는 것이 이치노세가 이끄는 B반의 542포인트. 그리고 근소한 차이로 아래인, 류엔이 이끄는 C반이 540포인트.

다른 반과 비교하면 차이가 크긴 하지만, 그래도 많이 좁힌 편이라고 할 수 있으리라.

앞으로 일 년 동안 그 폭을 얼마나 좁히느냐가 승부의 갈림길이다.

○새로운 스테이지

길다면 길고 짧다면 짧은 봄방학이 끝나고 마침내 개학식 날이 되었다. 이날 우리는 1년간 정들었던 교실을 떠나, 2학년으로서 새로운 교실로 이동했다. 언뜻 똑같아 보이는 책걸상인데, 왠지 뭔가가 달라진 느낌이 들었다. 등교한 우리를 제일 먼저 기다리고 있던 것은 칠판에 '표시'된 메시지였다.

'1학년 때와 같은 자리에 앉아 기다릴 것.'

작년까지의 칠판은 교사가 분필로 글씨를 쓰던 것이다.

하지만 지금 눈앞에 있는 칠판은 칠판이면서도 칠판이 아니었다.

이해하기 쉽게 말하자면 커다란 모니터가 칠판의 역할을 대신하고 있었다.

마치 새 제품처럼 광이 나는 점으로 미루어보아, 올해부터 도입된 것이리라.

내 뒤에 교실에 도착한 학생도 칠판을 보고 놀란 것 같았다. 아무튼 지시대로 작년 고정석이었던 창가 제일 뒷자리에 가서 앉았다.

잠시 뒤 시간이 되면 체육관에서 개학식이 열린다.

그런 다음 2시간 정도 담임이 올해 계획이며 필요 사항 등을 설명하고, 오전 중에 해산하는 흐름일 것이다.

봄방학이 이제 막 끝났기도 해서 학생들은 아직 긴장이 풀린 상태. 한동안 만나지 못했던 친구들은 방학 동안 무엇을 하며 보냈는지 이야기꽃을 피우고 있었다.

"안녕."

휴대폰으로 인터넷 정보를 읽으며 시간을 보내고 있는데 누가 말을 걸어왔다.

같은 반 미야케 아키토였다. 내가 친하게 지내는 소수 그룹의 멤버 중 한 명이다.

"봄방학 동안에 잘 안 보여서 걱정했어."

아키토가 그렇게 말했다. 하긴 방학 동안 나는 그룹과 교류를 거의 하지 않았다.

주변 사정이 바쁘기도 해서 소홀히 했달까.

"물론 꼭 모여야 한다는 규칙은 없지만, 하루카 녀석도 그렇고 누구보다 아이리가 너 많이 걱정하던 눈치던데."

그룹 내 여자애들의 기분을 생각하면서 아키토가 그런 조언을 보내왔다.

"미안하다. 앞으로는 다시 자주 얼굴 내밀 생각이야."

"그럼 다행이고. 나도 네가 없으면 적적하다고."

친구한테 그런 말을 들으니 조금 간질간질하다. 하지만 기분이 나쁘지는 않다.

오래 머물 생각은 아니었는지, 아키토는 가볍게 손을 들고는 자기 자리로 돌아갔다.

좋은 친구를 얻었다는 걸 실감했다.

저렇게 마음을 내어 다정한 조언을 해주니까.

그 후로 휴대폰을 만지작거리고 싶은 생각도 사라져서, 반 아이들의 목소리에 가만히 귀를 기울이기로 했다.

화제는 봄방학에서 신입생으로 옮겨갔다.

내일이면 입학식이 있고 1학년이 들어오니까.

작년 우리 D반은 입학하자마자 받은 후한 대접에 마음이 붕 떠버려 발목이 잡혔는데, 그렇게 되어버리는 것도 무리는 아니었다.

입학 직후에 받은 반 포인트는 1,000포인트. 즉 현금으로 10만 엔 상당이다. 학생들은 그 큰돈이 매달 들어오는 줄 알고 흥분해서 대부분 원하는 것을 마음껏 사들였다. 게다가 지각 결석은 당연했고, 수업 중에 잡담하고 조는 일도 많았다.

한편 성실한 학생은 자기 일에만 집중하고, 다른 아이들을 신경 쓰지 않았다.

이유야 여러 가지가 있겠지만, 학교 측이 문제아들을 방치했던 게 가장 컸다. 교사도 그들에게 주의를 주지 않는데, 자신이 굳이 솔선할 필요가 없었다.

하지만 그건 학교 측이 준 첫 '특별시험'이라고 할 수 있다.

초등학교와 중학교의 의무교육과는 다르다는 것을 알아차리는지.

고등학생으로서 당연히 해야 하는 일을 자주적으로 할 수 있는지를 알아보았다.

그리고 보기 좋게 D반은 그 특별시험에서 가장 낮은 평가를 받았다.

그 한 달 뒤인 5월 1일에는 반 포인트가 0이 되어서, 입금 금액도 0으로 뚝 떨어졌다.

그로부터 1년간 D반은 시련의 연속이었지만, 한 번 밑바닥까지 추락했던 것도 있어서 처음에는 따로 놀던 반 아이들이 서서히 성장하고 단결하기 시작했다. 한때는 C반까지 올라갔지만, 학년말 시험 때문에 아쉽게 다시 D반으로 돌아왔다. 하지만 반 포인트는 275포인트까지 회복. A반과의 차이는 아직 많이 나지만, 2학년으로 지내는 이 1년간 반 포인트를 얼마만큼 끌어 올리느냐가 윗반으로 올라가는 데 중요한 요소가 될 것이다.

"좋은 아침~!"

발랄한 여자아이의 목소리가 들려왔다. 이미 교실에 와 있던 여자아이들도 하나둘 반응하고 모여들기 시작했다. 이 반 여학생들을 통솔하는 카루이자와 케이였다. 모여드는 여학생의 수는 점점 늘어났고, 어느새 조금 전과 같은 이야기를 다시 처음부터 시작하고 있었다.

내가 그런 여학생들의 리더 케이와 사귀기 시작한 건 불과 며칠 전.

이 사실을 현재 아는 사람은 당사자인 케이 빼고 아무도 없다.

들려오는 잡담과 함께 회상하고 있는데, 이번에는 마치

비명과도 같이 깜짝 놀라는 목소리가 교실에 울려 퍼졌다. 무슨 일인가 싶어 고개를 든 나는 그 이유를 바로 알 수 있었다.

조용히 등교한 어느 여학생을 보면 지극히 당연한 반응이라고도 할 수 있겠지.

주목을 한 몸에 받은 그 여학생은 별로 반응하지도 않고 자기 자리, 그러니까 내 옆자리로 향했다.

길고 아름다웠던 흑발은 온데간데없고, 이제는 어깨에도 닿지 않을 만큼 짧은 단발이었다.

자신의 오빠인 호리키타 마나부와 화해하고 과거의 자신과 결별하면서 하게 된 단발.

그 사실을 미리 알았던 나는 놀라지 않았지만, 만약 이 순간이 처음 목격하는 것이었다면 주위와 같은 반응을 보였겠지.

"스, 스즈네……? 너, 그, 머리카락…… 머리카락 어떻게 된 거야?!"

그렇게 허둥지둥 소리친 사람은 스도 켄. 호리키타를 좋아하는 같은 반 남학생이다.

그가 친구와의 잡담을 끊고 이쪽으로 달려왔다.

그리고 또 한 사람, 호리키타의 변화에 당황한 듯한 소녀 역시 가까이 다가왔다.

"호리키타, 작심하고 이미지 체인지……했네. 깜짝 놀랐어."

쿠시다 키쿄. 우리와 같은 반으로 호리키타와는 같은 중학교 출신이기도 하다.

"머리 자른 게 그렇게 신기한 일인가?"

호리키타는 스도뿐 아니라 시선을 보내는 많은 학생을 향해 강렬한 눈빛을 슬쩍 던졌다.

"아, 아니, 신기하다기보다 그냥 놀란 거야, 그냥…… 이미지가 확 달라져서……. 그게, 안 어울리는 건 절대 아니고. 짧은 머리도 좋아. 안, 안 그래? 쿠시다?"

임팩트는 강했지만, 스도의 입장에서는 머리 길이 따위 사사로운 것.

오히려 좋아하는 상대의 새로운 이미지를 저항 없이 받아들이며 호감을 표시했다.

하지만 동조를 요구받은 쿠시다는 곤혹스러운 표정을 감추지 않았다.

"그, 그래. 응. 어울린다고 생각해. 그런데…… 무슨 일 있었어?"

구체적인 느낌을 말하는 게 싫었는지, 머리카락을 자른 이유를 묻는 쪽으로 방향을 전환했다.

"무슨 일이라니, 뭔데, 무슨 일이?"

호리키타가 대답하기도 전에 스도가 잡아먹을 듯이 물었다.

"이를테면…… 실연이라든가."

"시시시, 실연?!"

"굳이 말하자면 결의 표명이랄까."

실연이라는 단어를 불식시키듯 호리키타가 바로 대답했다.

"그, 그렇지? 실연 같은 걸 할 리가 없잖아?"

말은 그렇게 하면서도 스도는 식은땀을 엄청나게 흘리는 것 같았다.

"2학년이 된 올해는 D반을 윗반으로 올리기 위해 싸워야 해. 그러기 위해서 스스로 할 수 있는 걸 해보고 싶었어."

"그렇구나. 그럼…… 난 반대로 머리를 길러 볼까나."

애교 섞인 말투였지만 왠지 쿠시다의 진의가 느껴졌다.

싫어하는 사람과 같은 머리 길이인 것을 불만스럽게 느끼고 있다. 기른다는 말을 진심으로 받아들인 사람은 없었겠지만, 어쩌면 정말로 실행에 옮길지도 모른다. 말의 이면에 숨어 있는 거친 감정을 상상하지 않을 수 없었다.

"만족했으면 자리로 돌아가 줄래?"

고작 머리 길이 하나에 일일이 주목받고 싶지 않다며 호리키타가 말했다.

주위에 강렬한 인상을 남긴 호리키타는 자신이 주목받는 것이 다소 불만이었던 모양이다.

언짢아하고 있었는데, 다행히 바로 종이 울려서 잡담은 강제 종료되었다.

1

개학식이 끝나고 빨리도 며칠이 흘렀다. 주말이 지나고 찾아온 월요일.

평온한 학교생활. 반복되는 일상.

신학기의 막이 올라가고 크게 달라진 점은 칠판이 디지털화되었다는 것 그리고 교과서가 전부 태블릿으로 바뀐 것이다.

나는 지난주에 새로 받은 태블릿 단말기를 내려다보았다.

전자책의 눈부신 보급이 이루어졌듯 수업에 쓰는 교과서도 태블릿으로 대체되었다.

태블릿은 학생당 한 대씩 주어졌으며, 교실 뒤편에는 고속 충전이 가능한 기기도 새로 설치되었다. 만에 하나 수업 중에 배터리가 다 되지 않도록 모바일 배터리도 갖춰져 있었다. 태블릿을 가지고 귀가하는 것은 원칙적으로 금지였지만 필요한 데이터를 네트워크로 공유해서 가져가는 것은 허용되었다.

번거로웠던 대량의 교과서는 전부 이 12인치형 태블릿에 데이터로 담겼다. 도형과 사진 등도 마음대로 조작, 활용할 수 있을 뿐만 아니라 영어 수업을 할 때는 외국인과 원활하게 대화할 수 있는 등 세계화에도 대응 가능했다.

정부가 감독하는 학교라는 것을 생각하면 오히려 도입이 늦었다고 할 수도 있다.

다만 그 진보가 반드시 옳은가 묻는다면, 지금 시점에서는 아직 불투명하다.

아이들이 장차 사회에서 활약할지 어떨지에 따라 그 평가가 크게 달라지겠지.

중요한 2학년 때 배우는 학습 범위는 1학년 때보다도 당연히 난도가 올라갔다. 다른 고등학교의 수준이 어느 정도인지는 모르겠지만, 적어도 이 학교는 중간보다 위에 위치할 것이다. 스도와 이케가 자기 힘으로 공부를 어디까지 따라올 수 있을까. 역시 아무도 퇴학당하지 않으려면 지금까지 해왔던 것보다 더 많은 뒷받침이 필요 불가결하다.

어쨌든 크게 달라진 점은 공부와 관련된 디지털화 정도인데, 그 이외에도 굳이 예를 들자면 프라이빗 포인트를 써서 원하는 자리를 확보할 수 있는 점이라고 할까. 나는 창가에서 오히려 복도 쪽 제일 뒷자리로 이동했다. 복도와 가까운 자리는 사람 출입이 잦기 때문에 일반적으로 인기가 없다는 모양이지만, 나는 별로 상관없었다.

또 학교생활을 하다 보면 신입생과 마주칠 일도 많아지는데, 동아리 활동을 하지 않는 나로서는 당연히 이렇다 할 변화가 없어서 아직 아무와도 얘기를 나눠보지 않았다. 1년 전에도 상급생과 제대로 대화한 것은 과거 문제를 이용할 수 있는 특별시험 때가 처음이었으니까 이상한 일도 아니지.

아무튼 새 학년이 시작되고 며칠은 아무 일 없이 조용히 흘렀다.

"다 모였겠지?"

종이 울림과 거의 동시에 교실에 등장한 담임 차바시라.

아침 홈룸 시간이 시작되어 교단에 선 차바시라의 표정은 진지 그 자체였다.

이후로 1, 2교시에 수업이 없는 것을 보아 무슨 일이 있을 거라고 예상할 수 있었다.

아무래도 얼마 되지 않은 평온한 일상이 곧 끝을 고할 것 같다.

"선생님, 특별시험이에요?"

담임이 말하기도 전에 이케가 물었다.

장난스러운 태도는 아니고, 어디까지나 의욕이 입 밖으로 나오고 만 것이리라.

그것은 차바시라도 알고 있었기에 특별히 문제 삼지 않았다.

예전에는 특별시험이 시작될 때마다 학생들 대부분이 불안해하기만 했었다.

하지만 이제는 위로 올라가기 위해 피할 수 없는 길.

피하지 않고 맞서려 하는 자세가 나오고 있었다.

"궁금하겠지만 이야기를 꺼내기 전에 먼저 해야 할 일이 있다. 앞으로의 학교생활에 있어서 무척 중요한 거야."

차바시라는 자신의 휴대폰을 꺼내 우리에게 보여주면서 말을 이었다.

"모두 휴대폰을 꺼내 책상 위에 두어라. 만약 잊고 안 가져온 학생이 있다면 지금 돌아가서 가져와야 하는데……
그런 학생은 아무래도 없겠지."

휴대전화는 이제 생활의 필수품. 그 어떤 것보다 항상 몸에 지니는 물건이라 할 수 있다.

잠시 뒤 책상 위에 놓인 39개의 휴대폰을 확인하고 차바시라가 다시 말했다.

"그럼 우선 각자 학교 홈페이지에 접속해서 새 어플리케이션을 설치해라. 지금부터 다운로드 가능하게 되어 있을 거다. 어플의 정식 명칭은 over all ability인데, 설치하고 나면 'OAA'라고만 표시될 거야."

칠판 화면이 바뀌어, 실연을 겸한 실사 영상과 문자로 된 설명이 시작되었다.

디지털화함으로써 얻을 수 있는 편리한 부분이라고 할 수 있으리라.

차바시라의 말과 칠판에 표시된 설명에 따라 휴대폰에 어플을 깔자 학교 그림으로 보이는 아이콘이 OAA라는 명칭과 함께 생성되었다.

"모두 여기까지 작업이 끝나고 나면 휴대폰을 내려놓도록. 모르는 사람이 있으면 손을 들고."

과연 간단한 작업. 늘 하는 익숙한 일에 고전하는 학생은 없어서 원활하게 진행되었다.

"너희 D반뿐 아니라, 지금 모든 학년이 일제히 설치 작업을 하고 있다. 이건 고도 육성 고등학교 학생에게 다양한 혜택을 제공할 뛰어난 어플이야. 백문이 불여일견이라고 했으니, 직접 열어보도록 하지."

아이콘을 눌러 어플을 켰다. 그러자 자동으로 휴대폰 카메라가 켜졌다.

"학생증을 카메라가 인식하면 자동으로 초기 셋업이 완료된다."

지시에 따라 카메라로 학생증을 비추자 얼굴 사진과 학적번호 등이 인식되어 로그인되었다.

"이렇게 해서 모두 계정이 하나씩 만들어졌다. 이후부터는 따로 로그인할 필요가 없고 휴대폰과 계속 연결되어 있으니, 관리에 주의를 기울이도록."

로그인이 끝나자 누를 수 있는 몇 가지 항목이 나타났다.

"이 어플에는 전 학년의 개인 정보가 들어 있다. 예를 들어 2학년 D반 항목을 누르면 너희들의 이름이 오십음도* 순으로 표시된다. 해볼까?"

과연 총 39명의 얼굴 사진과 이름이 아이우에오 순으로 표시되었다.

"누굴 보든 상관없지만, 우선은 자기 것을 눌러보는 게 좋겠지."

들은 대로 자기 이름을 눌렀다.

생년월일 등이 나올 줄 알았더니 그렇지 않았다.

화면에 처음 보는 항목과 수치가 표시되었다.

---

*일본의 글자 오십음을 표로 배치한 것

2-D 아야노코지 키요타카

1학년도 성적
학력 C (51)
신체 능력 C+ (60)
기지 사고력 D+ (37)
사회 공헌도 C+ (60)
종합 능력 C (51)

"서, 선생님, 왜 제 성적이 게임처럼 수치화되어 있는 거죠?!"

"맞아. 이건 1학년을 마친 시점까지의 성적을 바탕으로 학교 측이 만든 너희의 개별 성적이다. 우리 반뿐만이 아니라 다른 반은 물론이고 모든 학년 학생의 성적을 열람할 수 있다. 앞으로 교육해나가는 데 중요하다고 판단되어 채택되었지."

즉 이 OAA라는 어플의 역할은 개개인의 성적을 수치로 파악하는 데 있다는 것이다. 또 모든 학생에게 오픈 채팅을 보낼 수도 있는 듯했다.

화면의 오른쪽 위에는 '?' 마크와 함께 '설명'이라는 단어가 있었는데, 그것을 누르니 각 항목의 자세한 내용이 표시되었다.

학력…… 주로 일 년 동안 치르는 필기시험의 점수로 산출된다

신체 능력…… 체육 수업에서의 평가, 동아리 활동에서의 활약, 특별시험 등의 평가를 통해 산출된다

기지 사고력…… 친구의 수, 그 입지를 비롯한 소통 능력과 기지를 발휘하는 능력 등 사회에 대한 적응력을 구해 산출한다

사회 공헌도…… 수업 태도, 지각 결석을 비롯해 문제 행동의 유무, 학생회 소속에 의한 학교 공헌도 등 다양한 요소를 통해 산출된다

종합 능력…… 위 네 가지 수치를 통해 도출되는 학생의 능력인데 단, 사회 공헌도는 종합 능력에 미치는 영향이 반감된다

※종합 능력을 구체적으로 구하는 방법

(학력+신체 능력+기지 사고력+사회 공헌도×0.5)÷350×100으로 산출(사사오입)

그렇군. 내 기지 사고력이 다른 항목보다 낮은 것도 납

득이 가는 평가 기준이란 건가.

내 친구의 수와 소통 능력은 빈말이라도 높지 않으니까 말이지.

다른 항목도 평소 보이는 모습으로 평가하는 거라면 타당한 숫자라고 말할 수 있을 것 같다.

1학년도 성적 이외에도 2학년도 성적, 3학년도 성적 항목이 있었는데 현재는 공백.

"지금은 1학년도 성적만 나와 있지만, 2학년이 된 오늘부터 현재진행형으로 새로운 평가가 시작된다. 갱신은 반 포인트와 마찬가지로 매달 초에 된다. 스도, 네 지금 학력은 E로 판정되어 있지만, 만약 다음 필기시험에서 만점을 받는다면 2학년도 성적 페이지에는 A+ 평가가 뜨게 되겠지."

요컨대 1학년도와 2학년도의 평가가 별개로 이루어진다는 것이다. 또 연간 성적은 늘 기록으로 남는다. 가령 4월에 스도가 필기시험에서 만점을 받아 학력 A+가 된다고 하더라도, 그다음 필기시험에서 빵점을 받으면 그 중간인 C 전후의 평가를 받게 된다는 건가. 그런 식으로 1년이 지나고 마지막에 종합 평균이 남는 구조. 이 어플의 특필할 만한 점은 자기 반에 한하지 않고 OAA를 통해 확인할 수 있다는 거겠지. 그동안에는 지금까지 교류가 전혀 없었던 학생에 관해서는 직접 정보를 모으지 않으면 알 수 없었는데, 이제 이걸 보면 이름, 얼굴, 그리고 성적까지도 선후배할 것 없이 일목요연하게 알 수 있다. 참고로 1학년들은 중학교 3학년 때 정보와 입학시험을 바탕으로 데이터가 만들어진 모양이었다. 학력과 신체 능력, 사회 공헌도는 그렇다고 쳐도, 기지 사고력은 그만큼 들어맞지 않을 가능성이 있다.

편리한 성적 확인 도구…… 아니, 그게 전부일 리는 없다.

이 OAA가 뭔가 중요한 역할을 맡게 되리라는 것은 명백하다.

"만족스럽지 않은 성적을 받은 학생 중에는 기록이 남는 게 불만스러운 사람도 있겠지. 하지만 그런 1년을 보낸 건 다름 아닌 자신이라고 받아들이는 수밖에 없어."

중요한 학력과 신체 능력이 E 판정에 가까울수록 학생으로서 오점을 남기는 형태가 될 테니.

"하지만 1학년도 성적은 어디까지나 과거의 것이다. 2학년이 된 너희의 앞길에는 아무 영향도 주지 않아. 즉 그동안 한심한 성적을 받았던 사람이라도 이 기회에 인식을 새롭게 하는 것이 중요하다. 성적의 가시화는 그렇게 성장을 촉진하는 효과를 기대할 수 있지."

앞으로 누구나 열람할 수 있는 어플에 개인 성적이 기록으로 남게 되면 조금이라도 더 돋보이려고 노력하려는 사람도 많아지겠지. 차바시라의 말처럼 성적 향상을 촉진하는 효과는 어느 정도 있을 것 같은데…….

"선생님, 사회 공헌도만 다른 세 항목과 조금 평가 방법이 다른 건 왜 그런 건가요?"

사회 공헌도가 종합 능력에 미치는 영향은 절반 정도 낮다.

그 점이 궁금했는지 히라타 요스케가 질문했다.

“학력, 신체 능력, 그리고 기지 사고력. 이 세 항목은 학교 측이 아주 중요한 채점 요소로 판단하고 있어. 반면 사회 공헌도는 조금 달라. 사회 공헌도는 기본적으로 ‘도덕’, ‘매너’가 기준이다. 교사를 대하는 말투와 태도, 지각 결석의 유무. 다양한 규칙을 준수하는가. 그리고 발언력과 그 정확성 등 각 방면에서 학생을 보고 심사한다. 어떻게 보면 상식적이고 당연히 갖춰야 하는 능력이기 때문에 종합 능력에 미치는 영향을 낮게 설정한 것이다.”

하루아침에 되는 게 아닌 세 항목과 달리, 사회 공헌도는 그날부터 생각과 태도를 어떻게 바꾸느냐에 따라 크게 개선할 수 있는 여지가 있다. 그런 차이점인가.

“이 어플은 평등하다. 반이 위로 올라가고 아래로 내려가고와는 전혀 상관이 없어. 모두 똑같이 평가받는다. 지금 종합 능력에서 높은 평가를 받는 학생은 한 인간으로서 칭찬받아 마땅한 성과를 남겼다고 말할 수 있겠지.”

기본은 오십음도 순 나열이지만, 정렬 기능도 있는 듯했다.

그래서 현재 2학년 D반에서 종합 능력이 가장 높은 학생이 누구인지 일일이 눌러 확인할 필요가 없었다.

정렬 기능을 시험해보니 종합 능력에서 제일 위에 있는 사람은 요스케였다.

2-D 히라타 요스케

1학년도 성적
학력 B+ (76)
신체 능력 B+ (79)
기지 사고력 B (75)
사회 공헌도 A- (85)
종합 능력 B+ (78)

새삼 수치로 보니 요스케의 우수함을 한눈에 알 수 있었다. 어떤 부분을 봐도 높은 수준으로 반박할 여지 없는 성적이었다. 1학년 마지막 무렵에 나약한 마음을 드러내지 않았더라면 좀 더 높았을지도 모른다.

반대로 종합 능력이 낮은 순으로 재배열해보니 이케가 제일 위에 있었다. 종합 능력은 37.

그리고 동률로 종합 능력 37이 표기된 곳에 사쿠라 아이리의 이름도 있었다.

주위에서 꼴찌의 가능성을 높게 점쳤던 스도는 학생 몇 명 정도 위에 이름을 올렸다.

2-D 스도 켄

1학년도 성적

학력 E+ (20)
신체 능력 A+ (96)
기지 사고력 D+ (40)
사회 공헌도 E+ (19)
종합 능력 C (47)

학력과 사회 공헌도는 지난 1년 동안의 불량했던 행동과 맞물려 몹시 낮은 평가. 하지만 그것을 만회하기에 충분한 높은 신체 능력 평가 덕에 최하위를 면했다. 살펴보니 2학년 전체 신체 능력 항목에서 혼자 유일하게 A+를 받았다는 것을 알 수 있었다.

입학 초기보다 학력도 좋아졌고, 정신적인 면에서의 성장도 엿보이는 스도 켄은 2학년도부터 기록될 성적이 크게 올라갈 것 같다.

"그리고 이건 D반과 직접적인 관련은 없는데, 2학년에서는 예외적 조치로 A반 사카야나기 아리스의 신체 능력 평가만은 학년 최하위 학생과 같은 수치로 평가하게 되었다."

2학년 A반 사카야나기 아리스는 신체에 핸디캡을 안고 있다.

평소에 걸을 때도 지팡이가 있어야만 한다.

즉 운동하고 싶어도 할 수 없는 것이다.

그렇다고 해서 신체 부분을 빼고 종합 점수를 낼 수도 없는 노릇. 그런 의미에서는 최하위에 맞추는 것이 타당한 판단이라고 할까.

어쨌든 이 능력의 가시화는 나구모가 주장했듯 개인 실력을 반영해나갈 때 필요한 것일지도 모르겠다.

"이 어플은 성적에 대한 의식 개혁, 그리고 학년과 관계없이 이름과 얼굴을 바로 알 수 있으니 교류를 도모하는 중요한 도구로 활약하겠지. 하지만…… 그게 전부가 아니라고 나는 생각한다. 이건 개인적인 억측인데—— 지금으로부터 1년 후, 종합 능력이 일정 수준을 만족하지 못한 학생에게는 '어떠한 페널티'가 주어지지 않을까."

"페널티…… 설마, 퇴학……?"

"그럴 가능성도 있겠지. 다만 말했다시피 이건 내 억측이다. 반드시 그렇다는 건 아니야. 하지만 종합 능력이 E 판정에 가까울수록 그럴 위험이 커진다고 생각하는 게 좋을 거다."

현시점에서 최하위인 이케와 아이리는 종합 능력이 E에 가까운 판정을 받았다.

이대로 작년과 비슷한 한 해를 보낸다면 위험 영역이다.

"너희들 중에는 자기 평가와 학교 평가의 차이에 불만을 느끼는 사람도 있겠지. 하지만 이게 현재 '학교 측이 너희에게 내린 평가'다. 그 점에 불만이 있다면 학교 측이 납득할 수 있도록 올해 잘 보여줘라. 학교라고 해서 다 만능인 건 아니니까."

"하, 하지만 어떻게 보여주면 되는데요, 선생님!"

최하위를 확인한 이케가 허둥지둥 손을 들었다.

"동아리 활동을 하는 학생과 하지 않는 학생은 신체 능력의 사정 정밀도에 아무래도 차이가 있겠지. 자신 있다면 동아리에 들어가는 것도 방법의 하나가 아닐까."

더 많은 상황을 만들어 학교 측에 어필하는 학생이 기본적으로 우대받는다는 뜻이다. 그렇다고는 해도 케이스 바이 케이스. 자칫 어필이 너무 지나치면 문제가 될 수도 있을 것 같다.

"꼭 개인전 같네."

그렇게 중얼거린 호리키타의 발언을 차바시라는 놓치지 않았다.

이때까지 반끼리 싸워오던 흐름을 일축하는 듯한 어플 도입.

그러한 느낌을 받는 것은 호리키타만이 아니겠지.

"그건 오답이기도 하고 정답이기도 하다. 올해부터 도입된 이 시스템은 현 학생회장인 나구모 미야비가 발안한 것을 학교 측이 받아들여서 실현한 거야."

개인의 실력으로 평가받는 구조를 만들겠다고 했던 나구모의 꿈이 구현되었군. 작년에 움직임이 별로 없었던 것은 이 어플을 도입하기 위해 그만큼의 시간과 노력을 쏟아부었기 때문이리라.

"하지만 지금까지 그래왔듯이 반 단위로의 요구가 기본 개념이라는 사실은 변함없다. 그것만은 잊지 말고 하루하루 임해주기를 바란다."

어플 설치 그리고 설명까지 끝났을 때 1교시가 종료되었다. 쉬는 시간이 되자 학생들은 저마다 휴대폰 화면을 뚫어지게 들여다보았다. 자신에 대한 평가는 말할 것도 없고, 반 친구와 다른 반 학생들의 성적도 확인해보고 싶은 법이니.

"아니 내가 코엔지보다 일반 상식이 없다는 식으로 나오다니 마음에 안 든다고!"

어플을 잡아먹을 듯이 보던 스도가 그렇게 소리치며 코엔지를 노려보았다.

나는 귀를 열어둔 채(그냥 있어도 들을 수밖에 없는 성량이었지만) 어플을 확인해보았다.

2-D 코엔지 로쿠스케

1학년도 성적
학력 B (71)
신체 능력 B+ (78)
기지 사고력 D- (24)
사회 공헌도 D- (25)
종합 능력 C (53)

평소에 수업이나 시험 등에서 나름대로 스펙을 발휘하

는 코엔지는 학력과 신체 능력이 높이 평가되었다.

"뭐 어때. 신체 능력은 네가 훨씬 앞서잖아."

딱히 뛰어난 부분이 없는 이케가 부럽다는 듯이 중얼거렸다.

"그건 코엔지가 제대로 안 하니까 그렇지. 인정하긴 싫지만."

스도의 말처럼 코엔지의 신체 능력은 차원이 다르게 높다. 스도와 동급이거나 또는 그 이상의 잠재력을 지닌 것으로 예상되지만, 동아리에 속해 있지 않은 데다가 체육 수업 때도 자기 기분에 좌우되는 면이 많아 기복이 심하다. 흥미를 느끼지 않으면 대수롭지 않게 농땡이를 치고, 하던 도중에 갑자기 내던져버릴 때도 있다. 처음부터 몸을 움직이려고 하지 않는 것도 그리 드문 일이 아니다. 반면 스도는 어떤 과제든 늘 진지하게 임해서 최고 성적을 받는다. 비슷한 신체 능력이라도 평가에 큰 차이가 생기는 게 당연할지도.

스도가 문제 삼는 것은 사회 공헌도 부분, 즉 매너와 도덕에 관해서인데, 비난의 화살을 받기로 치면 코엔지도 스도에게 뒤지지 않는 문제아다.

그래서 근소한 차이라고는 하나 자신이 아래라는 사실이 마음에 들지 않는 것 같았다.

스도가 억울해하는 것도 모르는 바는 아니지만…….

코엔지가 스도보다 사회 공헌도 부분의 점수가 높은 이

유는 학교와 반에 직접적으로 마이너스가 되는 행동을 스도보다 적게 해서가 아닐까. 정학, 폭력 소동 등으로 페널티를 받은 스도가 아래인 것은 그리 이상하지 않다.

코엔지 본인도 이 대화를 듣고 있었지만, 조금도 상대하려고 하지 않았다.

모두의 신경이 쏠려 있는 OAA를 필요 이상으로 보려고도 하지 않았다.

학교생활을 한 지 일 년이 넘었는데 제일 변하지 않은 사람은 코엔지일지도 모르겠다.

여하튼 우리 학생들은 이렇게 해서 지난 일 년 동안의 성적이 가시화되었다.

이 시스템은 학생에게 도움이 되겠지만, 부작용도 있다.

바로 종합 능력이라는 항목이 생기는 바람에 잠정적인 실력 순위가 보이게 되었다는 점이다.

만약 지금 당장 까다로운 특별시험을 치러야 한다면 퇴학 후보자로 언급될 사람이 누구인지는 불 보듯 뻔하겠지. 필시 종합 점수가 낮은 학생에게 집중될 테니까.

아마 이케와 함께 꼴찌에 이름을 올린 아이리는 내심 속이 말이 아닐 것이다.

2

OAA 도입에 관한 화제가 식기도 전에 2교시가 시작되었다.

아마 지금부터 본격적으로 '그 이야기'가 이어지리라.

그러한 학생들의 짐작은 너무나 쉽게 적중했다.

"지금부터 특별시험의 개요를 설명하겠다."

마치 평소대로 수업을 시작하는 것처럼, 그렇게 말을 꺼낸 차바시라.

"2학년으로 올라온 너희가 치르게 될 첫 특별시험, 그 내용에는 지금까지 없었던 새로운 시도가 들어가 있다. 어플 도입처럼 말이야."

츠키시로의 영향인가, 아니면 나구모의 영향인가. 학교의 구조가 크게 변하고 있는 듯했다.

"제일 중요한 내용부터 알려주자면, 신입생인 1학년과 너희 2학년이 파트너가 되어 필기시험을 치른다."

"1학년이랑…… 파트너……?"

지금까지 학년을 뛰어넘어 뭔가를 한 적은 거의 없었다.

합숙 등 예외는 있었지만, 기본적으로 반끼리 경쟁하는 구조인 이상 당연한 일이었다.

그런데 OAA의 도입으로 그 벽을 허물었다는 건가.

"이번 특별시험은 주로 필기시험과 소통 능력을 묻게 된다."

공부와 소통 능력.

언뜻 보기에 어울리지 않는 항목들.

"필기시험의 중요성은 새삼 설명할 필요도 없고, 학교는 지금까지 체육대회와 합숙 정도 말고는 다른 학년과의 교류를 심화하지 않았지. 따라서 학생들의 소통 능력에 진전이 없다고 판단했다."

"하, 하지만 저희는 같은 학년끼리 경쟁하는 시스템이잖아요? 왠지 위화감이 느껴지는데……."

1학년과 얽혀야 한다는 것에 불만을 드러내는 이케.

"그것도 이해는 한다만, 객관적으로 생각해봐라. 네가 사회에 나간 첫해에 만나게 되는 사람이 반드시 너와 같은 사회초년생들만일까? 2년 차도 있을 거고, 20년 30년 차 베테랑도 있겠지. 너희는 그들과 같은 세계에서 싸워야 해. 나이 차이가 큰 상대가 라이벌이 될 때도 있겠지."

"그건…… 뭐, 대충 상상은 가지만요."

"전 세계가 실력주의로 이행되어가고 있지만, 대부분의 일본 기업은 여전히 연공서열과 종신고용에 묶여 있어. 후배와 뭔가를 하는 건 이상하다, 선배와 뭔가를 하는 건 이상하다. 이 특별시험의 내용을 들은 순간 그런 생각을 했다면, 지금 인식을 다시 해주길 바란다. 이해하기 쉬운 예를 들자면 월반도 그중 하나지. 미국과 영국, 독일 등지에서는 당연하게 시행 중인 제도야. 어린아이가 고등학생, 대학생 틈에 끼여서 공부하는 것도 드물지 않아. 그런데 이 교실에서 초등학생이 너희와 똑같이 배우고 있는 상황을, 너희는 상상하고 받아들일 수 있나?"

반 아이들은 차바시라의 말에 따라 상상해보았을 것이다. 그리고 분명 받아들이지 못했을 것이다. 말도 안 돼, 이상해, 하고 느꼈으리라.

과연 일본에서는 월반 제도가 무척 드물다. 특정 조건이 있다고는 해도 실제로 월반할 수 있다는 사실을 모르는 자도 많겠지. 일률적으로 가르치는 현 일본의 교육 방침과 맞지 않는 제도라 대부분 월반 제도를 받아들이지 못하는 실정이다. 물론 화이트 룸에는 획일적인 학습 속도란 게 없으니 나는 잘 이해할 수 있지만.

다만 차바시라의 말이 무조건 옳다 하기는 어렵다.

무엇이든 다른 나라를 따라 하기만 해서는 곤란하다. 일본에는 일본의 풍토에 맞는 교육이 있을 테니까. 차바시라도 그 정도는 알고 있을 거다. 아마 위에서 그렇게 설명하라고 지시했겠지.

"앞으로는 1학년이나 3학년과 경쟁하는 경우도 종종 있겠지. 하지만 이번만큼은 어디까지나 협력 관계를 맺어야 한다는 걸 잘 기억해두도록."

이것이 필기시험과 소통 능력을 전부 요구하는 특별시험이 된 이유인가.

어떤 규칙으로 치러질지, 가늠조차 하지 못한 학생들이 고개를 갸우뚱거렸다.

"이해를 도우려면 작년 특별시험을 떠올리는 것이 제일 좋겠지. 같은 반에서 파트너를 찾는 형태였던 페이퍼 셔플의 개량형이라고 생각하면 이해하기 쉬울 거다."

페이퍼 셔플인가.

페이퍼 셔플은 같은 반 내의 두 사람이 팀을 이루어 시험을 치르는 형식이었다.

요컨대 같은 반끼리가 아니라 1학년과 파트너를 맺으라는 거군.

차이는 그것뿐인데도 지난번과는 상황이 크게 달랐다.

"1학년 어느 반의 누구와 팀을 이룰지도 개인의 자유야. 시험 기간은 오늘을 포함해서 약 2주 뒤인 월말까지. 신중하게 파트너를 고를 시간, 그리고 공부할 시간이 충분하지."

이런 특별시험이라면 OAA 어플을 지금 설치하게 한 것도 수긍이 간다.

1학년은 당연히 선배의 얼굴이나 이름을 잘 모른다.

2학년도 당연히 후배의 얼굴이나 이름을 잘 모른다.

예전에 치렀던 페이퍼 셔플은 같은 반 안에서 치렀기에 여러 가지로 조정해서 자유롭게 팀을 짤 수 있었다.

즉 공부에 약한 학생을 도와주기 손쉬웠다. 하지만 이번 시험은 다르다. 저마다 우수한 파트너를 찾아내는 것을 전제로 움직여야 한다. 심지어 팀을 이룰 상대는 같은 학년이 아니라 잘 알지도 못하는 후배.

1학년에게는 1학년의, 2학년에게는 2학년의 사정이란 게 있다. 무엇보다도 신뢰 관계를 처음부터 쌓아가려면 그만큼 시간이 든다.

이런 걸 어플 없이 구축하려고 한다면 2주 가지고는 턱도 없으리라.

하지만 OAA를 보면 이름과 얼굴을 알 수 있기 때문에 어느 정도 문턱이 낮아진다.

게다가 현재 학력도 대충 파악할 수 있으므로 팀을 이룰 때 참고하기 좋다.

“시험은 당일에 총 다섯 과목을 치른다. 한 과목당 100점씩, 총 500점 만점이야. 그리고 제일 중요한 규칙인데…… 이번에는 반의 승패와 개인의 승패, 두 종류가 있다.”

차바시라는 칠판을 손가락으로 눌러 특별시험의 설명을 불러왔다.

학년별 반의 승패

반 전원의 점수와 파트너 전원의 점수로 도출된 평균점으로 겨룬다.

평균점이 높은 순서대로 50포인트, 30포인트, 10포인트, 0포인트의 반 포인트 보수가 지급된다.

개인의 승패

파트너와 합한 점수로 채점된다.

상위 다섯 팀에 특별 보수로 각 10만 프라이빗 포인트가 지급된다.

상위 30% 팀에 각각 1만 프라이빗 포인트가 지급된다.

총점이 500점보다 아래일 경우 2학년은 퇴학, 1학년은 가진 반 포인트와 상관없이 세 달간 프라이빗 포인트가 지급되지 않는다.

또 의도적으로 문제를 틀리는 등 점수를 조작, 낮춘 것으로 판단되는 학생은 학년을 불문하고 퇴학 처리된다. 마찬가지로 제삼자가 낮은 점수를 강요한 경우에도 퇴학 처리된다.

"이제 대충 알겠지. 이번 시험은 학력 평가가 높은 학생부터 순서대로 낙점된다는 거."

OAA가 없으면 자세하게 알 수 없는데, 이 어플이 등장함으로써 학생의 실력이 적나라하게 드러나게 되었다. 학력 판정이 낮으면 낮을수록 파트너를 찾기 어려워질 것이다.

학력 면에서 불안을 느끼는 학생은 끝까지 남는 경향이 현저하겠지.

머리 좋은 학생은 당연히 공부 잘하는 파트너와 팀을 이루어 상위 보수를 노릴 것이다. 학력에 불안을 느끼는 학생 역시 살아남기 위해 공부 잘하는 파트너를 찾겠지. 결국 남은 하위 학생들끼리 팀을 이루면 500점을 넘기란 힘들 것이다. 그렇게 되면 2학년에게는 퇴학이라는 혹독한 현실이 기다리고 있다.

2학년은 학교의 구조를 이해하고 있고, 반 내에서 조금씩 우정이 싹트고 있으니 상위 보수를 포기하고서라도 반 친구를 도우려 하겠지만, 1학년은 아직 반에 결속력이 없을 것이다. 딱히 친구도 아닌 반 아이가 석 달 동안 프라이빗 포인트를 받지 못한들, 별로 대수롭지 않게 생각하겠지. 정확히 1년 전, 우리 반의 학생들이 스도를 외면하려고 했던 것처럼…… 아니, 그 이상으로.

"파트너는 양자가 동의해야 성립하고, 등록은 OAA에서 하면 된다. 등록은 이 순간부터 언제든 할 수 있지만, 한번 파트너를 등록한 후에는 그 어떤 이유가 있든지 간에 팀을 해체할 수 없다."

그렇다면 상대의 학력이 웬만큼 높지 않은 한 바로 결정하기 어렵겠군.

안이한 결단은 나중에 후회를 낳을 가능성이 있다.

화면이 바뀌어, 이번에는 파트너에 관한 정보가 표시되었다.

파트너를 결정하는 방법과 규칙

OAA를 이용하여 희망 학생을 하루에 단 한 번 신청할 수 있다(수락되지 않았을 경우 신청은 자정에 리셋된다).

상대가 신청을 수락했을 경우에는 파트너가 확정되고, 이후 해체할 수 없다.

※퇴학이나 큰 병 등 어쩔 수 없는 경우는 제외한다.

파트너가 확정된 두 사람은 다음 날 아침 8시에 일제히

OAA상에 정보 표시가 갱신되며, 새 신청을 받을 수 없다.
※파트너를 이룬 상대가 누구인지는 명기되지 않는다.

즉 대충 대량으로 신청 메일을 보내는 것은 불가능하고, 특정 인물에게 보내더라도 그 인물이 같은 날 다른 학생과 파트너가 됐다는 사실은 다음 날 아침 8시에 알 수 있기 때문에 신청이 허사로 돌아갈 가능성도 있다.

뭐, 잘 알지도 못하는 사람의 신청을 받아들일 학생이 있을지 모르겠지만.

아마 이 규칙은 누가 누구와 팀을 이루었는지 모르게 하려는 조치일 것이다. 팀이 되자마자 반영된다면 각반의 전력 분석도 쉽게 할 수 있으니까.

"선생님! 저랑 팀이 되려는 후배는 절대 없을 거라니까요! 설마 저 같은 바보는 소통 능력으로 어떻게 하는 것밖에 방법이 없는 건가요?!"

그런 이케의 한탄은 당연했다.

선호하는 학생이 품절되기 전까지, 학력이 낮은 학생을 고를 확률은 낮다.

어디까지나 정공법으로 했을 때의 이야기지만.

"안심해라. 끝까지 남게 되더라도 팀이 없는 사태는 일어나지 않게 해두었으니까. 필기시험 전까지 파트너를 찾지 못했을 경우에는 당일 아침 8시에 랜덤으로 팀을 이루게 된다."

구제 조치라고도 할 수 있는 이야기에 가슴을 쓸어내리는 이케.

"하지만 파트너 찾기에 실패한 학생을 다른 학생과 똑같이 대우할 수도 없겠지. 그래서 시간이 끝나면서 자동으로 탄생한 팀 두 사람은 총점에서 5%의 점수 페널티를 받는 구조를 채택하였다."

안심하기도 잠시, 5%라는 페널티에 아이들이 비명을 질렀다.

특별시험을 치르지 못하는 사태는 없지만, 상당히 뼈아픈 핸디캡을 부담해야 했다.

"선생님, 저희 2학년에는 세 명의 퇴학생이 있는데, 그럼 1학년에 최종적으로 세 명이 남는 게 아닌가요?"

그런 요스케의 섬세한 질문에 차바시라가 담담히 대답했다.

"남은 세 사람은 그 학생이 얻은 점수를 두 배로 해서 채우는 구조다. 다만 역시 마찬가지로 페널티 5%가 부과되니, 기꺼이 혼자 하려는 학생은 없겠지."

단순한 일인이역이라는 건가. 학력이 높은 1학년 세 명이 마지막까지 남는 경우에는 별문제 없을 것 같다. 그나저나 이번 특별시험, 지금 내가 이케와 스도를 걱정하고 있을 때가 아니다.

내게는 무척 난도 높은 특별시험이라는 사실이 확정되었으니까.

그 이유는 '총점 500점 이하는 퇴학'이라는 부분. 이건 바꿔 말해서, 특별시험을 클리어하려면 파트너가 반드시 1점 이상 받아야 한다는 뜻이다. 내가 다섯 과목에서 만점을 받는다고 하더라도 파트너가 0점을 받으면 퇴학을 면할 수 없다.

이것만 보면 아주 과격하고 위험한 규칙이다. 1학년은 퇴학 위험이 없으므로 대충 쳐서 낮은 점수를 받아버리면 이쪽만 억울하게 퇴학당하는 꼴이 된다……. 하지만 그 규칙을 준수하는 것 역시 학교에서 만든 규칙이다.

'또 의도적으로 문제를 틀리는 등 점수를 조작, 낮춘 것으로 판단되는 학생은 학년을 불문하고 퇴학 처리된다. 마찬가지로 제삼자가 낮은 점수를 강요한 경우에도 퇴학 처리된다'라는 문구. 이건 이 특별시험에 정당성을 부여하는데 없어서는 안 되는, 아주 중요한 규칙이라 할 수 있겠지.

확 대충해버린다? 하고 협박해서 프라이빗 포인트를 요구하는 등의 부정을 막으려는 조치. 이렇게 하면 노골적으로 시험을 대충 칠 수 없다. 그리하여 일반적인 학생은 규칙에 의해 강고한 보호를 받는다.

하지만 일반적으로라면 충분히 보호되는 규칙이라도, 확실하다고 보기에는 부족한 면이 있다.

왜냐하면── 화이트 룸 출신만은 이야기가 다르니까.

그들은 퇴학을 전제로 수작을 걸어올 것이므로, 이 규칙으로는 억제할 수 없다.

나와 팀이 되는 데 성공한다면 가차 없이 0점을 받으려 하겠지.

즉 만약 내가 파트너로 화이트 룸 출신을 고른다면 그것만으로도 아웃.

특별시험이 시작된 단계에서 이미 160분의 1이 넘는 확률로 퇴학이 기다리고 있다.

원래라면 '파트너가 부정을 저질러 퇴학 처리되었을 경우, 나머지 학생은 페널티 없이 합격 처리된다' 정도의 조치가 있어도 좋았을 것이다. 하지만 지금 들은 것에 한해서는 그런 보장이 어디에도 없었다.

이 점을 아무도 언급하지 않는 건 굳이 퇴학당할 행동을 할 학생이 있을 리 없다고 마음대로 생각하고 있기 때문이다. 아니, 그것뿐만이 아니다.

만에 하나 그런 학생이 나타나더라도 아마 학교 측에서 바로 대처할 것이다.

부정을 저지른 학생에게 말려 퇴학당하는 것은 너무 가혹하다고 말이다. 하지만 그 페널티에 휘말린 사람이 나뿐이라면 그 남자는 처분을 강행하겠지.

진지하게 시험에 임하지 않는 학생과 팀을 짠 내 잘못이라고 말하면서.

임기응변으로 대응할 수 있도록, 규칙에 약간의 구멍을

만들어놓았다.

머릿속에서 아른거리는 츠키시로의 그림자. 틀림없이 그자가 생각하고 만들어낸 규칙이다.

이 특별시험의 기회를 놓칠 리가 없다. 내가 꾸물거리다가 뒤로 밀려나면 화이트 룸 출신을 제외하고 하나둘 파트너가 정해져서, 남은 화이트 룸생과 내가 팀이 될 가능성이 올라가고 말겠지.

물론 재빨리 화이트 룸생이 아닌 학생과 팀을 이루면 해결될 문제이지만, OAA에 담긴 내 학력은 평가 C. 원하는 대로 파트너를 고를 수 있는 처지가 아니다.

그렇다고 극단적으로 학력이 낮은 학생을 고르기에는, 정작 1학년이 내 학력에 불안을 품어 파트너 신청을 받아들이지 않을 거다.

이렇게 되면 파트너가 되어도 별 지장 없을 듯한, 학력 C 전후의 상대를 찾아내야 할 것 같은데, 그걸 상대가 예상하고 그 비슷한 평가를 받아두고 숨죽여 기다리고 있을 수도 있다.

규칙 설명을 들은 것만으로도, 지금까지 치러온 그 어떤 시험보다도 까다롭다는 걸 알 수 있었다.

"선생님. 시험 난도는 어느 정도인가요?"

다른 학생들에게 중요한 부분을 호리키타가 손을 들고 질문했다.

"숨김없이 대답하자면 아주 어려운 문제가 많아. 지금까지 너희가 치른 시험 중에서도 틀림없이 최고 난관이라 할 수 있을 거야. 하지만…… 그건 어디까지나 고득점을 노렸을 때의 이야기다. 학력 판정이 E 근처인 학생이라도 예습 없이 150점 이상은 받을 수 있게 만들어져 있어. 며칠 바짝 공부하면 200점은 충분히 받겠지. 그리고 이건 어디까지나 표준인데——"

그렇게 말한 차바시라가 학력별 예측 점수표를 표시했다.

학력 E 150점~200점

학력 D 200점~250점

학력 C 250점~300점

학력 B 350점 전후

학력 A 400점 전후

"잘 대비하면 이 정도 점수는 받을 수 있을 거다. 다만 방심해서 공부를 소홀히 할 경우 당연히 이보다 낮은 점수를 받을 수 있다는 걸 잊지 마라."

모니터에 비친 내용을 과신하지 말라고 덧붙이는 차바시라.

"그리고 학력 A인 학생이 400점 전후라는 부분을 보면 알겠지만, 이번 시험에서는 만점은 고사하고 각 과목당 90점을 넘는 학생도 아마 없지 않을까 한다."

그것이 최고 난관이라고 한 부분과 직결되는 듯했다.

즉, 학력 E 근처인 학생끼리 파트너가 된다면 그건 퇴학 후보라는 뜻이다.

"이상이 4월에 있을 특별시험의 개요다. 정신 단단히 차리고 임하도록."

그 후부터는 시험 범위에 관한 설명이 구두로 이어졌다.

차바시라가 말하길 1학년 때 배운 범위를 잘 복습해둔다면 거의 문제없을 거라고 했다.

3

쉬는 시간이 되자 많은 학생이 필연적으로 요스케의 주변에 몰려들었다.

그러자 호리키타도 바로 자리에서 일어나 그 속에 합류했다.

나 역시 일단 이야기를 들어두기로 했다.

"어어어, 어떻게 해야 해, 히라타?! 나 학력 E 판정이라 엄청난 위기라고!"

머리를 쥐어뜯으며 요스케에게 도움을 청하는 이케.

요스케는 이케에게 진정하라고 말하며, 반 전체를 둘러보았다.

"우선 다들 마음을 가라앉힌 다음에 방침을 정해보자."

"맞아, 당황할 필요 없어."

"하, 하지만!"

"물론 쉬운 시험이 아닌 건 분명해. 반드시 501점 이상 받으려면 학력 E인 학생은 학력 B 이상인 1학년과 팀이 되어야만 해. 하지만 반대로 말하면 B 이상인 학생과 팀만 되면 상당히 안심할 수 있는 시험이기도 하지."

호리키타는 시험 돌파에 필요한 것이 그리 복잡하지 않다고 주장하며 반 애들을 진정시켰다.

"그리고 우린 지난 1년 동안 이와 비슷한 시험을 서로 힘을 합해 극복해왔어. 지금까지 해왔던 대로 연대해서 미리 열심히 공부해두면 250점이나 300점을 넘는 것도 불가능은 아니야."

"맞아. 호리키타의 말대로야. 우리가 서로 힘을 합하면 반드시 모두 무사히 시험을 끝낼 수 있을 거야."

요스케가 호리키타의 말에 동의하자 주변의 동요가 조금씩 가라앉았다.

"중요한 건 경솔하게 파트너를 결정하면 안 된다는 것. 논스톱으로 결정해도 되는 건 학력 B 이상인 1학년이 팀이 되어 달라고 신청했을 때뿐이야."

파트너를 결정해버리면 시험 종료까지 변경할 수 없다.

아무리 서두른다 해도 반드시 501점 이상 받을 수 있는 상대인지 확인할 필요가 있다.

"그리고 학력이 B+ 이상인 사람은 조바심 내지 말고 상황을 지켜봤으면 해. 모두를 구하려면 공부 잘하는 학생을 어느 정도 남겨두는 게 중요할지도 모르니까. 어쨌든 공부 잘하는 사람과 못하는 사람을 불문하고, 무슨 일이 있으면 반드시 나나 히라타한테 와서 의논해줘."

최소한의 이야기만 전하고, 부주의하게 소란 피우거나 당황하지 말 것을 부탁한 호리키타. 케세이나 미짱 같은 우등생들도 망설임 없이 고개를 끄덕이며 협력하려는 자세를 보였다. 반 전체의 교섭을 통째로 떠맡는 것도 불가능하진 않겠지만, 그러면 원활하게 파트너를 결정하기 어려울 것이다. 라이벌이 있는 가운데 서로 경쟁해야 하니 시간과의 싸움이기도 했다.

"난 일단 축구부에 들어온 애들하고 교섭해보려고 해. 몇 명 정도 공부 잘하는 학생도 있는 것 같으니까 파트너가 되어줄지도 몰라."

이야기를 듣고 있던 요스케도 호리키타에게 그렇게 말했다. 인해전술도 중요한 전략이다.

"부탁해도 될까? 네가 도와주면 마음 든든하지."

동아리를 통하는 것은 호리키타가 할 수 없는 부분이다. 요스케는 다정하게 미소 지으며 고개를 끄덕였다.

"그리고 학력이 C- 이하인 학생한테는 만약의 경우를 생각해서 히어링을 해야 한다고 생각해."

"올바른 판단이야. 우리가 협력해서 파트너를 찾아내는 방향으로 움직이자."

이런 식으로 제일 첫 단계에, 반 전체에 대한 방침 설명이 가능해진 것만으로도 많이 달라졌다고 할 수 있겠지. 약한 부분은 서로 보완할 수 있고, 아무도 버리지 않는다는 안심을 얻을 수도 있다.

"호리키타, 그리고 또 하나——."

"학력 C 이상인 학생 중에도 소통이라든지 어려워하는 사람이 있으니까. 그래서 학력과 다른 부분에서 파트너 찾기에 고전하는 사람을 돕는 것도 할 계획이야."

자세히 의논하지 않아도 이해할 수 있을 만큼 머리 회전이 좋은 두 사람.

최소한의 대화만으로 완벽한 호흡을 보이고 있었다.

"고마워. 그렇게 해주면 좋지."

호리키타와 요스케는 거침없이 대화를 이어나갔고, 두 사람이 납득하는 형태로 상황이 정리되어 갔다.

한때 정면으로 대치했던 두 사람인데, 믿을 수 없을 정도로 잘 연대하고 있었다.

호리키타가 다소 누긋해진 것 이상으로 요스케의 유연한 사고가 작용하고 있기 때문이다.

"그런데 스도, 농구부 쪽은 어때? 1학년 들어왔지?"

동아리 활동에 열심인 스도에게 의견을 묻는 호리키타.

그러자 스도는 왠지 죄를 지은 사람처럼 시선을 피했다.

"으, 으응. 그렇기는 한데……."

"한데?"

"동아리를 시작하고 며칠밖에 안 됐지만, 내가 꽤 스파

르타랄까, 그런 식으로 하고 있어서…….”

“위압적으로 대하고 있다는 뜻이야?”

“뭐, 그런 느낌인지도 모르겠다. 농구는 리얼이니까.”

요컨대 이미 미움받는 입장이 되었을지도 모른다는 뜻이다.

물론 농구를 대하는 태도가 진지하기 때문이겠지만.

연습에 엄격한 선배는 호불호가 크게 갈리는 모양이다.

“괜찮아. 넌 일단 공부에 집중하고, 특별시험에 대해서는 생각하지 말고 있어.”

“으, 으응.”

경솔하게 움직이게 했다간 역효과가 나기 때문에 호리키타가 단단히 못을 박았다.

4

점심시간. 밥을 다 먹은 나는 호리키타의 호출에 복도로 나갔다.

“교실에서 할 얘기도 아니고, 여기면 누가 오는지 알 수 있으니까.”

“그래서? 이번 특별시험에 관한 이야기겠지?”

“맞아. 이번 특별시험, 난도가 상당히 높을 거라고 차바시라 선생님이 말했지. 학력이 낮은 학생들한테는 시련이겠지만, 너랑 내가 대결하기에는 이상적인 전개야."
일단은 우리의 이야기를 끝낼 생각인지 그렇게 말을 꺼냈다.
나와 호리키타는 봄방학 중에 약속을 하나 나누었다. 필기시험에서 한 과목, 점수 대결을 하기로. 내가 이기면 호리키타가 학생회에 들어가고, 호리키타가 이기면 내가 1년 동안 감춰온 실력을 아낌없이 드러내 반을 돕기로 했다.
학력 A 평가를 받은 학생이라도 한 과목에 90점 이상 받기는 어렵다고 했었다. 그만큼 높은 난도라면 둘 다 만점을 받아 무승부가 되는 전개는 일어나지 않을 것이다.
"불만은 없겠지?"
다음 필기시험으로 결착 짓는 것에 이의가 없느냐는 확인.
"물론이지."
괜히 질질 끌어봐야 얻을 게 없으므로 당연히 승낙했다.
"그거 다행이네. 그럼 다음 이야기로 넘어갈게."
일단 약속을 다시 확인한 후 만족했는지 휴대폰을 꺼냈다.
그리고 오늘 아침에 설치한 OAA를 열었다.
"1학년 중에 학력 B 이상인 학생을 우등생으로 보고 몇 명이나 되는지 알아봤어. A반에 17명, B반에 13명, C반에 13명, D반에 11명 있었어."
총 54명. 그런대로 있는 편이라고 할 수 있겠군.
"우리 반에서 학력 E로 분류된 사람은 4명뿐이야. 학력 D인 학생을 포함해도 전부 12명. 1학년에는 충분히 전력이 갖춰진 상태야."

"문제는 그 우등생을 우리 D반이 얼마나 우리 쪽으로 끌어들일 수 있느냐 하는 거지."

54명이라지만 쟁탈전은 필연적이다. 빈틈을 보였다간 다 빼앗길 수도 있다.

"응. 이 54명을 많이 확보한 반은 당연히 우위에 설 거고, 반대로 D+ 이하 학생과 많이 이어진 반은 그만큼 불리해지겠지."

이번에 도입된 어플은 무척 편리한 기능을 겸비하고 있다.

이 기능을 잘 활용한 반이 승리에 가장 가까이 다가갈 수 있으리라.

"사카야나기와 류엔, 그리고 이치노세도. 다들 오늘부터 움직일 게 분명해."

리더 중에서도 A반 사카야나기는 바로 공격에 나서겠지.

학력이 불안한 학생이 가장 적은 반이라는 이점을 살려 철저하게 머리 좋은 1학년을 자기 편으로 끌어들이는 작업을 하기만 하면 된다. 후배 입장에서도 A반의 안정적인 능력은 OAA를 보면 바로 알 수 있다. 손잡으면 상위 보수도 거머쥘 수 있다.

반면 우리는 그렇지 않다.

"무엇보다 먼저 해야 할 건 학력 E랑 D인 애들을 우선하여 도와서 상위 학생과 팀이 되게 하는 거야."

그 말에 동의하며 가볍게 고개를 끄덕이는 호리키타.

"아직 완벽하다고 말하긴 어렵지만, 파트너 우선 리스트를 만들어봤어. 역시 제일 먼저 해결해야 할 사람은 스도라고 생각해."

"잠깐만. 물론 스도의 학력은 E 판정이지만 실제로도 그런가?"

스도는 입학 초기의 성적이 너무 안 좋아서 결과적으로 E 평가를 받았다.

하지만 1학년 후반부터 조금씩 학력 향상이 보이기 시작했다.

요컨대 지금은 좀 더 위에 있어도 이상하지 않다.

"그렇지…… 확실히 예전보다는 훨씬 성장했어. 봄방학 중에도 스도는 지금까지 뒤처진 것을 만회하려고 공부에 푹 빠져 지냈으니까."

"쭉 같이 스터디라도 한 건가?"

"설마. 매일 같이 있을 만큼 나도 한가하진 않아. 어느 정도 혼자 공부하는 능력도 익힌 거지. 며칠에 한 번 오는 성과물을 확인하고 돌려줬을 뿐이야."

"호오……."

호리키타가 있어서 하는 노력이겠지만, 그래도 감탄할 만한 일이었다.

"솔직히 내 생각에 스도는 좀 더 위…… 다른 학생이랑 비교해도 D나 D+까지는 올라와 있다고 봐."

물론 그건 단순한 김칫국 마시기나 마찬가지지만, 그래

도 1년 전 스도를 생각하면 충분한 성장이었다.

"하긴 스도는 예전 같으면 특별시험 내용을 들은 시점에서 훨씬 당황하고 동요했을 텐데. 이번에는 꽤 차분하더라."

물론 사회 공헌도 부분에서는 코엔지에게 져서 난리 쳤지만.

"네가 판단하기에 학력 D 이상인데도 이케보다 우선도가 높군."

"큰 이유는 그 애의 성격과 외모 때문이야. 또 오늘 아침에 말했던 동아리에서의 고압적인 태도라는 부분도 마음에 걸리고."

아무래도 스도를 편애해서가 아니라 꼼꼼히 분석해서 내린 결론 같았다.

"만약 네가 아무것도 모르는 1학년이라면—— 스도랑 이케 중에 누구를 파트너로 고르겠니? 겉으로 보이는 성적은 똑같다고 치고."

"그야, 역시 이케겠지."

키와 체격도 크고 빨간 머리에 말투가 험악한 스도는 아무래도 무서운 인상이다.

같은 조건이라 한다면 그나마 대화하기 편한 이케와 짜고 싶을 터였다.

"높은 학력을 노리기는커녕, 아예 파트너 자체를 찾아내는 것 자체가 어려울지도 몰라."

그래서 가장 먼저 해결하고 싶은 학생으로 지정했다는

건가.

“알겠어. 할 수 있다면 학력 B- 이상인 1학년과 팀이 되면 좋겠네.”

“응. 그럼 확실히 극복할 수 있다고 생각해. 최대한 빨리 움직이고 싶은데 도와줄래?”

“도와달라고? 내가 할 수 있는 일이 없을 것 같은데.”

“옆에서 생각을 말해주기만 해도 좋아. 가까이에 두는 건 신뢰할 수 있는 사람이어야 하니까.”

“그 말은 나를 믿는다는 뜻인가?”

“자유롭게 움직일 수 있는 반 애들 안에서는 그나마 신뢰하고 있어.”

그건 높은 평가일까 낮은 평가일까, 잘 알 수 없는 표현이군…….

“아니면 나와의 대결에서 이기기 위해 1분이라도 더 공부하지 않으면 불안해?”

그 도발은 오히려 역효과였다.

응, 불안하니까 방에서 공부하게 해주라, 하면서 달아날 길을 자기 손으로 마련해 준 거니까.

“난 정말 불안——”

차려준 밥상을 맛있게 먹으려던 그때, 휴대폰에 알림이 떴다.

어플 전체 채팅방에 2학년 B반 리더 이치노세 호나미가 글을 올렸기 때문이다. 그 내용은——

'오늘 오후 4시부터 5시까지, 체육관에서 1학년과 2학년의 교류회를 열 수 있도록 허락받았습니다. 시간에 여유가 있는 학생은 꼭 와 주세요.'

어떤 식으로 1학년과 접촉해야 할지 고민하던 학생에게는 구세주와 같은 발언.

"역시 이치노세구나. B반만을 위해서가 아니라 모두를 생각해서 행동하다니."

얼마나 많은 사람이 올지 모르겠지만, 어느 정도는 인원이 찰 거라고 봐도 되겠지.

그 자리에서 파트너를 정하는 사람도 많을 것 같다.

하지만 호리키타는 기뻐하기는커녕 표정에 은근한 조바심 같은 것이 엿보였다.

어쩌면 비슷한 전략을 머릿속에 그리고 있었던 건지도 모른다.

"왜 그래? 특별시험은 이제 막 시작되었을 뿐인데."

"그래, 그렇지. 일단 우리가 제일 먼저 해야 할 일은 정해졌어."

그건 바로 방과 후 이 교류회에 참석하는 일이리라.

그리고 어느새 내가 협력하는 것으로 되어 있었다.

뭐, 따라가기만 하는 거라면 그리 힘든 일도 아니지만…….

알고 있다는 듯, 왠지 시험하는 눈빛을 보내는 호리키타.

“알았어, 따라갈게.”

“어라, 정말 도와줄 거야? 요즘 들어 피한다고 생각했는데…… 꽤 협조적인 태도로 바뀌었구나.”

자길 피한다고 생각을 하면서도 당당하게 나를 불러내는 너도 대단하지만 말이지.

“네가 어떤 방식으로 싸울지, 가까이에서 지켜보고 싶은 생각이 들었을 뿐이야.”

“그렇구나. 협조 같은 단어를 쓰기엔 아직 일렀던 모양이네.”

그게 더 납득이 간다며 호리키타는 혼자 만족해했다. 하지만 사실 그건 구실에 불과하고, 이번엔 내가 살아남기 위해 움직일 수밖에 없는 시험이다. 호리키타와 함께 행동하는 편이 여러 가지로 수월한 부분도 있다.

“그럼 반쯤은 혼잣말이라고 생각하고 말할게. 스도와 이케를 확실하게 합격선까지 끌어올리는 게 대전제지만, 이번 특별시험의 요점은 우수한 학생을 확보하는 거야. 당연히 류엔과 사카야나기의 동향…… 즉 ‘전략’에도 주의를 기울여야 하지.”

당연한 말이었지만 예전의 호리키타였다면 거기까지 생각이 미치지 못했을 것이다.

스도 일행을 살리는 것에만 신경을 집중하고, 적의 전략에 대해서는 소홀한 면을 보였으리라.

하지만 이번에는 처음부터 경계심을 강하게 품었다.

"물론 지금 단계에서 그 두 사람이 어떤 수를 쓸지는 아직 몰라. 하지만 열쇠가 되는 건 '프라이빗 포인트'가 아닐까 생각해."

즉 현금. 이 학교로 말하자면 프라이빗 포인트가 효력을 발휘하지 않겠느냐는 이야기다. 1학년과 2학년은 현재 시점에서 아무런 연결이 없다. 즉 쉽게 이야기를 정리하려면 프라이빗 포인트를 쓰는 것이 가장 빠른 지름길이다.

"A반과 C반의 자금력이 어떤지는 모르겠지만, 학생을 서로 빼앗는 상황이 된다면 반드시 매수 전략이 나올 거야."

"그렇지. 1학년이 봐서 제일 알기 쉬운 건 포인트니까."

포인트를 받고 그만큼 공부로 보답하는 흐름은 누구나 쉽게 상상할 수 있다. 물론 안이하게 돈다발로 서로를 때리기만 한다면 프라이빗 포인트는 순식간에 고갈되겠지. 특히 D반은 1년간 바닥을 쳤던 것도 있어서 다른 반에 비해 포인트의 양, 그러니까 자금력 부분에서 크게 뒤떨어진다는 사실은 굳이 알아보지 않아도 명백하다.

"원래라면 우리도 자금을 투입해 일정 수의 학생을 확보해야 해."

돈에 대항할 수 있는 것은 기본적으로 돈. 누가 더 많이 확보했느냐는, 말 그대로 머니게임이 필수.

하지만 아까 이치노세가 보낸 전체 채팅에 마음이 초조해졌다는 것은…….

"우선 교류회에 가서 정찰하자. 기회가 되면 그 자리에서 바로 행동할 수도 있지만, 서두를 생각은 없어. 이론은 없지?"

호리키타는 아직 방침을 확실하게 정하지 않았는지 깊이 있게 얘기하지는 않았다.

"그런데 아야노코지. 넌 네 힘으로 파트너를 찾는 걸로 생각해도 괜찮겠니?"

"부탁하면 찾아줄 건가?"

"객관적으로 판단해도 네 학력은 C. 기본적으로는 누구와 팀이 된다고 해도 별 지장은 없어. 그냥 찾는 김에 같이 처리할 수는 있는 수준이기는 한데."

"그럼 도저히 힘들면 부탁하기로 하지."

호리키타나 요스케와 파트너가 될 1학년이라면 화이트룸 출신 후보에서 제외할 수 있다. 그러니까 직전에 부탁해서 바꾸는 방법을 쓰면 된다. 하지만 상대 쪽에 모든 정보가 다 들어갔다면, 다급해진 내가 그런 선택을 할 거란 것까지 시야에 넣고 있겠지. 서로 지나치게 머리를 굴리는 심리전만 되기 때문에, 100% 피할 수 있다고 보긴 어렵다. 무엇보다 1학년 입장에서는 호리키타 또는 요스케이기에 파트너가 되겠다고 한 것일 테니, 억지로 바꾸는 걸 좋아할 리 없고 쉽게 받아들여 주지도 않겠지.

"느긋하게 굴면 안 될 거야. 불안 요소가 없는 건 아니니까. 시간 마감으로 받게 될 5%의 페널티는 절대 가볍지 않아."

"그렇지."

나 역시 느긋하게 굴 생각은 없지만, 화이트 룸 출신이 마음에 걸린다.

일단 1학년 중에 섞여 있는 건 틀림없을 테니.

○괴짜들만 모인 1학년

체육관에는 1, 2학년 모두 합해서 수십 명이 모여 있었다. 대부분은 2학년이 아니라 1학년이었다. 이걸 좋은 기회라고 받아들인 학생이 많았겠지. 다만 1학년들은 지금 봐도 모르기 때문에 우선 2학년부터 살펴보기로 했다.

A반 리더 사카야나기의 모습은 보이지 않았다. 그 대신이라고 말해도 될지는 모르겠지만, 하시모토 마사요시가 보였다. 사카야나기는 다리가 불편해 아무래도 행동 범위가 좁고 느리다. 그것을 보완하는 중요한 역할을 하는 인물이 바로 하시모토였다. 언뜻 봐서 A반에서는 하시모토뿐. 게다가 그는 아무에게도 말을 걸지 않고 있었다.

교류회에서 누가 누구를 만나는지 정찰하러 온 건가.

B반은 주최자이기도 한 이치노세를 비롯하여 반의 절반에 해당하는 남녀가 얼굴을 내비쳤다. 이치노세를 옆에서 받쳐주는 칸자키도 보였다. 하지만 특별히 실력자라거나 학력이 불안한 학생에 치우쳤다거나 하는 인상은 없었다. 단순히 사교적인 멤버를 중심으로 골라온 것 같았다. 한편 C반 학생은 언뜻 봐서는 아무도 참석하지 않은 듯했다. 마치 처음부터 교류회 따위 안중에도 없다는 듯이. 이것 하나만 봐도 2학년 전체의 생각을 대충 파악할 수 있었다. 하지만 오늘 호리키타에게 중요한 것은 2학년이 아

니다.

거의 면식이 없는 1학년 쪽이 중요하다.

아직 입학한 지 얼마 되지 않은 1학년은 뭐가 뭔지 하나도 모를 터.

그런데 갑자기 2학년과 파트너가 되라고 하니 생각이 따라가지 않는 학생도 많겠지. 반 친구, 그것도 친한 학생들끼리 무리 지어 위축된 모습으로 있었다.

그런 모습을 본 이치노세는 특별시험에 대해서는 일절 언급하지 않고 자기소개와 사소한 잡담부터 하면서 서서히 교류의 장을 넓히려 하고 있었다. 물론 그렇게 해도 모두가 바로 마음을 여는 것은 아니다.

그걸 잘 아는 이치노세는 서두르지 않고 천천히 다가가 상냥한 미소를 지어 보였다. 그리고 얼음처럼 꽁꽁 얼어붙은 마음을 녹여나갔다. 불과 몇 분, 이 교류회를 구경만 했는데도 앞으로의 정경이 눈에 선하게 그려졌다.

"특별시험을 우선하는 게 아니라 우선은 서로 신뢰 관계부터 쌓아가기. 정말 이치노세다운 방식이네. 누구나 할 수 있을 것 같지만 사실은 하기 힘든, 멋진 방법이야."

이 교류회의 첫인상을 호리키타는 그렇게 표현했다.

이것이 전략으로 어디까지 작용할지는 미지수지만, 정말 중요한 작업이긴 하다.

이치노세의 행동은 1학년에게도 2학년에게도 플러스만 될 것이다.

그런 활약을 보이는 이치노세를 멋지다는 말로 표현한 호리키타.

그 옆얼굴에서, 그녀가 생각하고 있던 전략이 어렴풋이 보였다.

"너도 비슷한 전략을 생각한 건가?"

"……그래. 프라이빗 포인트를 주축으로 한 전략은 우리 D반한테는 너무 부담이 커. 그래서 1학년과 신뢰 관계를 구축하는 게 중요하다고 생각했어. 하지만 이치노세는 도저히 못 이기겠네. 아니, 그런 식의 전략은 저 애의 전매특허지."

상대에게 파트너로 인정받으려면 '뭔가'가 필요하다. 그 '뭔가'에는 포인트, 신뢰, 우정이나 은의 등 여러 가지가 있다.

"이렇게 해서 1학년 대다수에게 2학년 B반 이치노세 호나미의 얼굴과 이름이 알려졌어. 불안을 느끼는 학생은 분명 그녀 쪽에 모일 거고 그녀 역시 그 기대에 부응할 거야."

"그렇지."

굳이 알지도 못하는 우리 2학년 D반까지 오진 않을 것이다.

"하지만 그녀처럼 눈부신 방법을 흉내 내지 못하더라도 방법은 있어."

아무래도 호리키타는 이 교류회에서 뭔가 힌트를 얻은 모양이다.

그 열쇠는 늘 OAA를 열어 1학년을 살피던 부분에 있으리라.

아직 돌아갈 생각이 없는지, 호리키타는 1학년들을 계속해서 관찰했다.

그 모습을 옆에서 지켜보고 있는 사람은 나뿐이 아니었다. 커다란 그림자가 움직였다.

"하지만 애나 재나 온통 의지가 약해 보이는 녀석들뿐인데."

호리키타의 옆에서 1학년을 관찰하던 스도가 그런 감상을 날렸다.

오늘은 원래 바로 동아리에 갈 계획이었는데, 이치노세의 교류회를 열겠다는 요구가 받아들여져 체육관을 5시까지 쓰는 것이 급하게 결정되는 바람에 스도도 호리키타와 동행하겠다고 나섰다.

호리키타는 됐다고 거절한 모양이지만, 어차피 체육관에 가야 하니 상관없다고 따라왔다고 한다.

"괜히 막 노려보고 그러지 마. 겁먹게 해서 얻을 거 하나도 없어."

"딱히 안 노려봤다고. 원래 이런 얼굴일 뿐이야. 아니 근데 이렇게 느긋하게 굴어도 괜찮겠냐? 이치노세한테 머리 좋은 후배가 다 가버리는 거 아니야? 말 한마디 정도는 붙여봐야 하지 않아?"

빨리 말 거는 게 어떠냐며 스도가 초조한 듯 호리키타에게 말했다. 2학년 B반 이외의 학생이 교류회에서 1학년을 설득한다고 해서 이치노세가 화내지는 않겠지. 오히려 기뻐할 모습이 눈에 선하다.

"어떻게 할 거야?"

나도 호리키타의 행동이 궁금했기 때문에 그렇게 물었다.

"우리가 이 자리에서 2학년 B반과 사교성을 겨뤄 이길 수 있을 것 같아?"

이치노세는 자기 반이 이기는 것보다도 현재는 1학년을 돕는 것에 무게를 두고 있었다.

B반은 아무도 떠나지 않고 1학년과 친목을 다지는 중이었다.

그 뜨거운 열기가 1학년에게도 전해지겠지.

"아니, 전혀."

요스케나 쿠시다라면 모를까 나와 호리키타, 스도에게는 그런 능력이 없었다.

그걸 잘 알고 이 자리에 온 것이다.

대화가 본격적으로 시작되려 할 즈음, 호리키타가 행동에 나섰다.

"——가자."

교류회에 참가하는 게 아니라 돌아가기.

호리키타는 처음부터 이 교류회를 통해 1학년을 우리 편으로 만들 생각이 없었다는 뜻이다.

"괜찮겠어? 스즈네."

"절반이 넘는 학생이 이 교류회에 나오지 않았어. 난 그 애들과 교류할 거야."

즉 이치노세의 목소리에 귀 기울이지 않은 1학년을 타깃으로 삼겠다는 것이다.

하지만 그건 동시에 회유하기 어렵다는 사실을 뜻하기도 했다.

구원의 손을 잡지 않아도 실력으로 파트너를 구할 수 있거나 아니면 교류회에 나올 용기가 없는 학생. 혹은 이미 전략을 짠 학생. 어찌 됐든 만만치 않은 학생이 많음을 예상할 수 있다.

"일단 근거를 들어볼까."

"이유는 두 가지. 아까 조사한 바로 교류회에 온 학생은 생각보다 학력이 불안한 비율이 높았어. 지금 우리가 빨리 확보해야 하는 건 못해도 학력이 B- 이상인 학생. 즉 교류회에 오지 않고도 얼마든지 싸울 자신 있는, 곧바로 쓸 수 있는 전력이야."

그렇군. 하긴 그렇다면 교류회를 벗어나는 것도 어느 정도 이해가 간다.

"우리가 최우선으로 해야 할 건 학력 A인 학생끼리 팀이 되게 하는 게 아니야. 절대 퇴학생이 나오지 않도록 하위 학생을 확실하게 지원할 학력을 가진 학생을 우리 쪽으로 끌어들이는 거지."

하지만 2학년 B반이 많은 학생을 구제한다고 해도 1학년은 어차피 차고 넘친다. 게다가 이치노세는 자신이 처한 위치상 학력이 높은 학생보다 낮은 학생을 구하는 걸 우선시할 것이다. 어느 정도 학력 높은 학생을 우리가 주울 가능성도 있다.

두 번째 이유에 그런 부분이 숨어 있다고 봐야 할까.

"그리고 교류회에 나온 사람들은 학력이랑 상관없이 한쪽으로 치우치는 면이 있었어."

"치우쳐?"

"1학년 D반 학생은 한 명도 참가하지 않은 거야."

한 명도 참가하지 않았다고? 그렇군, 그건 꽤 흥미로운 편향인지도 모르겠다.

"너도 알았나 보네."

"뭐야. 1학년 D반이 한 명도 안 온 게 무슨 의미가 있는데?"

스도가 모르겠다며 고개를 갸우뚱거렸다.

"한 반에 정원이 무려 40명이야. 그중에는 공부 못하는 애도 있고 소통에 어려움을 느끼는 애도 있어. 그런데 1학년 D반에서는 참가자가 한 명도 없었어. 노골적으로 반의 의사가 반영되었다는 거지."

누군가가 반을 컨트롤해서 교류회에 참가하지 않는 쪽으로 유도한 게 분명하다.

아직 입학한 지 며칠도 채 되지 않았다는 사실을 생각하면 이상한 현상이라 할 수 있다.

"즉 1학년 D반에는 이미 리더가 있고, 그 녀석이 교류회를 깠다는 건가……."

"만약 반 단위로 교섭할 수 있는 상대가 있다면 개개인이 줄다리기할 필요가 사라지지."

즉 2학년 D반과 1학년 D반이 서로를 커버해주는 전략.

"일리 있는 얘긴데, 만약 그렇다면 승산 없는 거 아니야?"

퇴학생을 만들지 않는다는 면에서는 나쁘지 않은 아이디어지만, 그렇게 하면 총점으로 다른 반을 이기기란 불가능하다.

"그렇지. 그런 의미에서 난 이번에 반 대항전을 할 생각이 없어."

"내가 뭐라고 말할 일은 아니지만, 그래도 괜찮겠냐?"

"응. 전혀 문제없어."

분명히 단언하는 호리키타. 싸움에 임하는 방식은 다르지만, 전략의 방향성은 이치노세와 같은 건가.

귀중한 특별시험에서 반 포인트를 얻을 기회를 내팽개치겠다는 사고방식. A반의 하시모토도 이치노세의 교류회 시찰을 끝냈는지 체육관을 나가고 있었다.

그런 하시모토에 이어서 체육관 출구로 향하는 호리키타. 우리도 그녀를 뒤따랐다.

떠나기 직전 나는 이치노세 쪽을 한 번 뒤돌아보았다.

우리의 존재를 알아차리지도 못하고, 웃으면서 1학년과 대화를 이어나가는 이치노세.

이치노세는 학력이 E든 D든 개의치 않고 구원의 손길을 내밀겠지.

특별시험의 승리를 버리고, 자기 반에서 퇴학생이 나오지 않게 하려는 싸움.

지금부터 호리키타가 하려는 일과 방식은 다르지만 결국 같은 것.

하지만── 본질적으로는 과연 같을지?

“여어.”

체육관을 나오자, 하시모토가 우리를 기다리고 있었는지 말을 걸었다.

“여전하구나, 이치노세는.”

“반 친구와 1학년을 돕는 걸 최우선으로 생각하고 있네.”

“저래서는 말이야. 이치노세는 지금 단계에서 위협이 될 수 없어. 바보를 끌어안아 입게 될 손해를 알고는 있으려나? 승부를 버리는 거나 다름없는 짓인데.”

어이없다는 듯 말하는 하시모토. 호리키타가 생각한 전략 역시 같다는 사실을 하시모토가 눈치챌 리는 없다. 승부를 내버리는 생각을 호리키타가 하리라고는 상상도 못할 테니까.

“만약 알고 있다면 처음부터 이런 자리를 만들진 않지 않을까?”

“아아, 그래. 그것도 그렇군.”

“너희 A반…… 사카야나기는 교류회를 볼 필요도 없이

알았겠지. 참가하지 않은 이유는 어떤 학생이 여기 나타날지 이미 예상했기 때문이야."

"뭐, 그렇겠지."

그래도 정찰 요원으로 하시모토는 일단 보낸 것이리라.

"그래서 너희는 어떻게 우등생을 확보할 생각이니?"

"그건 공주님이 생각하기에 달렸지. 나야 지시대로 따를 뿐."

그렇게 말한 하시모토는 가벼운 대화를 나누어서 만족했는지 자리를 떠났다.

"하시모토 놈이 하는 말은 너무 믿지 마라, 스즈네."

"네가 말 안 해도 알아. 너 하시모토에 대해 잘 아니?"

"아니, 전혀."

그가 으스대며 대답했다.

"……그렇구나. 뭐, A반에는 A반이라는 큰 우위성이 있어. 어느 정도 저절로 사람이 모여들겠지."

이 학교에 입학하고 나면 A반이 최고라는 사실을 늦든 빠르든 알게 된다.

지금은 그 사실을 모르더라도 곧 소문이 퍼지리라.

"그보다도 서두르자. 이 시간이면 D반 애들이 아직 학교에 남아 있을 거야."

호리키타는 1학년 교실로 향했다. 1학년 D반의 상황을 살피기 위해서였다.

주위의 시선이 교류회에 쏠려 있는 지금이 기회라고 판

단한 듯하다.

1

우리는 불과 지난달까지 매일같이 드나들었던 1학년 구역에 도착했다.

체육관에 간 학생들을 생각하면 학생이 많이 남아 있을 것 같지는 않다.

A반에서 C반까지는 말을 걸지 않고 동태만 살폈는데, 우리 상급생을 발견한 학생들은 어딘지 겸연쩍은 표정으로 시선을 외면했다. 갑자기 1학년 구역에 얼굴을 내밀었으니 쉽게 환영할 리야 없지.

신경 쓰지 않는 학생은 소수에 불과하고, 대다수는 마음 불편한 공간을 싫어할 것이다.

그건 내일 이후로도 똑같을 것으로 예상된다. 하루라도 빨리 파트너를 찾기 위해 아침, 점심 불문하고 1학년에게 말 걸 학생도 있을 테지만 역효과만 날 가능성도 있는 위험한 도박이다.

그래도 들여다본 1학년 교실 안에는 담소를 나누는 학생의 모습도 보였다.

이번 특별시험에 당황할 필요가 없다고 느끼는 걸까, 아니면 아직 특별시험을 중요하게 받아들이지 않은 걸까.

"역시 남아 있는 학생은 자기 자신한테 여유가 있는 애들이 많은 것 같네."

"좋겠다. 우린 굉장히 당황하고 있는데 말이야."

1학년은 500점 아래여도 프라이빗 포인트를 3개월 못 받을 뿐. 물론 그것도 큰 손실이지만, 입학식 후 첫 입금이 들어왔을 테니 위기감이 별로 없을지도 모른다.

"크큭. 많이 늦었네, 스즈네."

1학년 C반 시찰을 끝냈을 때, 귀에 익숙한 목소리가 호리키타의 이름을 불렀다.

그곳에는 기분 나쁘게 우리를 쳐다보는 2학년 C반 류엔 카케루가 서 있었다.

그 앞에는 1학년 D반 교실이 있었는데, 거기서 나온 모양이었다.

"류엔, 너도 1학년 정찰? 교류회에는 안 보이던데."

"체육관에 모인 건 죄다 얼간이들뿐이었을 거잖아? 안 봐도 훤하다."

호리키타의 전략과 똑같이, 류엔도 교류회에 나오지 않은 학생을 찾으러 온 것이다.

하는 말을 보아, 1학년 상위 학생들을 노리는 모양이다.

우리와의 시간 차이는 불과 2, 30분 정도였는데…….

그 정도 시간이면 이미 몇 명쯤 스카우트하는 데 성공했을 가능성이 있다.

파트너가 정해졌는지 확인할 수 있는 것은 다음 날 아침

8시.

"안심해라. 아직 아무도 안 넘어왔으니."

그 말을 이 자리에 있는 두 사람이 쉽게 믿을 리 없겠지.

실제로 어플이 갱신되어 2학년 C반의 파트너 결정 여부가 나오기 전까지는.

"못 믿겠다는 표정이네."

"적어도 여기서 하는 네 발언은 절반만 듣고 한 귀로 흘릴 생각이야."

"그래? 나도 꽤 경계를 받게 되었군."

"어라, 너를 경계하지 않은 적은 단 한 번도 없는데?"

"크크큭, 그야 그렇겠지만."

류엔이 유쾌하다는 듯 호리키타와 얘기하는 것이 마음에 들지 않았는지, 스도가 무섭게 노려보았다.

보통 사람이라면 그 날카로운 시선만 받아도 공포에 떨 테지만, 류엔에게 그런 공격은 통하지 않는다.

"경호원으로 머리 나쁜 놈을 골랐군."

"뭐라고?"

발끈하는 스도를 호리키타가 가볍게 손으로 제지했다.

"경호원한테 두뇌가 필요하니? 그리고 너도 남 말 할 거 없지 않아?"

그 상태로 호리키타는 류엔의 시선을 피하지 않고 맞받아쳤다.

"1학년을 겁줄 셈이야? 네 그런 태도로는 역효과만 나."

자기 세상인 양 당당하게 걷는 류엔의 모습을 보면, 과연 후배들은 위축될 것이다.

"가볍게 겁 좀 주면 두말없이 나한테 협력하지 않겠냐."

눈에는 눈이라고 나온 호리키타였지만 류엔은 오히려 긍정했다.

"……농담이지? 그런 방식이 통한다고?"

"통하든 통하지 않든. 다소 겁 좀 준다고 문제가 생기겠어? 낮은 점수를 강요하는 것이 아웃이라고 했지, 협박해서 파트너를 짜지 말란 소리는 규칙에 없었으니."

"규칙에 명기할 필요도 없기 때문이야. 문제가 되면 힘들어질 사람은 너야."

"그럼 한번 문제 삼아보든지. 뭐, 꼬리 잡힐 정도로 얼빠진 짓은 안 할 거지만."

여전히 강한 발언이다.

위협할 수도 있지만 그걸 표면으로 드러내지 않겠다고 단언했다.

이 말이 진짜든 허언이든, 류엔이 늘 무력을 쓴다는 사실은 호리키타도 다시금 인식했을 터.

"그래, 그럼 좋을 대로 해. 하지만 증거가 나오면 가차없이 문제를 제기할 거야."

억지력을 위한 충고겠지만 류엔에게는 와닿지 않았으리라.

"그런데? 넌 누굴 끌어들이려고?"

호리키타는 대답할 필요 없다며 입을 닫았다.

"교류회를 정찰해서 뭐라도 잡았나? 그래서 서둘러 나머지를 확인하러 온 건가?"

"너랑 같을지도 모르지?"

"크큭, 그럴지도."

호리키타에게 류엔은 마치 재미있게 해주겠다는 식으로 말을 이었다.

"그럼 나와 같은 생각을 가진 너한테 좋은 거 하나 알려줄까? 올해 1학년은 이제 막 입학했는데도 아주 차분하게 행동하고 있지. 즉 학교 측 인간이 신입생에게 어느 정도 학교 구조를 설명했을 가능성이 높다는 거다."

사실이라면 그것은 뜻밖의 정보다. 우리는 작년 4월에 아무것도 모르고 신나게 놀기만 했었다. 물론 A반이나 B반은 담담하게 행동한 편이었지만, 그건 원래부터 가진 소양의 차이가 컸기 때문이겠지.

여기서 류엔이 말하는 건 특수한 어느 한 반뿐 아니라 '학년 전체'라는 부분.

개막하자마자 2학년과 파트너를 이루어야 하기에 들어간 조치일까.

아니면 학교 측에 다른 의도가 있는 것일까.

"올해 1학년들이 유독 야무진 것일 뿐이고 우리 학년은 유독 둔했던 것뿐, 이라고 생각할 수도 있지 않아?"

"일부는 벌써 반이 하나로 뭉치는 움직임을 보이고 있어.

너무 빠르지 않냐?"

특별시험이 발표된 당일부터 행동에 나섰어도 곧바로 똘똘 뭉치게 만들기란 어렵다.

좀 더 이른 단계, 입학 직후부터 활발하게 움직이지 않았다면 이렇게 되지 않을 거라고 류엔이 말했다.

"……그런 얘기를 나한테 하다니, 도대체 또 어떤 비겁한 수를 쓰려고 그러는 거니?"

"아무것도 없어. 이번 특별시험은 상대를 밟아 버리는 수단을 쓰기도 힘들고. 하지만 총점에서 이기기 위해 여러 가지 방법을 쓸 필요는 있겠지."

이번 특별시험은 다른 반 학생을 퇴학으로 내몰기 쉽지 않다. 파트너가 '누구인가' 하는 익명성이 비교적 강하다는 점. 소문을 퍼트리며 돌아다닌다거나 정보를 모으지 않는 한 누구와 팀인지 어플상으로 알기란 상당히 어렵다. 가령 학력이 낮은 학생을 라이벌 반에 붙이는 데 성공하고 또 특정 짓는 것까지 가능했다고 하더라도 시험을 대충 치게 만드는 것까지는 할 수 없겠지. 자신의 원래 학력과 동떨어지게 낮은 점수를 받게 되면 의도적이라고 간주하여 1학년이라도 퇴학당하게 된다. 결국 승패를 좌우하는 것은 1학년과 자기 반 학생의 실력뿐. 전략을 짜서 할 수 있는 일은 높은 학력을 가진 1학년을 하나라도 더 자기 반에 끌어오는 것이다. 종합 능력이 낮을 C반이 1위를 차지하기란 쉬운 일이 아니다.

A반과 자금력으로 경쟁해도 승산이 없는 데다가 반의 기초 학력도 다르다. 아무리 1학년에 자금을 투입해 인재를 데려왔어도 혹독한 결과가 기다리고 있다. 그렇다면 차라리 반 1위는 포기하고 개인전, 상위 30%에 해당하는 보수를 노리는 게 낫다.

물론 호리키타는 그 점을 언급하지 않았다. A반과 C반이 1위를 놓고 경쟁해주지 않으면 우리 입장에서는 곤란하기 때문이다. A반이 편하게 1위를 가져가는 것보다는 대대적인 스카우트 경쟁이 벌어져 조금이라도 더 소모전이 펼쳐지는 모습을 기대하고 싶다.

"아주 기를 쓰고 열심히 달려드는구먼."

"그건 너도 마찬가지 아니야? 정말 쓸데없는 오지랖이네."

"크큭, 그건 미안하게 됐다."

그 후 류엔은 곧바로 1학년 구역을 떠났다.

할 일을 마쳤다고 보기에는 너무 짧은 시간이다.

"생각한 것보다도 훨씬, 1학년들이 우리에게 강한 저항감을 느끼고 있을지도 모르겠어."

필사적으로 싸워야 하는 학교라는 것을 인식하면 그렇게 되는 것은 자연스러운 흐름이다.

"그럼 조금이라도 더 빨리 교섭해야 하는 것 아니야?"

"그렇지…… 물론 그렇게 해야겠지. 하지만……."

호리키타의 시선이 머문 복도 끝.

그곳에 1학년 D반 교실이 보였다.

“빨리 가보자.”

“그렇게 간단한 일이 아니지 않을까?”

아무래도 대화를 나누면서 호리키타도 생각이 미친 듯하다.

류엔이 1학년 D반에서 모습을 드러내기 전부터 사라지기까지.

그사이에 아무도 교실 밖으로 나오지 않았다는 것을.

가까이 가 봐도 잡음 하나 들리지 않았다.

이윽고 도착한 1학년 D반의 문을 열고, 확신했다.

“이, 이게 어떻게 된 일이야?!”

당황한 스도가 교실 안을 끝에서 끝까지 둘러보았다.

“예상보다 훨씬 힘들어질 것 같네. 1학년 D반이랑 교섭하는 거.”

교실 안은 텅 비어 아무도 보이지 않았다.

교류회에도 나오지 않은 40명의 학생이 마치 홀연히 모습을 감춘 것만 같이.

“생각보다 훨씬 성가신 반일지도 모르겠어.”

하지만 언제까지고 느긋하게 걱정만 하고 있을 수는 없다.

다른 반이 본격적으로 움직이기 전에 우리도 손쓸 필요가 있으니까.

승부는 내일부터. 1학년 D반과 접촉하는 것부터, 호리키타의 싸움은 시작된다.

나 역시 돌아가면 OAA로 1학년 모두의 얼굴과 이름을 머리에 입력해두어야겠다.

호리키타에게는 호리키타의, 나에게는 나의 싸움이 있다.

그리고 특별시험이 시작된 이날, 총 22팀이 결정되었다.

2

사태가 급전개를 맞이한 것은 다음 날 점심시간 끝 무렵이었다.

식사를 마치고 저마다 교실에서 슬슬 오후 수업을 기다리던 때.

"야, 1학년 몇 명이 이쪽으로 온다!"

그렇게 외친 사람은 같은 반 미야모토였다.

특별시험은 1학년과 2학년이 협력해야 비로소 성립하는 것.

평소 같으면 놀랄 일도 아니라고 생각하겠지만, 아무래도 그게 아닌 듯하다.

"상급생 구역에 오려면 상당한 용기가 필요하니까."

이상해하고 있던 내게, 마침 교실에 있던 요스케가 말해주었다.

"우리가 3학년 구역에 가려고 마음먹을 때 나름대로 조심하듯이."

"하긴……."

친한 선배가 많으면 이야기도 달라지지만, 1학년은 그렇지도 않다.

적지에 들어온 듯한 느낌을 받은 학생도 많을 터.

그런 가운데 몇 명이 이곳을 찾아왔다는 것은 놀랄 일인지도 모르겠군.

요스케가 상황을 보러 가서 나도 그를 뒤따랐다.

호리키타와 스도도 바로 따라왔다.

우선 제일 먼저 눈이 가는 사람은 덩치 큰 남학생.

눈에 띄는 이유는 몇 가지가 있었다. 키는 스도와 비슷하려나.

하지만 그 이상으로, 2학년 구역 한복판을 당당하게 걷는 모습이 무척 인상적이었다.

마주치는 2학년이 오히려 옆으로 피하는 상황. 그 조금 뒤를 한 여학생이 따라 걸어왔다.

그게 단순히 파트너를 찾는 행동이 아니라는 사실을 깨달은 호리키타가 길을 가로막듯 남학생 앞으로 나왔다. 스도도 옆에 섰다.

두 1학년과 대면했을 때, 무슨 영문인지 그들이 처음 시선을 보낸 것은 떨어진 곳에서 지켜보던 나였다.

그리고 잠시 후 호리키타 쪽으로 시선을 옮겼다.

어제 OAA에서 본 데이터의 기억을 꺼내 본다.

아마도 호리키타가 생각지도 못한 타이밍에 그 반과 접

축하게 된 것 같다.

"이 녀석의 이름은?"

"잠시만 기다려주세요. ……나왔습니다."

잠시 휴대폰을 만지던 소녀가 그에게 화면을 보여주었다.

"2학년 D반, 호리키타 스즈네. 학력은 A-인가."

소녀는 남자와 달리 정중한 말투를 써서 그런지, 조합이 이상하게 느껴졌다.

그녀는 호리키타의 옆에 서 있는 스도에게도 시선을 보냈다.

그리고 똑같이 휴대폰 화면을 남자에게 보여주었다.

"스도 켄. ……하."

스도의 데이터를 확인한 후, 깔보듯 코웃음 치는 남자.

"저는 1학년 D반 나나세라고 합니다. 그리고 이쪽은 같은 D반——"

"호우센이다."

각자 이름을 밝혔다. 보충하자면 덩치 큰 남자는 호우센 카즈오미, 여자는 나나세 츠바사.

둘 다 스스로 밝혔듯, 조금의 거짓도 없는 1학년 D반 학생이었다.

어제 만나지 못했던 목적의 D반 학생. 그런 그들이 갑자기 모습을 드러내 놀랐겠지만, 호리키타의 입장에서는 행운이기도, 불행이기도 했다. 다른 반의 눈도 있는 이 상황에서 노골적으로 1학년 D반과 교섭을 시작할 수는 없는 노

릇이니까.

"신입생치고 상당히 과감한 행동을 하네. 그 담력은 높이 사줄게."

"뭐? 누가 담력을 높이 사? 잘난 척하고 있네."

"잘난 척? 건방지게 굴지 마라, 1학년 애송아."

호우센이 호리키타에게 시비를 걸자, 스도가 사이에 끼어들었다.

스도와 키는 거의 같았지만 체격이 더 커서인지 스도가 조금 작게 보였다.

"학력 E+, 보이는 그대로 바보 같군."

"뭐라고?!"

"뭐, 마침 잘됐다. 어차피 이쪽도 D반만 넘쳐날 테니까. 좋은 기회야."

"그게 무슨 의미니?"

"너희 D반은 낙오자 집단. 우리 D반이 지명해주지 않으면 제대로 팀도 못 짤 거 아냐? 그러니까 바보에다가 무능한 너희한테 먼저 손 내밀어 주겠다고. 그다음은 말 안 해도 알겠지?"

마치 시험하는 듯한 말을 하는 호우센.

"우리랑 파트너가 되고 싶다는 거니? 아주 거만하게 위에서 내려다보는 부탁이구나?"

"뭐? 팀이 되어 달라고 부탁할 입장은 그쪽이잖아? 그래서 몸소 나와 준 거야."

비슷해 보이지만 다르다며, 호우센이 계속 시비를 걸었다.
“자, 어서 파트너가 되어 주세요 하고 머리를 조아려 봐.”
발끈한 스도를 말린 호리키타는 체격 차이에도 눈 하나 깜빡하지 않고 강하게 나갔다.
“뭔가 착각하나 본데. 우린 대등한 입장이야.”
“대등? 얼빠진 소리 늘어놓는 건 옆에 그 바보만으로 충분하지 않나.”
“너도 똑같은 D반. 우리와 하나도 다르지 않아.”
“뭘 모르네. 우리는 마음만 먹으면 얼마든지 방법이 있거든? 일이 복잡해지는 거 싫잖아? 그럼 부탁하는 입장으로서 주제 파악을 잘해야지?”
아무래도 호우센은 이미 1학년만이 가진 특수한 무기를 알아차린 듯했다.
“도대체 무슨 방법을 쓰겠다는 건데?”
아마 호리키타도 알고는 있겠지만, 굳이 말을 끌어내기 위해 되물었다.
“알 거 아냐? 우리한테는 강제로 점수를 내릴 방법도 있다는 걸 말이야.”
그 말을 들은 순간, 호리키타가 살짝 세게 입술을 깨물었다.
“뭐라고? 까불지 마라, 1학년 애송아. 시험을 아무렇게나 치면 퇴학이라고!”
“그러지 마. 나쁜 버릇이야, 스도. 바로 욱하지 마.”

"하지만……."

너무 심한 말에 열 받는 심정이야 이해한다.

하지만 호우센이 하는 말은 거짓이 아니었다.

"물론 시험을 대충 치면 퇴학당한다는 규칙이 있지. 하지만 말이야, 시간 마감 때까지 파트너를 못 찾아서 받는 페널티는 또 별개야. 그렇게 되면 곤란해지는 건 너희 2학년뿐이고. 아니야?"

시간 마감에 의한 랜덤 파트너 확정.

그리고 총점에서 5%가 깎이게 된다.

퇴학 가능성이 있는 2학년 쪽이 페널티로 받는 타격이 훨씬 크다.

"그, 그런 게 있어?!"

믿을 수 없다며 스도가 호리키타에게 확인을 구하는 시선을 보냈다.

그 질문에는 예스라고밖에 대답할 길이 없다.

"그렇게 되면 목이 조이는 건 피차 마찬가지 아니니? 입학 초기부터 손해 볼 셈이야?"

페널티를 받으면 501점 이상 받을 가능성이 당연히 내려간다.

"너희 2학년에 비하면 우리야 별로 큰 손해도 아니지. 아니냐?"

호우센이 뒤에 서 있는 나나세에게 확인을 구했다.

"네. 3개월간 프라이빗 포인트를 받지 못하게 되지만,

최대라도 24만 포인트. 치명적인 문제는 아니라고 생각합니다."

"상황을 잘 알았냐? 호리키타 선배."

선배인 호리키타에게 마치 자기가 더 잘났다는 듯이 구는 호우센.

그 모습을 본 스도는 과연 가만히 있을 수 없었는지, 꾹 참고 손은 들지 않았지만, 한층 위압적인 자세로 호리키타 앞에 섰다.

"해보려고?"

호우센이 스도를 상대로 한 치의 망설임도 없이 그렇게 말했다.

"건방지게 굴지 마라."

"냉정을 잃지 마, 스도. 이 학교에 대해 잊지 않았겠지?"

1학년은 모르는 것도 무리가 아니지만, 복도는 당연히 학교의 감시 아래에 있다.

감시카메라가 항시 돌아가고 있어서, 문제가 일어나면 영상을 찾아낸다.

"알고 있어……."

거듭 설득당하자 스도는 이를 갈면서도 물러났다.

쉽게 격앙하는 건 문제지만, 호리키타의 말을 듣고 물러나는 것만으로도 다행이었다.

그런데 시선을 호리키타에게 빼앗겼을 때, 눈앞에 있던 호우센의 커다란 손이 스도의 가슴을 밀었다.

"우옷?!"

순간, 스도가 균형을 잃고 그대로 엉덩방아를 찧듯 바닥에 손을 짚었다.

"키만 큰 건가. 살짝 건드리기만 했는데?"

너무나 무모한 호우센의 행동에 지켜보던 다른 2학년들도 동요를 감추지 못했다.

방금 그것은 폭력으로 간주해도 이상하지 않은, 몹시 대담한 행동이었기 때문이다.

이 학교에서 폭력이란 수단의 어려움과 위험도를 알고 있다면 절대 할 수 없는 짓.

올해 1학년은 예년보다 학교 상황을 자세히 안다고 생각했었다.

그러한 어제의 상황이 확실하다면 이건 무모한 짓이라고밖에 말할 수 없다.

사실은 생각했던 것보다 학교에 대해 이해하지 못한 건가?

아니, 이건 그런 느낌이 아니었다. 그렇다면…….

"이 자식이――!"

겨우 진정하려던 스도가 자신이 당한 짓을 이해하고는 억눌러왔던 분노를 단숨에 폭발시키려 했다.

하지만 그보다 빨리, 멀리서 지켜보던 한 남학생이 사이에 뛰어들었다.

"무슨 짓이야!"

2학년 C반 이시자키 다이치였다. 불량 카테고리에 속하는 난폭한 성격이지만, 정도 많은 남학생. 같은 학년인 스도가 당하는 모습을 보고 참을 수 없었던 모양이다.

"바퀴벌레 같은 것들이 줄줄이 튀어나오네."

호우센이 재미있다는 듯 웃자 나나세가 가볍게 말렸다.

"호우센 군은 여기에 대화하러 온 게 아니었나요? 싸우려고 온 거라면 저는 돌아가겠습니다."

"싸움이라고? 난 그냥 고양이를 쓰다듬는 기분으로 살짝 건드렸을 뿐인데. 미안하다, 스도."

2학년을 상대로 반말.

"사람 깔보는 것도 정도껏 하라고, 어?!"

이시자키가 멱살을 잡으려고 팔을 뻗었다.

그 팔을 본 순간 호우센의 입꼬리가 살짝 올라갔다.

"죽고 싶지 않으면 그만해라, 이시자키."

이시자키의 팔이 호우센의 멱살을 잡기 직전에 멈췄다.

역시 구경 나와 있던 류엔이었다.

"어, 어째서 말리는 겁니까?!"

그를 막은 류엔의 행동에 당황한 이시자키.

그 행동에 놀란 것은 류엔과 같은 반인 이부키도 마찬가지였다.

"네가 말리다니, 무슨 일이야?"

류엔은 보통 이런 다툼을 즐겼으면 즐겼지, 절대 꺼리지 않는다.

감시카메라가 있든 없든 할 때는 망설임 없이 한다.

그렇기에 류엔이 싸움을 말리는 모습이 너무나 의외였을 것이다.

류엔은 이시자키를 뒤로 물리는 대신 자신이 호우센에게 다가갔다.

"이번에는 네가 내 상대냐? 저기 있는 스도라는 바보보다 더 약해 보이는데."

스도보다 체격이 작은 류엔을 보고 그렇게 평가한 호우센.

"너에 대해 잘 알아. 호우센이라는 이름, 우리 동네에선 나름 유명했으니까. 설마 여기까지 와서 그 바보 같은 얼굴을 보게 될 줄은 몰랐지만."

거듭 스도를 바보라고 멸시했던 호우센에게 류엔도 똑같은 단어로 응수했다. 이런 싸움에 류엔이 나서주면 꽤 마음이 든든하다. 실제로 스도도 이 자리의 공기가 달라지면서 분노를 가라앉히는 데 성공했다.

"아, 아는 놈이에요? 류엔 씨."

"류엔이라고?"

이름을 들은 호우센의 표정이 달라지더니 유쾌하다는 듯 입을 크게 벌리고 웃기 시작했다.

"어이어이, 뭐야. 설마 했던 만남이네. 네 소문은 싫을 만큼 많이 들었다, 류엔."

"사람 이름을 기억할 만큼의 지능은 가지고 있나 보군."

아무래도 두 사람은 예전부터 아는 사이인 듯했다. 1학년 D반 호우센이 류엔과 가까운 곳 출신인 모양이다.

그나저나 류엔과 이시자키와 이부키의 관계를 보건대, 아무래도 완전한 부활이라고 봐도 되겠군. 한때는 물러나 있었지만, 다시 2학년 C반을 진두지휘하기 시작했나.

"그런데 그 소문의 류엔이 이렇게 왜소한 녀석이었을 줄이야……의외네."

"넌 이미지대로 뇌까지 근육으로 되어 있는 것 같네."

"몇 번인가 원정 갔을 때 완전히 짓밟아버릴 계획이었는데 그때마다 못 만난 건 나한테 쫄아서 어디 숨어 있었기 때문이지? 졸병들만 굴리고 너는 피해 다녔냐?"

"크큭, 그 운명에 감사해라, 호우센. 나랑 그때 만났으면 지금쯤 그렇게 거만하게 굴지 못했을 테니까. 운 좋아서 여태껏 지는 걸 모르고 온 거지."

"난 네가 꽁무니 내빼고 달아난 줄로만 알았지. 그게 아니라고 말하고 싶으면 지금 당장 담판을 지어도 괜찮은데?"

커다란 주먹을 움켜쥐며 여유를 보이는 호우센.

중학교 시절의 류엔을 알고 있다면 아마 우리 2학년이 가지고 있는 인상과 크게 다르지 않을 터. 그런데도 적으로 만들고 싶지 않은 상대라고 여기지 않는 건가?

"그만두자고. 딱히 얻을 것도 없는 상황에서 고릴라랑 주먹다짐할 생각은 없으니."

먼저 싸움을 걸어오는데도 불구하고 류엔은 그 신청을 거절했다.

물론 이런 장소에서 싸움 따위 가능할 리가 없기 때문이겠지만…….

장소를 바꿔서라도 받아들일 거라고 이사자키 일행은 생각했으리라.

"그렇게 위험한가요, 저 녀석이? 체격은 스도보다 크긴 한데……."

"글쎄."

여기서 대답할 생각이 없는지 류엔은 살짝 웃으며 지시를 내렸다.

"그만 가자."

"너, 1학년한테 얕보였는데도 그냥 가겠다고?"

누구든 상관없이 달려드는 것이 류엔이라는 사실을 이부키도 잘 알고 있다. 그래서 무심코 그런 말을 했다.

"핫. 결착이야 언제든 지을 수 있으니까."

그런 이부키에게도 류엔은 조용히 대답할 뿐이었다.

여기서 끝내면 될 것을, 호우센이 류엔에게로 걸어가 거리를 좁혔다.

"거기 그 여자도 네 졸병이냐?"

두 사람의 대화를 지켜보던 호우센이 류엔에게 물었다.

"뭐, 그렇지."

"하, 뭐라고? 누가? 멋대로 네 부하로 만들지 마."

"여자도 졸병으로 쓰는구나, 류엔."

"그러는 너야말로 아주 귀여운 졸병을 데리고 다니네?"

비슷한 형태로 호우센도 나나세라는 학생을 옆에 두고

있었다.

"이 녀석은 졸병이 아니야. 뭐, 그건 됐고. 놀자고, 류엔."

"안 한다고 말했잖아."

계속 도발해도 류엔은 응하지 않았다.

그것을 상징하기라도 하듯 뒤돌아 돌아가겠다는 의사를 밝혔다.

"그래? 그렇다면――."

달려들지 않는 류엔이 재미없게 느껴졌는지, 호우센이 느닷없이 팔을 뻗어 이부키를 노렸다. 이부키는 그 팔을 가볍게 떨치려고 했으나――

그보다 빨리 이부키의 목을 강하게 잡아 그대로 들어 올렸다.

"읏?!"

뇌파에서 위험한 신호를 보냈는지, 이부키는 당황하며 팔을 잡아 뜯으려고 했다.

하지만 기분 나쁘게 웃는 호우센의 팔은 마치 강철인 양 꿈쩍도 하지 않았다.

뒤돌아본 류엔이 목 졸린 이부키의 모습을 포착했다.

이부키가 팔다리를 민첩하게 놀려 빠져나오려고 애썼지만, 호우센에게는 통하지 않았다.

"핫. 빠져나가 봐라. 아니면 거기서 멍하니 보고 있는 너희 모두 달려들어도 되고."

호우센의 얼굴에 절대적 자신감이 내비쳤다.

하지만 이쪽도 그리 쉽게 나설 수 있는 상황이 아니었다. 소란을 일으키면 학교도 당연히 냄새를 맡을 것이다. 필연적으로 브레이크가 걸릴 게 분명한 상황. 유일하게 자유로운 류엔이 어이없어하면서 몸을 움직였다. 호우센을 공격하기보다는 이부키를 구하기 위한 움직임. 그가 호우센의 가슴팍으로 파고들었다. 하지만 호우센은 이부키의 목을 쥔 채, 행동의 제약이 있는 상황에서 류엔의 발차기를 가볍게 받아넘겼다.

"이 자식이!"

그러자 한 번은 참았던 이시자키도 참전했다.

이제 학교 복도라고 보기 힘든 소동이 벌어지고 있었다.

"좋아, 좋아. 이런 학교까지 들어온 보람이 있다니까."

앞으로 본격적인 싸움이 시작될지도 모른다.

그때 시종일관 지켜보던 나나세가 입을 열었다.

"호우센 군, 그만 하세요."

류엔과 이시자키 두 사람을 상대하면서도 이부키를 잡고 있는 핸디캡이 조금도 느껴지지 않는 움직임을 보이던 호우센은 같은 반 나나세의 말에 행동을 멈췄다.

"뭐라고 했어?"

충고를 받아들였다기보다 그녀가 한 말에 짜증이 난 얼굴이었다.

"선배들이 조금 전부터 감시카메라를 신경 쓰고 있어요. 그런 상황으로 보건대 여기서 싸우는 것에 아무런 이득이 없다고 저는 판단했습니다."

"그 정도는 나도 안다고. 알면서 노는 거야."

우리가 감시카메라 때문에 행동을 조심하고 있다는 사실을 처음부터 알았다고 말했다.

그 말이 사실이라면 역시 호우센이 등장한 후 지금까지 보여준 일련의 행동은 잘 이해되지 않는다.

충고를 무시하고 다시 싸움을 재개하려고 하자 나나세가 한층 강하게 말했다.

"알고 있다면 더욱. 이 이상 괜한 행동을 한다면 저 역시 생각이 있습니다. 이 자리에서 '그것'을 주지시킬 수도 있어요."

그것, 이라는 추상적인 단어를 듣자 호우센이 다시 행동을 멈췄다.

그리고 시시하다는 표정을 지은 후 손에 힘을 풀자, 이부키가 콜록거리며 바닥에 주저앉았다.

"꽤 하잖아, 나나세. 하지만 내 기대를 저버리면 여자라도 안 봐준다?"

"그때는 받아들이죠."

호우센이 겁을 주어도 나나세는 동요하지 않고 그렇게 말했다.

2학년 구역에 있다는 사실 따위 조금도 느껴지지 않는 차분한 태도로.

그나저나 이 호우센이라는 남자, 보통내기가 아니다. 싸움 잘하는 학생은 2학년에도 적지 않다. 남자 중에서는 류엔과 스도, 알베르트도 있다. 하지만 호우센은 1학년이면서, 살짝 보인 면만으로도 상당한 실력자임을 알 수 있었다. 만약 내가 상대한다고 해도 간단히 제압할 수는 없겠지. 잠깐만 보고도 그런 느낌이 드는데, 전력을 다하면 어떻게 될지 알 수가 없다. 류엔이 이시자키를 말린 것도 단순한 주먹다짐을 하면 불리하다고 판단했기 때문일 거다. 엄청난 1학년이 들어왔군.

"그만하지. 목적은 이뤘으니까. 돌아가자, 나나세."

"네. 그게 현명합니다."

싸움 이외의 부분은 만족했는지, 호우센은 마지막으로 류엔을 다시 한번 쳐다보았다.

"나한테 무릎 꿇으면 파트너를 해줄 수도 있는데? 류엔 서언배애."

"공교롭게도 내 파트너는 인간 한정이어서. 야생 고릴라랑 팀이 될 생각은 없거든."

"그거 아쉽네."

하지만 이 해프닝은 여기서 끝나지 않을 것이다.

호우센과 나나세 이외에도 1학년 하나가 상황을 쭉 관찰하고 있었기 때문이다.

그 사실이 호우센의 심기를 건드렸는지, 마침내 그 화살이 1학년에게도 향했다.

"쥐새끼처럼 구경만 하냐? 너."

"군자는 위험한 곳에 가지 않는다. 그런 말을 아시는지요?"
노려보는 호우센을, 1학년 남학생이 시원하게 받아넘기며 대답했다.
"담소를 나누는 것도 좋으나, 이 이상 여기서 호우센 군이 소란을 일으키는 것은 좋은 방책이 아닙니다. 일단은 물러가야 한다고 저는 생각합니다. 아닌가요?"
그런 조언처럼도 들리는 말과 함께 마침내 이 자리에 어른이 모습을 드러냈다.
"뭐 하고 있지? 호우센."
시끄러운 학생들을 가르고 슈트 차림의 한 남성이 다가왔다.
그와 동시에 구경하던 2학년들 대부분이 도망치듯 자기 교실로 돌아갔다.
"호우센, 들뜬 마음은 알겠지만, 학교의 규칙을 귀가 따가울 만큼 주입받았을 텐데."
"그런 건 알고 있어."
"알면 빨리 돌아가라. 싸움은 복도에서 하는 게 아니다."
"이런 건 싸움 축에도 못 든다고."
그렇게 비웃은 호우센은 두 손을 주머니에 찔러 넣고 등을 돌렸다.
의외라는 생각이 들 정도로 쉽게 물러난 호우센은 나나세에게 그만 가자는 지시를 내렸다.
"그럼 또 보자고, 호리키타."

군이 콕 집어 호리키타를…… 아니 2학년 D반을 지명한 호우센.

“소란 피워 죄송합니다.”

마지막으로 나나세가 고개를 숙임으로써, 사태를 진정시키는 데 성공했다.

그리고 고개를 든 나나세는 떠나기 전에 다시 한번 나를 보았다. 이곳에 나타나 처음으로 시선이 마주쳤을 때의 눈. 뭔가를 알아내고 싶어 하는 눈빛.

하지만 내가 그 시선을 받자 바로 피하고 호우센을 뒤따라갔다.

“미안하구나. 우리 반 학생이 소란을 부려서.”

옆에서 상황을 지켜보고 있던 호리키타에게 교사가 사과했다.

“아뇨…….”

“온 김에 내 소개를 간단히 하지. 난 이번에 1학년 D반을 맡게 된 시바 카츠노리다. 이 학교에 갓 발령받았는데 앞으로 잘 부탁한다.”

그렇게 인사를 마친 시바 선생님은 호우센의 뒤를 쫓듯 돌아갔다.

그리고 교대하듯이, 차분한 태도의 남학생이 2학년을 향해 고개를 숙였다.

“동급생 호우센 군이 선배님들을 난처하게 만들었습니다. 1학년을 대표해 제가 대신 사과드립니다.”

아까와는 달리 이야기가 좀 통할 것 같은 학생이었다.

"저희 1학년은 아직 특별시험이란 것을 잘 이해하지 못하고 있습니다. 수고스러우시겠지만, 선배님들, 부디 잘 부탁드립니다."

사과와 인사를 겸한 말을 마치고, 야가미라고 자신을 소개한 학생도 그만 돌아가려고 했다.

그러다가 문득 뭔가를 포착한 눈치였다.

마침 점심을 먹고 돌아온 듯한 D반 여학생 몇 명.

마츠시타, 쿠시다, 사토, 미짱이었다.

그중 한 사람, 쿠시다를 보고 깜짝 놀란 표정을 지었다.

"왠지 소란스럽네. 무슨 일 있었어? 호리키타."

야가미의 존재를 인식하면서도 이상하다는 듯 상황을 물어보는 쿠시다.

"너희가 신경 쓸 일은 아니야."

"그래?"

아무 일도 아니라고 대답하자 쿠시다는 세 사람과 함께 교실에 들어가려고 했다.

"저기…… 혹시 쿠시다 선배, 아닌가요?"

"어?"

그 목소리에 뒤돌아본 쿠시다. 쿠시다의 이름을 알고 있다는 건 혹시 야가미도 쿠시다와 아는 사이인 걸까. 그렇게 생각했는데…….

"으음?"

상대를 보고도 어리둥절한 것이, 아무래도 모르는 눈치였다.

"저예요. 모르시겠습니까? 아, 알아보시는 게 더 이상할지도 모르겠군요. 야가미 타쿠야입니다."

이름을 듣고 잠시 생각한 쿠시다는 곧 기억이 떠오른 듯 말했다.

"야가미…… 앗! 그 야가미?!"

"네, 그 야가미입니다. 오랜만이네요!"

"야가미도 우리 학교에 들어왔구나. 이런 우연이 다 있네!"

"설마 여기서 쿠시다 선배를 다시 만나게 될 줄은 꿈에도 몰랐습니다."

"아는 사이야?"

사토가 이상하다는 듯 묻자 쿠시다가 고개를 끄덕였다.

"응. 접점은 별로 없었지만. 야가미 타쿠야. 머리가 굉장히 좋았던 걸로 기억해. 학년이 달라서 인사만 하는 정도였는데."

"그럼 너도 알겠군."

내가 호리키타에게 작은 목소리로 확인하자 바로 대답이 돌아왔다.

"글쎄, 모르겠는데."

"하긴 너는 같은 반 애들 얼굴도 잘 기억 못 할 것 같긴 하지."

"부정은 안 할게. 흥미 없는 사람한테 눈길을 줄 정도로 한가하지 않았거든."

아무래도 정말로 기억을…… 아니, 인식조차 못 했던 것 같다.

동급생조차 의심스러운 상황이니, 후배 따위는 더욱 기억할 리 없다.

여하튼 쿠시다는 기억 못 하더라도 남자 입장에서 쿠시다는 한 번 보면 잊지 못할 것이다.

그만큼 사람을 끄는 외모니까.

"동경하던 쿠시다 선배와 이렇게 또 같은 학교에 있을 수 있다니 이런 행운이 다 있네요."

"그런……."

겸손 떠는 쿠시다. 하지만 야가미와 같은 중학교였다니 좀 신경 쓰이겠군.

"그 일, 야가미라는 후배는 알까?"

그 일이란 물론 쿠시다의 과거를 말한다.

쿠시다는 중학생 시절, 자기 반을 붕괴하게 만든 경험이 있다.

그리고 그 사실을 아는 같은 학교 출신 호리키타를 몹시 적대시한다. 자신이 반을 무너뜨리는 인간이란 걸 알기에 위험하다고 느끼고 제거하고 싶어 한다.

같은 중학교 출신이라면 야가미 역시 그 일을 알고 있어도 이상하지 않은데…….

"알아도 이상하지 않지. 하지만 꼭 안다는 보장도 없어."

그렇다면 야가미는 쿠시다의 입장에서 안심할 수 있는 존재는 아니라는 뜻이다.

같은 학년에 같은 학교 출신이 있는 것처럼, 후배가 들어오는 것도 이상한 일은 아니다.

"갑작스러운 얘기지만 선배라면 이의 없습니다. 제 파트너가 되어주시겠습니까?"

이제 막 만났는데 야가미는 그렇게 말하고 웃으며 손을 내밀었다.

과거에 대해 아무것도 모른다는 어필인 걸까, 아니면 알아도 상관없다는 어필인 걸까.

"나랑? 야가미라면 더 공부 잘하는 사람이랑 팀을 맺을 수도 있을 텐데?"

야가미 타쿠야의 학력은 A로 과분한 성적이다. 쿠시다가 사양하는 것도 수긍이 갔다.

옆에서 휴대폰을 만지던 호리키타도 OAA로 그 사실을 확인한 참이었다.

"저는 뭐가 뭔지 아직 잘 모르니까요. 그러니 믿을 수 있는 사람을 파트너로 삼고 싶습니다."

어플로 어느 정도의 학력은 알 수 있지만, 인간성까지는 모른다.

그러니 확실한 결과를 얻을 수 있다는 확신이 드는 지인과 팀이 되는 게 좋다는 판단.

"음, 조금만 고민하고 결정해도, 될까……?"

야가미를 경계하는 걸까, 아니면 다른 이유가 있나.

쿠시다는 파트너 신청을 일단 보류했다.

"물론입니다. 그럼 저는 당분간 아무와도 팀이 되지 않고 쿠시다 선배의 대답을 기다리겠습니다."

학력이 A이니 급하게 파트너를 찾아다닐 필요가 없다.

여유를 보이면서 보류를 받아들이는 야가미.

"젠장, 좋겠다. 나였으면 바로 팀 한다……."

학력 E+인 스도는 보류라는 선택지를 고른 쿠시다가 부러울 것이다.

"그럼 좀 더 노력해."

"그래…… 반드시 더 좋은 성적을 낼 거다."

비굴해지는 것이 아니라 향상심이 담긴 부러움.

나는 일단 호리키타 일행으로부터 거리를 벌렸다.

조금 떨어진 위치에서 하루카가 손짓하는 것이 보였기 때문이다.

아키토와 케세이, 아이리까지 아야노코지 그룹 멤버가 모두 모였다.

"너, 너무 무서웠어."

합류하자마자 제일 먼저 나온 말은 호우센에 대한 아이리의 감상이었다.

"올해 1학년도 스도나 류엔같이 불량한 애들이 들어온 느낌?"

소동을 멀리서 지켜보았던 하루카가 왠지 어이없다는

듯 말했다.

그 옆에 선 아키토는 호우센이 사라진 복도 끝을 바라보며 움직이지 않았다.

"미얏치, 왜 그래?"

"엄청난 놈이 입학했네. 우리 학교, 앞으로 굉장히 시끄러워질지도 몰라. 저놈은…… 호우센은 강한 걸로 따지면 스도, 류엔과 비교도 안 될 정도로 강하니까."

"뭐야 뭐야, 설마 미얏치도 아는 애야?"

"직접 본 적은 없지만. 우리 지역에서 류엔과 호우센은 꽤 유명해."

아무래도 아키토는 류엔과 호우센이 다니던 중학교와 가까운 곳에서 살았던 모양이다.

"우리 학교에도 짱……이라고 해야 하나, 싸움으로는 지지 않는 녀석이 있었는데, 어느 날 갑자기 사라져서 시끌시끌했었거든. 나중에 들린 소문에 따르면, 막 중학교 1학년이 된 두 살 연하 호우센이란 애가 원정 와서 싸웠는데 일방적으로 얻어터져서 병원에 실려 갔다는 거야."

"짱? 무슨 불량만화 같은 이야기네…… 좀 깬다."

"내가 사는 동네지만, 옛날부터 불량배들이 많은 지역으로 유명했거든."

"으……."

귀에 익숙하지 않은 단어의 나열에 하루카가 조금 당황했다.

"그런 식으로 호우센은 주위 중학교를 싹 정리했어."

"류엔도 유명했다면서? 그 두 사람, 오늘 처음 만난 것 같던데."

"우연히 못 만난 느낌이긴 하더라."

"그런데 말이야, 혹시 미얏치도 불량했어?"

"나는…… 그런 건 그만뒀어. 지금은 성실한 학생이야."

"그건 불량했던 과거가 있단 말이네?"

"……놀았던 건 중학교 2학년 때까지야. 그 후로는 궁도만 보고 살았어."

"그러니까 불량했다는 뜻이잖아?"

이상한 대목에서 하루카가 집요하게 굴자, 아키토는 곤란한 듯 머리를 긁적였다.

"그럼 안 되냐?"

"딱히? 오히려 좀 멋있는 과거 같은데?"

"하나도 안 멋있어."

싸움과 관련된 사정에 대해 자세히 아는 것도 아키토 본인이 그쪽에 있었기 때문인가. 하긴 예전부터 배짱 좋게 굴던 것도 그렇고 언뜻 몸놀림이 민첩해 보이기는 했다.

"뭣하면 다시 불량해져서 호우센을 손봐주는 게 어때?"

"농담하지 마라. 혹시 싸우게 되더라도 상대를 보고 골라야지. 특히 호우센만은 절대 사양이야."

싸우기도 전에 백기를 드는 아키토. 자신의 실력을 떠나서 호우센이 너무 강하다는 의미가 담겨 있었다.

이부키도 나름대로 격투 실력이 좋은 편인데, 제대로 손도 못 쓰고 당했으니 말이지.

압도적인 체격 차이. 심지어 스피드까지 갖추었다면 적수가 될 리 없다.

3

방과 후가 되자 나는 어제와 마찬가지로 호리키타의 호출을 받았다.

둘이서 교실을 빠져나가려는데, 스도가 동행하겠다고 강하게 나왔다. 호리키타는 지난번처럼 거절하려고 했지만, 자기 파트너가 될 사람을 찾기 전까지 돕게 해달라는 열의에 밀린 듯했다. 결국 동아리 활동과 공부에 지장이 없는 선에서, 라는 조건을 달고 같이 움직이기로 했다. 호리키타치고는 친절하달까 순순히 받아들여서 의외였다.

하지만 그런 행동에는 분명한 이유가 있을 것이다.

특별시험까지 앞으로 열흘 남짓. 난도 높은 필기시험을 생각하면, 공부에 집중할 수 있는 시간과 환경을 조금이라도 더 확보하는 것이 좋다. 하지만 늘 호리키타의 동향만 살펴서는 집중력도 결여될 터. 차라리 빨리 스도의 파트너를 찾아내 공부에 전념할 시간을 벌고 싶다는 호리키타의 의도가 눈에 보였다.

호리키타는 스도 켄이라는 인간을 잘 알고 있었지만, 딱 한 가지 중요한 걸 모르고 있었다. 그건 바로 호리키타에 대한 스도의 마음. 구실을 만들어 곁에 있으려고 하는 진심을 모르는 것이다.

물론 굳이 알려주진 않을 것이다. 그건 스도의 소중한 원동력이기도 하니까.

호리키타는 1학년 교실이 아닌 케야키 몰로 향했다.

오늘 오후에 1학년이 2학년 구역에 와서 문제를 일으킨 것 때문일까?

똑같은 전개가 일어나지 않는다는 법이 없기 때문에 배려한 것인지, 아니면 1학년 D반 호우센이 문제아라는 사실이 호리키타의 생각을 바꾼 것인지.

그 부분은 곧 알게 되겠지.

"그나저나 와글와글 시끄럽네. 1학년이지? 저기서 떠드는 녀석들."

케야키 몰에 들어가자마자 스도는 못마땅하다는 듯 오른손 약지로 귀를 틀어막았다.

눈에 들어온 1학년들의 모습을 본 솔직한 감상.

"정말 붕 뜬 애들이 많네."

여기저기에서 즐겁게 수다를 떨며, 뭘 살까 뭘 먹을까 얘기하고 있었다.

"우린 심각하게 파트너를 찾아다니는데 말이야."

파트너를 결정하기 위해 며칠씩이나 소비하는 것은 2학

년뿐 아니라 1학년에게도 좋은 일이 아니다. 하지만 1학년과 2학년 사이에는 큰 괴리가 있다.

그건 특별시험에 대한 인식 차이.

어제 방과 후의 모습처럼, 위기감을 느끼는 1학년이 별로 없었다.

그 모습은 교내를 벗어나자 훨씬 더 두드러졌다.

"무리도 아니지. 저 때의 우리도 똑같았잖아."

"그렇지……."

입학 직후에 큰돈이 들어오자 학생들은 연일 놀러 다니느라 정신이 없었다.

A반도 사정은 크게 다르지 않았다.

사용 방법은 차치하더라도, 이 학교를 마음껏 만끽한 것은 똑같다.

무엇보다 성가신 건 1학년과 2학년이 받는 페널티에 차이가 있다는 점이다.

퇴학이라면 모를까, 1학년이 잃는 것은 3개월 분량의 프라이빗 포인트뿐.

"참 태평도 하다."

"네가 할 말은 아니지, 스도. 1년 전 네 모습을 벌써 잊었니?"

"아, 안 잊었어……. 많이 반성하고 있다고."

입학하고 조속히 최초의 퇴학생이 될뻔했으니까 말이지.

그때 쓴 구제 조치는 당연히 이제 쓸 수 없다.

비기너라는 특권은 이미 다 써버렸으니까.

"일단 한 그룹에 말이라도 붙여볼까?"

벤치에 앉아 담소를 나누고 있는 1학년 남학생 세 명을 발견하고 호리키타가 말했다.

이름은 카가, 미카미, 시라토리. 셋 다 1학년 D반이고 학력 B- 이상으로, 우리에게는 과분한 학생들이었다. 말을 걸기 전에 혹시 몰라 어플을 열어 대조해보는 호리키타.

역시 1학년 D반 학생이라는 사실이 틀림없나.

"잠깐 괜찮니?"

"……무슨 일이죠?"

상급생이 말을 걸었다는 건 우리를 보고 바로 알았으리라. 즐거워 보이던 표정이 사라지고 바로 경계했다.

"이번 특별시험을 같이 칠 파트너를 찾고 있어. 너희 아직 안 정해졌지?"

"아, 네. 아직 아무와도 파트너가 되지 않았어요."

"괜찮으면 파트너가 되는 것을 전제로 대화를 좀 나눠도 될까?"

"물론 좋죠. 그렇지?"

우리의 제안에 세 사람은 미리 짠 것처럼 고개를 끄덕였다. 생각보다 느낌이 좋아, 경계심이 다소 풀린 것 같은 느낌을 받았다.

스도도 셋의 호의적인 태도에 진짜야? 하고 놀란 표정을 지었다.

"그런데 정말 미안하지만 지금 우리가 최우선으로 찾고 있는 건——."

"학력이 낮은 사람이 퇴학당하지 않게 구제해줄 수 있는 파트너를 찾고 있죠?"

이미 1학년들 사이에도 알려진 모양이다.

"맞아. 알고 있으면 이야기가 빠르겠네."

"음…… 거기…… 스도 선배와 파트너가 되면 되는 거예요?"

상대도 휴대폰으로 우리의 프로필을 확인했기 때문에 이야기에 막힘이 없었다.

"그래. 얘도 그중 한 사람이야. 말고도 몇 명 더 있지만."

"아, 그렇군요. 스도 선배는 학력이 E+ 인가요……. 좀 난감하네요."

말투는 부드러웠지만, 학력이 낮다는 걸 지적하는 게 명백했다.

아무리 사실이라지만 그 말에 스도가 불쾌해하는 것 같았는데, 그래도 표정으로 드러내지 않고 잘 참았다.

"시라토리 너 정도면 여유롭겠지?"

오른쪽 끝에 앉은, 시라토리라는 1학년에게 묻는 두 사람.

"일단 학력은 A 판정을 받았습니다."

"그런 것 같네. 네가 파트너가 되어주면 나로선 더 말할 것도 없어."

"그럼—— 이렇게 하면 어때요?"

시라토리가 손바닥을 펼치고 호리키타에게 제안했다.

순간 영문을 몰라 호리키타가 우리 쪽을 쳐다보았다.

"참나. 파트너가 되어주길 원하잖아요? 그럼 뻔한 거 아닙니까?"

그 말에 호리키타도 이해했다.

"……프라이빗 포인트를 말하는 거니?"

"당연하죠. 저는 머리 좋은 사람이랑 파트너가 되면 상위를 노릴 수 있어요. 그렇게 해서 얻을 수 있는 보수를 포기하면서까지 학력 낮은 사람의 파트너가 되어주는 거니까, 당연히 그런 흐름이 되어야죠."

"뭐야, 포인트를 내놓으란 거냐. 그것도 5만이라니…… 너무 많잖아."

항상 궁핍하게 생활하는 스도에게는 파격적인 포인트 금액 제시.

"선배, 농담은 그만 하세요. 고작 5만 따위에 받아들일 리가 없잖아요."

"뭐?"

"50만입니다. 50만 포인트를 주시면 지금 당장이라도 파트너가 되어 드릴게요."

"오, 오십만?!"

"반에서 퇴학생이 나오면 큰일이잖아요? 저희도 공부 좀 했거든요."

아무래도 작년의 우리와는 입학 시점부터 많이 다른 듯

하다.

이 학교의 구조를 일찌감치 이해했고, 자신의 가치도 잘 알고 있다.

이래서는 누가 선배이고 누가 후배인지 모르겠다.

그런 식으로도 받아들일 수 있는 상황이로군.

"물론 학력이 낮은 사람과 팀이 되어주는 이상, 사례가 발생하는 건 당연한 일이지."

"야, 야, 스즈네. 나한테 50만이 어디 있어?"

"아니까 좀 조용히 해."

경솔하게 내뱉은 지갑 사정에 1학년 세 사람이 쓴웃음을 지었다.

"포인트를 원하는 건 자연스러운 일이야. 하지만 당장 눈앞의 욕심만을 채우는 것이 과연 좋은 일일까?"

"무슨 말씀이죠?"

세 사람을 대표해 시라토리가 호리키타에게 되물었다.

"여기서 우리한테 인심을 쓰면, 언젠가 비슷한 상황이 닥쳤을 때 우리가 도움이 되어줄 수도 있다는 거야."

프라이빗 포인트 이외의 빚을 만들어두면 장차 유리할 거라고 호리키타가 주장했다.

"학력 A인 호리키타 선배는 그렇다고 쳐도, 거기 있는 스도 선배나 아야노코지 선배가 도움이 될 거란 생각은 안 드는데요?"

"꼭 그렇다고 단정할 수는 없어. 이 학교는 공부가 전부가 아니거든. 신체 능력을 요구할 때도 있어."

특히 스도는 2학년에서 유일하게 신체 능력 A+을 받았다.

호리키타는 그 점을 무기로 내세우려 했으나…….

"알아요. 하지만 그래 봐야 D반이잖아요? 기왕 인정을 베풀 거면 A반이나 B반으로 하겠습니다."

냉정하게, 그리고 객관적으로 판단한 시라토리가 그렇게 대답했다.

"……그래. 그렇구나."

우리의 제안을 순순히 받아들인 점과 제시한 포인트 금액 등을 고려하면 깊이 생각할 것까지도 없는 일이다.

"뭐, 뭐가 어떻게 되는 거야?"

"선배들이 오기 전에, 다른 2학년 반으로부터 제안을 받아서요."

"네 학력을 싸게 팔 생각은 없다, 그 뜻이지?"

"네. 저희의 능력에 상응하는 포인트를 주지 않으면 파트너가 될 수 없다고 생각해 주세요."

그렇게 나오는 시라토리 일행을 앞에 두고도 호리키타는 자세를 무너뜨리지 않고 이야기를 이어나갔다.

"하긴 그렇다면 자신을 값싸게 팔 수는 없겠네. 하지만 정말로 다른 제안을 받은 게 맞니?"

"그게 무슨 의미죠?"

살짝 기분 나쁘다는 표정을 짓는 시라토리. 학력 A의 자존심이 다소 상한 듯 보였다.

"너희도 우리와 같은 D반. 상위 반이 쉽게 말 걸 것 같지 않은데."

이건 호리키타가 떠보는 것이다. 학력이 높으면 D반이라 할지라도 이번 시험에서는 유효한 카드가 될 수 있다.

즉, 어디에서 얼마만큼 제안이 들어왔는지 확인하기 위한 말이다.

그 말이 자존심을 자극했는지, 시라토리가 조금 거친 말투로 호리키타에게 반박했다.

"정말이라고요. 2학년 A반의 하시모토 선배가 제안했어요. 그리고 2학년 C반에서도 상당한 포인트에 거래하자고 타진해왔고. 내 말 맞지?"

맞아, 맞아, 하고 맞장구치는 두 사람.

"저희만이 아니에요. 머리 좋은 애들은 거의 다 제안받았을걸요?"

호리키타가 읽은 대로, 매수를 위해 움직이기 시작한 것은 2학년 A반과 C반이었다.

"그렇구나…… 그럼 지금의 우리는 기대에 부응할 수 없겠네."

"아, 하지만 포인트만 주시면 다 거절할게요. 일단 일주일 정도는 상황을 지켜볼 생각입니다. 그사이에 50만 포인트를 주시면 스도 선배라도 기꺼이 받아들이죠."

확실하게 퇴학을 막을 수 있는 포인트 액수는 50만 포인트.

당연히 높지만, 다른 시각에서 보면 그 포인트로 안전을 살 수 있는 것도 된다.

하지만 여기서 바로 결정하기도 어렵거니와 결정할 생각도 없겠지.

"그런데…… 너희, 하시모토한테는 얼마에 협력하겠다고 했어?"

구체적인 포인트 액수를 알고 싶다며 대답을 요구했지만, 시라토리 일행은 그리 만만하지 않았다.

"그건 말하지 않기로 약속했어요. 단지 50만 포인트면 선배들한테 협력하겠다는 것뿐."

"알았어. 그 점에 관해서는 검토해볼게. 그리고 한 가지 부탁이 있는데 괜찮니? 같은 D반 학생을 몇 명 소개해줄 수 있을까?"

"소개요?"

"우리도 어느 정도 협력할 준비는 되어 있어. 하지만 한 명 한 명에게 일일이 말을 걸어서 처음부터 똑같은 설명을 하기에는 시간이 아깝잖아? 가능하다면 너희가 애들을 모아서, 그곳에서 구체적인 의논을 하고 싶어."

협력 관계가 될 수 있음을 넌지시 비치면서도 무엇에 협력할지에 대해서는 구체적으로 언급하지 않았다.

세 사람은 서로 마주 보더니, 왠지 난처한 표정을 지었다.

"그건…… 그런 역할을 맡긴 좀 힘들어요. ……그렇지?"

"어. 마음대로 그런 짓을 했다간 호우센 군이 화낼 테니까, 그렇지?"

세 사람의 대화 속에서 '호우센'이라는 이름이 등장했다.

이들 모두가 호우센이라는 학생을 두려워하고 있다는 의미였다.

"죄송해요, 선배. 그런 건 다른 애한테 부탁해주세요……."

역시 1학년 D반의 열쇠를 쥐고 있는 사람은 그 남자라는 거군.

명백하게 공기가 달라졌다는 사실을 깨닫고, 호리키타는 더 깊이 파고들지 않기로 했다.

"그래, 고마워. 그럼 필요해지면 다시 말할게."

"네, 네에. 기다리겠습니다."

벤치에서 벗어난 우리는 2층 카페 쪽으로 향했다. 슬쩍 뒤돌아 확인하니, 시라토리가 허둥지둥 휴대폰으로 어딘가에 전화를 걸고 있었다.

"정보는 얻었지만, 진전이 있다고 말하긴 어려워. 유일하게 확인한 건 50만 포인트라는, 엄청난 금액이라면 바로 협력해주겠다는 것뿐."

"웃기지도 않은 요구네, 약점을 잡고 말이야."

"과연 말도 안 되는 액수긴 해. 하지만 자기를 싸게 팔 필요가 없는 것도 사실이니까."

학력 A 평가를 받았으면 더욱 그렇다.

포인트를 버는 방법으로서는 시험에서 상위에 올라 10만 포인트를 노리는 것보다 훨씬 현명하다.

"그럼 나는 결국 누군가에게 프라이빗 포인트를 주는 것밖에 살 방법이 없는 건가?"

"아무 대가 없이 받아줄 학생이 있을 거라고 쉽게 말할 수 없다는 것만은 확실하네."

이미 포인트로 성립한다는 분위기가 만연하다. 시라토리 일행뿐 아니라, 1학년 전체가 프라이빗 포인트의 거래에 관해 알고 있다고 생각하는 편이 좋을 것이다. 이건 사카야나기나 류엔의 전략 중 하나라고 봐도 되겠지. 보통 포인트 거래는 뒤가 켕기는 행위, 몰래 행동하는 것이 정설이다. 그런데 대대적으로 매수 행위를 펼침으로써, 대가 없는 봉사는 손해라는 사실을 인지시킨 거다.

그나저나 조금 전 시라토리 일행의 대화 중에 마음에 걸리는 부분이 있다.

이미 다른 반이 찾아왔었는데도 시라토리는 일주일을 기다려주겠다고 말했다. 포인트를 낚기 위해서라지만, 세 사람 모두가 처음부터 포인트를 벌 생각만 하는 건 좀 이상하다. 일찌감치 파트너를 찾아 마음 편하게 있고 싶다고 생각하는 학생도 있을 텐데.

어쩌다가 그 세 사람이 강하게 나온 것일 뿐일까, 아니면…….

"이대로 무작정 물으며 돌아다녀 봐야 똑같은 대답만 듣지 않을까?"

1학년 D반을 주목하는 것까지는 좋지만 그 후가 문제니까 말이지.

마음대로 하면 호우센이 화낸다는 말도 마음에 걸리고.

그 말투를 보아, 호우센 카즈오미가 1학년 D반 전체를 지배하고 있는 게 틀림없다.

"아마 호우센이 반 애들에게 지시를 내렸을 거야. 어느 반의 누구와 팀이 되든 자유지만, 바로 받아들여도 되는 액수는 50만 포인트 이상만 된다고. 그렇지 않으면 A반이라도 일단 보류하라고."

"하지만 그랬다면 1학년 D반만 끝까지 남게 되는 거 아니냐?"

"최종적으로 남는 것도 감수하고 있다는 뜻이지."

"뭐? 도대체 왜?"

"파트너가 정해지지 않아 받는 페널티를 두려워하는 쪽은 2학년. 그는 그 페널티를 무기 삼아서 최종적으로 프라이빗 포인트를 뜯어낼 생각인 거야."

1학년 D반 이외의 우등생이 다 팔리고 나면, 결국에는 싫어도 큰 액수를 주고 협력을 부탁하는 수밖에 없어진다. 그것이 100만, 200만이라 할지라도.

"앞일은 하나도 생각하지 않는 무모한 전략이지."

"그럼 어떻게 해야 할지 구체적인 방침을 가르쳐주라."

이제 1학년 D반의 방침, 전략은 눈에 보인다. 그것을 파악한 호리키타는 어떤 생각을 하고 있을까?

2학년 A반과 C반의 과격한 매수 승부가 펼쳐지기 시작했는데, 거기 끼어드는 형식을 취할지 아니면 이치노세처럼 반을 불문하고 하위 학생을 많이 받아들여 신뢰 관계를 구축, 우등생들에게도 협력을 호소할 방침으로 갈 것인지.

"난 이 특별시험의 개요를 듣자마자 세 가지 목표를 세웠어."

"세 가지 목표?"

스도도 궁금하다는 듯 몸을 앞으로 내밀었다.

"제일 중요한 건 우리 반에서 퇴학생이 나오지 않는 거야. 이건 굳이 말할 필요도 없지."

응, 하고 고개를 끄덕이는 스도.

"그리고 다음으로는 반별 대결에서 종합 3위 이상을 노리기."

"3위? 1위, 2위는 처음부터 포기하겠다는 거야?"

"아무도 포기하겠다고 말하지 않았어. 3위 이상이라고 했지."

하긴 그 말에는 1위와 2위도 포함되지만, 아무리 생각해도 그건 아닌 것 같은데.

그리고 아마 그건 세 번째 목표와도 관련 있을 것이다.

"세 번째는 머니게임은 하지 않기. 이 세 가지를 원칙으로 싸울 생각이야."

"헉…… 하, 하지만……."

"무슨 말이 하고 싶은지는 알아. 프라이빗 포인트로 승부를 걸지 않으면 우린 못 이겨. 하지만 우리 2학년 D반이 가진 포인트를 써서 싸운다고 해도 리스크와 리턴의 균형이 안 맞아. 종합 1위가 되어도 받을 수 있는 반 포인트는 50포인트. 1년으로 환산해도 우리 반이 받을 수 있는 프라이빗 포인트는 200만 조금 더 되는 액수."

일인당 월 5,000포인트에 39명을 곱하고, 이미 지나간 4월 입금을 뺀 다음 나머지 11개월을 곱하면 2,145,000 프라이빗 포인트가 된다.

"가령 50만 포인트에 한 명이 해결된다고 치면, 다섯 명이 넘어가는 시점에 이미 적자야. 고작 네 명이 학력 A인 1학년을 잡아서 이길 수 있을 만큼 안이한 싸움이 아니잖아?"

앞으로 2년간, 그러니까 졸업 때까지 본다고 해도 4,485,000 프라이빗 포인트. 가능한 인원은 최대 11명. 심지어 이것도 50만 이하에 성사되고 또 학년별 종합 순위에서 1위에 오를 수 있다는 전제 조건에 성립하는 것. 리스크를 생각하면 앞으로 있을 특별시험을 기다렸다가 거기서 프라이빗 포인트를 방출하는 편이 더 효율적일 가능성이 높다.

"프라이빗 포인트와 반 포인트는 이퀄이 아니야. 그 이상의 보상이 있다는 것도 충분히 알고 있어. 하지만 여기서 포인트를 전부 투입해도 승산이 희박하다면 무리하면 안 된다는 생각이야. 내 생각이 틀렸니? 아야노코지."

"아니. 네 판단이 옳아."

2학년 D반이 원래 지닌 학력의 종합치와 2학년 A반의 종합치는 그 차이가 뚜렷하다. 종합 순위에서 이겨야겠다고 할 때, 11명을 넣는다고 해서 형세가 유리해진다고 볼 수는 없다. 물론 호리키타도 임기응변으로 움직이겠지. 5만, 10만에 확실하게 도와줄 학생이 있다면 프라이빗 포인트를 줄 수도 있을 것이다. 어디까지나 돈에 의한 난타전만은 하지 않겠다는 뜻이다.

"세 번째 목표를 달성하려면 역시 1학년 D반과 교섭해야 한다고 생각해."

"어, 어째서? 호우센의 지시 때문에 50만 이하로는 안 해준다고 했잖아?"

"우등생에 한해서는 그렇지. 하지만 1학년 D반에는 학력이 C 전후인 학생도, 그 이하인 학생도 많아. 이대로 내버려 두면 어떻게 될 것 같아?"

"어떻게 될 것 같냐니……."

"원래라면 안전한 학생도 페널티를 받으면 위태로워지는 거지."

내가 대답하자 호리키타가 고개를 끄덕인 후 말을 이었다.

"굳이 매달 받을 수 있는 프라이빗 포인트를 내팽개칠 리가 없어. 그러니까 어느 시점이 되면 호우센이 지금 자세를 무너뜨릴 수밖에 없다는 거야."

가령 우등생이 50만에 팀이 되었다고 하더라도 나머지가 뒤따라오지 않는다. 2학년에 퇴학생이 나오고 나오지 않고와는 별개의 문제로, 1학년들의 싸움에서 호우센은 지게 된다.

"그가 승리를 염두에 두고 있다면 반드시 파고들 틈이 있을 거야."

모두가 피하려 하는 1학년 D반을 호리키타는 마주할 생각인 듯하다.

"그렇지만 39명 전원을 호우센의 반과 이으려고 하는 건 위험한 행동이야. 리스크를 최대한 분산시켜야 해."

교섭이 제대로 성립하지 못했을 때, 학력이 낮은 학생은 울고 싶은 상황에 부닥치게 될 것이다.

"시험이 이제 막 시작된 지금이라면 파격적인 조건에 파트너가 되어줄 애가 있어도 이상하지 않아."

"그럼 좋겠지만…… 내 생각에는 그런 애가 과연 있을지 의심스럽다."

"아무튼 우수한 파트너를 찾아내려면 최대한 많은 사람에게 말 거는 수밖에 없어."

"헤~이. 우수한 파트너를 찾는다면 여기 있는데~?"

계단을 올라 2층 카페로 향하려고 하는데, 갑자기 등 뒤에서 그런 목소리가 들려왔다. 뒤돌아보니 1층에서 한 여학생이 환하게 웃으며 우리를 올려다보고 있었다. 시선이 마주치자 천천히 계단을 올라왔다.

호리키타가 먼저 의아하다는 표정을 지었다.

"우리가 하는 얘기를 훔쳐 들었니?"

"어머나 설마, 선배. 어쩌다 귀에 들어와서 말 건 것뿐이야. 으음——."

우리는 거들떠보지도 않고, 호리키타에게만 시선을 고정했다.

"선배, 이름이랑 학력은?"

"……난 2학년 D반 호리키타. 학력 평가는 A-를 받았어. 그게 왜?"

"호오, 머리 좋구나?"

"네 이름은?"

"난 1학년 A반 아마사와 이치카. 호리키타 선배와 마찬가지로 학력 A야."

갸루 같은 외모와는 어울리지 않게 머리가 좋은 학생이었다.

호리키타는 어플을 열어 그녀의 말이 사실인지 확인했다.

"상위를 노린다면 내가 파트너 해줄까?"

아마사와는 우리의 사정도 묻지 않고 그런 말을 했다.

학력 A-와 A 판정을 받은 두 사람이 팀이 되면 1위도 불가능하지 않다. 호리키타는 과거 스도를 위해 일부러 점수를 낮게 받은 적도 있다는 사실을 고려할 때, 실질적으로 A 판정이라고 해도 무방했다.

예상 밖의 상황이지만 일단 우리보다 먼저 호리키타가

파트너를 정해두는 것도 나쁘지 않다.

우연이라고는 하나 학력 A인 학생이 먼저 손 내밀어 준 거니까.

여기서 학력이 낮은 학생과 팀이 되어주면 좋겠다고 말하면, 싫다고 할 가능성이 있다.

"말은 고맙지만, 지금 찾는 건 내 파트너가 아니야. 나 말고 얘…… 스도의 파트너가 되어줄 수는 없을까?"

그 리스크를 짊어지고 호리키타가 스도를 소개했다.

스도는 조금 당황하면서도 가볍게 고개로 인사했다.

"으음, 거기 스도 선배의 학력은?"

"E+. 빈말로도 좋은 성적이라고 할 순 없어."

실제로 스도는 학년 전체에서 꼴찌를 다투고 있다.

그건 이미 OAA로 아마사와도 파악했을 것이다.

"아하. 그러니까 퇴학을 막기 위한 파트너 찾기를 호리키타 선배가 도와주고 있다는 거구나."

상황을 파악한 아마사와가 스도를 쳐다보았다.

"학력 E+라. 파트너가 되면 상위는커녕 중간보다도 더 밑이 되어버릴지도?"

"그렇지. 너한테 좋을 일은 거의 없어."

이 대목에서 아마사와가 포인트 이야기를 꺼낼 줄 알았는데 그럴 기색은 보이지 않았다.

"뭐, 부탁한다면 도와줄 수도 있긴 한데."

조금 전 세 명보다 훨씬 반응이 좋았다.

그녀의 시선이 이번엔 나에게로 향했다.

"거기 선배는? 역시 파트너를 찾고 있어?"

"얘는 학력 C. 우선도 면에서 아직 급하지는 않아. 만약 스도가 안 된다면 최악의 경우 얘와 팀이 되어줘도 고맙겠지만."

"아니, 그건——"

호리키타가 나름대로 베푼 친절이었지만, 그 제안은 내가 제동을 걸고 싶었다.

지금의 나는 아무 생각 없이 파트너를 정해서는 안 되기 때문이다.

"무슨 문제라도 있어?"

"그런 건 아니지만……."

"아, 잠깐, 잠깐. 나 아직 아무와도 파트너 하겠다고 말 안 했는데?"

마음대로 이야기가 진행되자, 아마사와가 막았다.

"이 두 사람 중에 누군가의 파트너가 되려면 조건이 필요하니?"

"조건, 조건이라. 그래, 그 정도는 제시할 권리가 있겠지, 나한테도."

여기서 호리키타가 그런 말을 꺼내자, 아마사와가 조건을 제시하려고 했다.

프라이빗 포인트로 다른 반과 경쟁하는 것을 피하겠다는 기본 방침은 변함없겠지만, 만약 아주 싸게 부른다면 검토할 여지는 있다. 남은 건 조금 전 시라토리 일행과 달리 포인트를 높게 부르지 않기를 비는 것뿐이지만…….

"난 말이야, 강한 사람을 좋아해."

이 시험과는 전혀 상관없는 듯한 말을 하면서 아마사와가 장난스럽게 웃었다.

"갑자기 무슨 소리야?"

공부 이야기에서 포인트 이야기로 넘어가리라 생각한 호리키타가 의아하다는 듯 눈썹을 찡그렸다.

"난 말이야, 이 특별시험에서 어떻게 할지 고민하고 있어. 열심히 공부해서 호리키타 선배처럼 학력 A 근처인 사람과 팀이 되어 상위를 노릴지……아니면 어느 정도 즐기면서 클리어 할지. 즐기면서 클리어 할 경우에는 이왕이면 마음에 드는 사람과 파트너가 되고 싶지 않겠어?"

싫은 사람이나 아무래도 좋은 사람과 팀이 되는 것보다야 물론 낫겠지.

"난 강한 남자를 좋아해."

여기서 조금 전에 했던 말을 다시 한번 내뱉었다.

열심히 이해해보려고 머리를 굴리는 호리키타.

"즉── 스도가 강한지를 알고 싶다는 이야기야?"

"정답! 정신적으로 강한 게 아니라 육체적으로. 뭐, 체격을 봐선 무언가 운동한다는 느낌은 있는데."

학력 A 판정을 받은 학생과는 인연이 없을 스도를 손가락으로 가리키는 아마사와.

육체적으로 자신감을 가진 스도가 조금 부끄러워하면서도 고개를 끄덕이며 어필했다.

"나와 파트너가 되고 싶어?"

아마사와가 손을 내밀어 스도의 뺨을 슬쩍 만졌다.

"그, 그야 학력 A면 나야 좋지만…… 너는 괜찮냐?"

"정말로 강하다면."

그리고 가느다란 손가락으로 스도의 가슴을 타고 내려가며 요염하게 굴었다.

"가, 강해, 나."

"자신만만한 사람, 싫지 않아."

"그 '강하다면'이라는 게 무슨 의미지?"

스도의 지킴이 역할인 호리키타가 아마사와의 말에 질문을 던졌다.

"말 그대로의 의미. 싸움 잘하는 사람이 좋다는 거야. 그래서 파트너가 될 상대는 강한 사람이면 좋겠어."

"그럼 기대에 부응할 수 있겠네. 스도의 완력은 내가 보장할게."

"말만으로는 믿기 힘든데. 역시 직접 눈으로 보고 확인하고 싶어."

"……직접?"

"2학년 중에서 강한 사람을 모아 싸움을 벌여서 그중 제일 강한 사람과 파트너가 되어주겠다는 이야기야."

"지금 농담해? 그게 가능할 리 없잖아?"

"왜? 난 처음부터 지금까지 줄곧 진지했는데?"
"가자, 스즈네. 여기 더 있어 봐야 시간 낭비야."
이쯤 되자 스도도 아마사와가 진심으로 하는 말이 아니라고 생각했는지 그렇게 말했다.
한순간이라도 아마사와의 색기에 넘어갈 뻔한 자신을 질책하듯이.
"난 딱히 없었던 이야기로 해도 상관없어."
그녀는 이게 어디까지나 보너스 게임이라고 말했다.
하긴 굳이 나서서 학력이 E+인 사람과 파트너가 될 필요는 없다.
아마사와라면 반의 실력도 그렇고 과분한 만큼 얼마든지 러브콜이 들어오겠지.
어떤 의미로 행운이라고도 말할 수 있는 상황. 제안을 받아들이면 스도가 학력 A인 학생과 파트너가 될 권리를 얻을 수 있다. 얻지 못했다고 페널티를 받는 것도 아니다.
"아무래도 장난이 아니라 정말 진심인 모양이네."
그 말을 들은 호리키타의 눈은 진지 그 자체였다.
"그렇다니까."
"좋아. 그렇다면 나도 진심으로 이야기를 들어줄게."
"어? 야아, 스즈네."
"좋아, 좋아. 난 강한 사람과 파트너가 되고 싶으니까."
"알겠어. 스도, 넌 이 제안을 받아들여."
"자, 잠깐만, 스즈네! 이 학교가 싸움을 용인할 리 없잖아!

작년도 그랬고, 당장 오늘 낮에도 호우센 놈이 살짝 소란 피운 것만으로도 꽤 위험했다고."

작년에 스도는 류엔네 반과 싸움 소동을 일으켰고, 큰 문제로 발전했었다.

그리고 오늘도 호우센이 온 일로 시끄러웠다.

"그야 싸움은 칭찬받을 일이 못 되지. 하지만 양쪽이 합의한다면 불상사는 일어나지 않아. 그렇게 생각하지 않아? 아야노코지."

나는 대답하기 전에 호리키타가 한 질문의 의도를 생각했다.

문제가 없느냐고 묻는다면 답은 당연히 노다.

결과와는 상관없이 이의 제기를 하지 않겠다고 결정하고 싸우더라도 결국은 결투죄에 해당하는 사항이다. 학교가 인정할 리 없다.

하지만 호리키타는 굳이 나에게 문제가 없다는 식으로 이야기하고 있었다.

"음. 싸우겠다는 이야기를 학교 관계자가 들으면 찬성할 리 없지만, 학생끼리 합의하고 싸우는 거라면 그 이상의 문제는 없을 것 같군."

나도 일부러 호리키타의 말에 따라 문제 될 것 없다는 듯이 대답해 보였다.

"야아, 아야노코지!"

"그리고 2학년에 누가 나와도 싸움 실력으로는 스도를

이길 사람이 없어."

"그렇지."

스도는 이해하지 못했지만, 나와 호리키타는 서로 공을 주고받듯 대화를 이어나갔다.

여기서 중요한 건 싸움을 긍정하는 것이 아니다.

굳이 싸우지 않아도 스도가 가장 강하다는 사실을 자신 있게 어필하는 것이다.

"분명히 말하는데 이건 천재일우의 기회야, 스도. 상식적으로 생각해서 학력 A인 학생과 네가 팀을 이루기란 하늘의 별 따기나 마찬가지지. 그런데 아마사와는 파트너가 되어줄 수 있다고 하잖아? 심지어 네가 누구보다 자신 있는 싸움으로 말이야. 망설일 필요 없어."

이 학교의 규칙을 숙지하고 있는 2학년이 경솔하게 배틀을 받아들일 리가 없다.

하물며 상대가 스도라면 붙어보지 않아도 결과는 불 보듯 뻔하다.

요컨대 이 제안을 승낙해도 실제 싸움으로 이어지지는 않을 것이다. 만에 하나 도전하는 사람이 있어도 상대해주면 그만이다.

"좋네, 좋아. 막 두근거리기 시작해."

입학한 지 얼마 안 된 아마사와는 당연히 그 사실을 모르겠지.

일반적인 중학교, 고등학교와는 다르다는 사실을 이해

할 수 있을 리도 없지만.

“하지만 먼저 한 가지 약속해줄래? 만약 스도 이외에 참가자가 나타나지 않았을 경우에는 스도와 파트너가 되겠다고.”

여기서 호리키타가 중요한 조건을 내걸었다.

아마사와가 이것을 받아들이지 않는다면 이야기가 진행되지 않는다.

“그래. 그건 약속할게. 어차피 도전자가 나타나지 않으면 부전승인 거니까.”

언질을 받아내자, 호리키타는 만족한 듯 고개를 끄덕였다.

“그래도 괜찮아? 스도.”

“——어어, 스즈네가 괜찮다고 말한다면 나야 전혀 문제없지.”

불끈 움켜쥔 두 주먹을 거세게 부딪쳤다.

호리키타의 입장에서 아마사와의 제안은 우연의 산물이자 천금의 값어치가 있겠지.

“그럼 어플의 전체 채팅으로 모집할게. 싸움에 자신 있는 사람은 오늘 중으로 나한테 신청 메일을 보내달라고 말이야.”

“훗. 누가 오든 다 받아줄 수 있다고.”

스도는 호리키타의 의도를 전혀 모르고 있었다.

오히려 싸울 기회가 오는 줄 알고 순수하게 설레고 있

었다.

"장소는 내가 정해도 될까? 부주의하게 학교 측 눈에 띄는 곳은 피하고 싶어."

"응응. 그건 선배들이 잘 알 테니까 맡길게요~."

문장을 다 썼는지, 확인 버튼을 누르기 전에 마지막 확인을 구했다.

"자, 그럼 배틀 성립인 걸로. 됐지?"

호리키타가 고개를 끄덕이자, 아마사와는 천천히 우리 세 명을 보았다.

그리고 휴대폰 화면을 끄더니 주머니에 넣었다.

"역시 안 할래."

갑작스러운 심경의 변화인가 하고 생각했는데, 아무래도 그건 아닌 듯하군.

표정을 보건대, 상대도 우리를 시험한 모양이었다.

하지만 호리키타와 스도는 아마사와의 변덕에 당황한 반응이었다.

"갑자기 왜?"

"모집한다고 상대가 나타날 것 같지도 않고. 스도 선배의 체격, 게다가 호리키타 선배와 아야노코지 선배의 태도를 보니까 2학년 중에서 제일 강하다는 것도 알겠고."

굳이 싸움을 시켜서 비교할 것까지도 없다는 걸 눈치챘다.

나와 호리키타가 한 연기와 순수한 스도의 모습에 효과가 너무 강했던 모양이다.

모집한 후에 그런 생각이 들었다고 한다면 호리키타는 취소를 인정하지 않았겠지만, 여기서 연기를 들킬 수도 없기에 호리키타가 불만을 드러냈다.

"우리를 놀린 거니?"

"무슨 그리 섭섭한 말을. 그런 거 아니야. 그냥 결과가 뻔하니 해봐야 재미없잖아? 난 그저 내 눈으로 확인하고 즐기고 싶을 뿐. 그러니까 너무 화내지 마, 선배."

으음, 하고 검지로 입술을 누르며 생각에 잠긴 아마사와.

"기회를 줄 테니 용서해줘."

호리키타는 아마사와를 제압하기는커녕 그녀의 페이스에 말리고 있었다.

이런 타입과는 별로 맞지 않는 것 같군.

"난 강한 남자 다음으로 요리 잘하는 남자를 좋아해."

"요리?"

아마사와가 새로 내민 제안은 또 이 특별시험과는 전혀 거리가 먼 것이었다.

"스도 선배라고 했었나, 나한테 요리 솜씨를 보여줄래? 눈 돌아가게 맛있는 걸로."

"요, 요리 솜씨?!"

조금 전까지 자신만만했던 스도는 갑작스러운 제안에 몸을 뒤로 젖히며 놀랐다.

"맛은 당연히 좋아야 하고, 내가 해달라고 하는 요리를 만들어야 해."

"아, 아니 나 요리 같은 건 태어나서 한 번도——."

"그래? 그럼 이 이야기는 철회해야 하나."

그럴 수는 없다며 호리키타가 끼어들었다.

"스도 대신 내가 하면 안 될까?"

"그건 안 돼. 말했잖아? 요리 잘하는 남자가 좋다고. 그리고 파트너가 될 사람이 요리를 못하면 의미가 없어."

즉 아무리 요리를 잘한다 해도 여자라는 대목에서 논외라는 것이다.

"스도 선배가 무리라면 포기하고, 다른 요리 잘하는 사람을 찾아보는 게 어때? 아, 혹시 급하게 찾아서 온다고 해도 스도 선배랑은 파트너 안 할 거니까."

짓궂게 웃는 이치카.

"지금부터라도 스도 선배를 요리의 달인으로 만들어 볼래? 하지만 시간 안에 되려나? 난 인기가 많아서, 서두르지 않으면 파트너 정해버릴지도."

단순한 경고가 아니다. 그리 멀지 않은 날에 그녀는 정말 파트너를 정할 것이다.

2학년에는 호리키타 이외에도 우수한 학생이 아주 많다.

굳이 스도와 파트너가 될 위험을 감수할 필요도 없다.

말하자면 아마사와라는 소녀가 보여준 변덕, 단순한 장난.

조금이라도 마음을 바꿔 먹으면 그걸로 끝이다.

하지만 학력이 낮으면서 요리 잘하는 학생이라.

지금 시점에서 떠오르는 대역도 딱히 없다.

그렇다면 아마사와의 주문은 D반에 마이너스만 될 뿐인지도 모르겠다.

차라리 포기하고 다른 학생을 공략하는 것이 시간을 더 유의미하게 쓸 수 있을 테니까.

우리가 대답하지 않자 아마사와가 이렇게 덧붙였다.

"알았어. 그럼 특별 서비스. 원래라면 요리 잘하는 남자를 파트너로 삼고 싶지만…… 누가 만들었든 내 혀만 만족시킨다면 싸움에 강한 스도 선배의 파트너가 되어줄게."

여기서 조금 양보해왔다.

아마사와가 원하는 파트너는 싸움 잘하는 남자, 아니면 요리를 잘하는 남자.

이 조건이라면 아마사와의 취향을 만족시킬 수 있다.

"요리 잘하는 사람과 파트너가 되는 것도, 싸움 잘하는 사람과 파트너가 되는 것도 비슷하니까, 뭐."

다른 남자라도 자신을 만족시켜준다면 스도와 파트너가 되겠다고 말했다.

호리키타는 아마사와의 제안에 뭐라고 대답할까…….

하지만 문제는 그런 학생이 떠오르지 않는다는 것이다.

지금부터 찾아내기에는 시간이 부족했다.

"아야노코지. 그러고 보니 너, 저번에 요리 잘한다고 나한테 자랑했었지?"

호리키타가 무슨 생각인지 뻔뻔하게 그런 질문을 했다.

난 자랑이 아니라 그런 이야기 자체를 한 적이 없는데.

아니라고 부정하는 건 어렵지 않지만, 지금은 말을 맞춰야 할 것 같았다.

스도가 학력 A인 학생과 팀이 될 가능성은 그리 크지 않으니까.

"요리는 내가 유일하게 잘하는 분야라고 말해도 과언이 아니지."

"그래. 아마사와가 괜찮다면 아야노코지는 어때?"

"난 남자면 누구든 상관없어. 그런데 정말 잘하는 거 맞아~? 허풍이야 자유지만, 심사가 꽤 엄격할 건데?"

"물론 괜찮아. 안 그래?"

"뭐, 그렇지."

내가 긍정하자마자 아마사와가 손뼉을 쳤다.

"그럼 당장 실력을 보여줄래?"

지나치게 빠른 전개. 하지만 이건 아마사와의 봉수* 같은 것이리라.

자칫 유예 기간을 줘서 요리 연습할 시간을 주지 않기 위해.

정말로 요리를 잘하는 인물인지 알아보려 하고 있었다.

아마사와를 잡기 위해 한 거짓말인 이상 호리키타는 예스라고 대답할 수 없다.

---

*보드게임 등에서 대국이 중단되었을 때 게임에 영향이 없도록 다음 수를 미리 정해놓는 방법

내 지금 실력으로 요리해봐야 결과는 뻔하다.
엄격한 심사를 할 것도 없이 틀림없는 탈락이겠지.
"그렇게 하고 싶긴 한데 조금만 시간을 줄 수 있을까? 나와 아야노코지는 반 애들의 파트너를 찾기 위해 이렇게 1학년을 찾아다니는 중이거든. 스도 말고도 도와줘야 할 학생이 아주 많아. 다른 반에 선수를 빼앗기면 큰 타격을 입을 거야. 지금 이러는 동안에도 라이벌들은 파트너를 찾느라 분주할 테니."
이해하지? 하며 상황을 설명했다.
"가능하면 금요일 방과 후까지 시간을 줬으면 해."
그렇게 말하며, 지금 당장 요리를 만들어 보라는 이치카의 말을 거절했다.
게다가 금요일 방과 후라는 며칠의 유예 기간을 달라고 했다.
주말이라면 다소 시간을 벌 수도 있는 제안.
"음. 하긴 나 혼자 시간을 너무 빼앗는 것도 좀 그러네."
그럼, 하고 아마사와가 새로운 제안을 했다.
"난 오늘 밤늦게라도 상관없는데? 그렇게 하면 되겠지?"
"1학년이 야밤에 2학년 기숙사 출입. 그것도 남자 방이라면 도덕적으로 문제가 되지 않겠니?"
"그렇구나. 하지만 주말까지 기다리는 건 좀. 다른 선배와 파트너가 될 기회를 잃어버리는 거니까…… 안 그래?"
역시 주말까지 기다려달라는 제안은 받아들여지지 않

았다.

이번에는 아마사와에게서 냉정한 대답이 돌아왔다.

"하지만 이것도 인연이니 딱 하루 기다려줄게. 내일 방과 후에도 요리를 못 하겠다면 오늘 한 이야기는 없던 걸로 할까 봐."

아마 이것이 아마사와가 내밀 수 있는 아슬아슬한 타협 라인.

더 욕심부렸다가는 지금 당장이라도 발을 뺄 것 같았다.

이 신경전을 호리키타가 잘못 읽지 않아야 할 텐데…….

"그래. 물론 너에게 부담을 강요하게 된다는 건 부정할 수 없어. 또 요리 연습할 시간을 주고 싶지 않기도 하겠지?"

"어머, 거기까진 생각 안 했는데!"

"……좋아. 그럼 그 조건으로 부탁할까?"

준비 기간은 고작 하루. 하지만 이렇게라도 하지 않으면 이치카를 놓치고 만다.

고육지책이라고도 할 수 있지만, 호리키타는 그렇게 수정안을 제시했다.

"그럼 그렇게 결정된 거야?"

아마사와는 만족스러웠는지 흔쾌히 받아들였다.

"그런데 아까 싸움 건처럼 도중에 취소하는 건 안 돼. 우리도 장난하는 거 아니니까."

"오케이. 약속할게. 요리 실력이 확실하다고 판단되면 그때는 스도 선배의 파트너가 될게."

구두 약속이었지만 아마사와는 순순히 고개를 끄덕였다.
"부탁한다, 아야노코지. 네 요리 실력으로 꼭 좀 내 파트너를 잡아주라!"
일단은 나도 장단을 맞춰주었지만, 설마 일이 이렇게 될 줄이야.
"그럼 내일 방과 후 4시 반에 케야키 몰 앞에서 만날까, 아야노코지 선배."
"케야키 몰? 기숙사가 아니라?"
"뭘 만들어달라고 할지 비밀이고, 당연히 재료도 사야 하잖아?"
그렇군. 장을 보는 것부터 심사 대상이라는 건가.
"나도 동행해도 되니?"
들키지 않도록 옆에서 조언해줄 요량으로 호리키타가 나섰다.
하지만 아마사와는 그리 만만한 상대가 아니다.
"그건 안 돼. 눈짓 같은 걸로도 조언할 수 있으니까. 심사는 엄정하게 하겠습니다~."
즉 내일은 나 혼자서 어떻게든 해야 한다는 얘기다.
"아야노코지 선배, 괜찮지?"
"그래, 문제없어."
순순히 받아들였지만, 이거 야단났군.
"그럼 내일 만나, 바이바이!"
아마사와는 만족한 듯 계단을 내려갔다.

“호리키타, 알겠지만——.”

“지금은 아무 말 하지 마. 작전을 생각하고 있으니까.”

작전을 생각한다지만 주어진 시간은 고작 하루.

최소한의 요리 실력밖에 없는 내가 과연 어디까지 할 수 있을까.

○이치카의 시험

특별시험도 벌써 사흘째. 수요일이 찾아왔다.

아침 8시가 되면 다시 OAA가 갱신될 테고, 필연적으로 선택지는 좁아진다.

"새로 34조, 파트너가 정해졌나."

이제 월요일 것까지 합하면 총 56팀이 성립.

최대 157팀이니까, 30% 이상의 학생이 벌써 파트너를 결정한 셈이다.

어제 파트너 수를 끌어 올린 것은 2학년 B반. 즉 이치노세와 관련된 팀이 많다.

아무래도 교류회에 온 1학년들이 신중히 생각한 후 팀이 되기로 결의한 것이리라.

학력이 낮은 1학년 대부분이 이치노세 쪽과 팀이 된 것을 확인할 수 있었다.

그리고 일부 1학년 우등생의 이름이 리스트에서 사라졌고, 2학년 C반도 몇 명의 이름이 없어진 것으로 보아, 포인트 거래 등이 성공했음을 추측할 수 있었다. 우리 반에서는 쿠시다를 비롯해 다섯 명의 학생이 파트너를 결정했다. 1학년 B반 페이지를 확인하자 야가미 타쿠야도 파트너가 결정되었다고 나와 있었다. 쿠시다와 파트너가 됐는지도 모르겠다.

그런데 이상한 건 1학년 D반은 아무도 파트너가 결정되지 않았다는 사실이다.

이건 1, 2학년을 전체적으로 봐도 유례를 찾아볼 수 없었다.

슬슬 나도 본격적으로 움직이지 않으면 옴짝달싹 못 하게 될 것 같군.

내 성적을 객관적으로 봤을 때 먼저 '파트너 해요' 하고 나올 학생은 일단 없을 것이다. 학력을 갖춘 학생이든 아닌 학생이든, 머리 좋은 학생과 파트너가 되고 싶어 하는 것은 자연스러운 흐름. 반을 위해 행동할 수 있게 된 2학년과 달리 1학년들은 아직 주위를 볼 여유가 없겠지. 같은 반조차 라이벌로 인식하는 면이 강하다.

성적 상위진이 다 팔리기 전까지는 적어도 나는 뒤로 밀리게 되겠지.

그리고 츠키시로는 그 틈을 놓치지 않도록 지시했을 터.

당연히 내게 파트너가 되자고 청하는 학생이나 내 파트너 신청을 받아들이는 학생은 위험 시그널.

그렇다고 해서 언제까지고 파트너를 정하지 못하고 주저하기만 한다면 츠키시로의 자객과 파트너가 될 가능성이 올라간다. 이 학생은 절대 아니라는 확신을 얻을 필요가 있는데, 그건 분명 쉽지 않다.

솔직히 말해서, 어떤 연기를 하며 자신을 숨기고 있는지 상상도 가지 않는다.

OAA로 모두의 얼굴과 이름, 성적을 파악해두었지만, 그걸로 얻을 수 있는 힌트는 당연히 없었다.

만약 1학년 160명 모두가 내 적대자라면 도망칠 곳은 절대 없겠지.

그런 바보 같은 생각을 했다. 아무리 츠키시로라도 그렇게까지는 못 하겠지만…….

아니, 아니다.

중요한 건 모두가 적이라 할지라도 살아남을 방법을 생각해내는 것이다.

어쨌든 지금은 남은 104명 중에 안전한 학생을 가려내야 한다.

화이트 룸에서 육성된 아이들은 성별에 편향이 없다. 기본적으로는 남녀 균등하게 육성하는 방침이기 때문에 그런 방향으로 범위를 좁히기란 불가능하다.

그럼 어떻게 해서 제외해 나가야 할까. 그 하나로 '체형'을 들 수 있으리라.

화이트 룸에서는 세부적인 부분까지 전부 관리된 식단이 나온다. 그런 환경에서 자란 아이들이 비만인 건 상상할 수 없다. 다시 말해 비만인 학생을 고르면 화이트 룸 출신을 피할 수 있다……라는 간단한 도식이 그려진다.

하지만 이것도 무조건 안전한 방법은 아니다. 화이트 룸 출신이 몇 달 전부터 나를 퇴학시키기 위한 사전 작업에 들어갔을 가능성도 있으니까. 그럴 마음만 먹으면 살찐 체형,

마른 체형이 되는 것쯤 일도 아니다. 혹독한 커리큘럼을 버틴 자라면 그 정도는 식은 죽 먹기겠지.

그런 이유가 아니더라도 체형이 기준에서 벗어난 학생을 고르는 것은 의문이 남는다. OAA로는 전체적인 모습이 보이지 않기 때문에 단언하기 어렵지만, 딱 봐도 비만인 학생은 겨우 두 명 정도.

그들 모두 츠키시로가 보낸 학생일 가능성을 배제할 수 없다. 화이트 룸 출신뿐 아니라 일반 학생 중에서 찾은 자객이 섞여 있을지도 모르니까 말이다.

퇴학당하게 되면 더 좋은 학교를 알아봐 주겠다고 회유했을 수도 있겠지.

다음으로, 학력으로 범위를 좁히는 것은 어떤가. 그것도 어렵다.

화이트 룸 출신이면 입학시험에서 만점을 받는 것쯤 일도 아니다. 당연히 A, A+일 것이다. 그건 바꿔 말하면 학력을 마음대로 컨트롤할 수 있다는 뜻.

OAA 도입 이야기는 미리 들었을 테고.

학력 E 성적을 받아놓고 기다리고 있다 해도 하나도 이상하지 않다.

마찬가지로 A반이나 D반같이 소속 반으로 범위를 좁히는 것도 불가능하다.

알고는 있었지만, 어떤 각도로 봐도 범위를 좁힐 재료가 현재로서는 없다.

그런 내가 앞으로 해야 할 일은.

내 눈으로 직접 학생을 보고 진짜와 가짜를 판별하는 일이다. 확실하게 적이 아니라는 판단이 들면 파트너나 협력자가 되는 것도 가능하겠지.

나는 한 가지, 내 나름의 규칙을 설정했다.

등교해서 점심을 먹고 방과 후를 맞이하는 일과 중에 1학년을 보면 말을 건다, 라는 규칙. 그리고 그 학생을 시작으로 1학년의 협력을 얻는다. 어차피 관찰하면 알 수 있는 사람을 보냈을 리 없으니, 우연이라는 개입 불가능한 요소를 이용해 싸워나가는 수밖에 없다.

내 학력은 C이니 빈말로도 좋다고는 할 수 없지만, 그렇다고 파트너가 되어줄 학생이 전혀 없지도 않을 것이다. 더듬어 가다 보면 몇 명은 걸리겠지.

1

기숙사를 나와 학교로 향하던 도중.

나는 벌써 둘이 잡담하며 걸어가는 1학년 여학생들을 발견했다.

이름은 '쿠리하라 카스가'와 '코니시 테츠코'. 둘 다 1학년 A반 학생이었다.

다만 아쉽게도 둘 다 첫날 파트너를 확정 지어버린 우수한 학생이었다. 파트너 신청은 불가능하다.

뭐, 파트너가 정해졌다는 것 자체는 그리 문제가 되지 않는다.

오히려 협력자로서는 최적의 인물들이라고 할 수 있겠지. 다만 뭐랄까, 말 걸기가 어렵다…….

아무리 특별시험이라는 명목으로 파트너를 찾아야만 한다지만, 여자 둘에게 말을 거는 2학년 남자는 남이 보기에 어떨까. 그런 생각을 해버리고 만다.

좋은 아침, 하고 요스케처럼 말 걸 담력도 없고, 그렇다고 대뜸 파트너 할 친구 좀 소개해주라, 하고 나가는 건 논할 가치도 없겠지.

어쨌든 시도는 해야 한다. 여기서 타협하는 것은 좋은 방법이 아니다. 그렇게 각오를 정했지만 타이밍을 못 잡겠다. 즐겁게 대화하고 있는데 끼어들기보다는 대화가 어느 정도 마무리되는 시점을 노려야 하지 않을까.

"안녕하세요, 아야노코지 선배."

상황을 엿보고 있는데 뒤에서 누가 말을 걸었다.

오늘 세 번째로 발견한 1학년은 얼마 전 호우센과 함께 있었던 나나세 츠바사였다.

나나세는 티 없이 환한 미소로 나를 보고 있었다.

"아아, 안녕."

설마 말을 걸어올 줄은 몰라서, 대답 사이에 이상한 공백이 생기고 말았다.

"저 앞에 두 사람한테 무슨 볼일이라도 있나요? 제가 대신 말 걸어드릴까요?"

같은 1학년인 나나세가 그렇게 말해주었지만, 그렇게 되면 여자 세 명과 대화를 나눠야 할 가능성이 높다. 나로서는 부담스럽기 짝이 없는 시간이 되겠지.

"아니, 괜찮아."

"그래요?"

이상하다는 태도를 보이며 거의 같은 속도로 나와 걷는 나나세.

말 걸 타이밍을 엿보는 동안에 예상치 못한 형태로 나나세와의 대화가 시작되고 말았다. 누가 됐든 내가 먼저 말 거는 수고를 덜어주는 것은 고마운 일이지만…….

1학년이 먼저 말 건 이 상황을 우연이라고 볼 수는 없다. 내가 등교하기를 기다렸다가 타이밍을 쟀을 가능성이 있다. 꼭 나나세가 아니라도 선수 치듯 말 거는 학생을 보면 다들 그렇게 생각할 것이다. 딱 어제의 아마사와처럼, 내가 말 건 게 아니라 내게 먼저 말 걸어온 학생.

"어제는 호우센 군이 실례를 범해서 죄송했습니다."

"아니, 나한테 직접적인 피해가 있었던 것도 아니니까, 사과받아도 곤란할 뿐인데."

"그래도 민폐 끼쳤다는 사실은 다르지 않으니까요. 그런 행동을 하는 호우센 군을 말리기 위해 따라와 놓고, 역부족을 통감했습니다."

거친 호우센과 달리 무척 사교적이고 정중한 말투에 강한 호감을 느꼈다. 학력도 B로 높아서 파트너로는 과분할 정도다. 나 이외에 스카우트 제안이 갔어도 이상하지 않은데, 사흘째인 지금까지 아직 2학년과 파트너가 되지 않았다.

다만 그건 틀림없이 1학년 D반의 방침 때문일 것이다.

학력 이외에 신체 능력, 기지 사고력, 사회 공헌도 등도 C+ 이상으로 균형 있게 높은 성적이었다. 언뜻 보기에는 아무런 문제가 없는 것 같다. 그렇기에 왜 나나세 츠바사가 D반이지, 라는 의문이 생겼다. 기본적으로 D반에 배정되는 학생은 어떤 부분에 문제가 있는 경우가 많기 때문이다. 예컨대 요스케와 쿠시다 등도 겉으로 봤을 때 아무 결점도 없는 것 같지만, 실제로 뚜껑을 열어 보니 그게 아니었다.

즉, 그런 숨겨진 문제점을 나나세가 갖고 있을 가능성을 부정할 수 없었다. 물론 올해 1학년 D반이 꼭 그 경향에 들어맞는다는 보장은 하나도 없지만.

나로서는 성격이나 가치관 등에 다소 문제가 있어도 별 지장이 없다. 파트너가 되어 달라고 부탁하든, 협력자가 되어 달라고 부탁하든, 중요한 것은 나나세가 츠키시로 측 인간인가 아닌가 하는 점뿐이다. 처음 봤을 때 호우센과 함께 보여주었던 그 눈빛이 마음에 걸리는데……. 그 눈동자는 조용하게, 자연스럽게 나를 보고 있었다.

"이번 특별시험 파트너, 후보는 정했어?"

나는 나나세라는 인물을 파악하기 위해 화제를 이어가기로 했다.

"저 말인가요? 아니요, 아직 못 정했습니다."

"제안이 온 건 있고?"

"네. 일단 2학년 A반과 2학년 C반 선배들이 제안해오셨어요."

학력 B니까 예상했던 결과긴 하지만, 그래도 역시 제안이 있었군.

"대답을 보류한 이유가 뭐야?"

솔직하게 학력이라거나 포인트라고 대답할지는 모르겠지만 일단 물어보았다.

"죄송하지만 그건 대답할 수 없어요."

머리 숙여 사과하며 나나세가 말했다.

"안 물어봤으면 하는 건 대답하지 않는 게 정답이지, 사과할 필요 없어."

이것이 나나세 개인적인 문제인지, 1학년 D반의 문제인지는 지금 단계에서는 파악할 수 없을 듯하다.

그럼 조금 다른 각도로 공략해보자.

"혹시 괜찮으면 D반끼리 서로 협력해서 적절한 파트너를 찾지 않을래?"

나는 나까지 포함해 그런 제안을 해보았다. 호리키타도 1학년 D반이 열쇠라고 생각하고 있고, 호우센도 2학년 D반에 대해 어떠한 감정을 품고 있다. 나쁜 제안은 아니리라.

"반끼리 협력……이라고요?"
"그래. 많은 학생이 자기 성적을 위해 학력이 높은 학생과 파트너가 되려고 하고 있어. 하지만 그렇게 되면 필연적으로 학력이 낮은 학생은 선택받지 못한 상태로 넘쳐나게 될 거야. 1학년도 우리 2학년도, 학력이 낮은 학생들끼리 팀이 되면 퇴학 위기에 노출되고 말아."
"네. 그건 알아요. 그런 상황은 최대한 피하고 싶다고 생각하고 있습니다."
"그래. 그러려면 적절한 균형을 찾아야만 하지. 1위는 불가능하더라도, 낙제점을 받지 않는 파트너를 찾아내야 해."
우리는 D반. 브랜드 면에서는 압도적으로 밀린다.
그렇기에 같은 서열인 1학년 D반이 제안을 받아들일 가능성이 있는 것이다.
"어때?"
"저도 찬성입니다. 가능하다면 아야노코지 선배에게 협력하고 싶어요. 다만……."
"다만?"
"반 아이들이 얼마나 도움이 되어줄지 알 수 없어요. 그리고 공부에 자신 있는 학생 일부는 이미 속으로 파트너를 정해놓은 상태입니다."
이번 시험에서 주력이 될 수 있는 많은 학생은 이미 든든한 파트너를 정하고 상위 성적을 노리기 시작했다. 앞에서 걸어가고 있는 두 여학생도 그에 해당했다.

아직 파트너를 확정 짓지 않은 것은 포인트 등 다른 문제가 있기 때문이겠지.

무엇보다도 이번 시험의 큰 포인트는 상위 30%까지 보수가 지급된다는 점. 학력이 낮은 학생을 구제하는 건 곧 그 보수를 버리겠다는 뜻이다.

"모두의 협력이 필요한 건 아니야. 아마 잘 조정한다면 그렇게 많은 사람의 힘을 빌리지 않아도 특별시험을 무사히 치러낼 수 있을 거다."

반에서 몇 명 정도가 빠져나간다 해도 크게 지장은 없다.

"그렇군요. 하지만 문제가 그것만 있는 건 아니에요."

제안 자체에는 찬성 의사를 드러내는 나나세였지만, 표정이 어두웠다.

그 원인은 생각할 것까지도 없이 나도 알 수 있었다.

"호우센……이라고 했나. 그 녀석이 D반에서 존재감이 꽤 큰 것 같던데."

1학년 D반의 속사정을 점점 알아가고 있다.

지난번 시라토리와의 접촉으로 거의 틀림없다고 해도 좋을 정보를 꺼냈다.

"네. 이미 남자도 여자도 대부분 호우센 군의 지시에 얌전히 따르기 시작했어요."

억측일 뿐이었던 부분이 확신으로 바뀌어 갔다.

역시 호우센은 이미 반을 장악해 손아귀에 쥐고 있는 듯했다.

파트너를 쉽게 결정짓지 않는 전략도 호우센이 짰을지 모른다.

그렇다면 호우센은 자신의 완력만 믿고 설치는 학생이 아니라 주위를 둘러보는 통찰력과 관찰력, 그리고 냉정함까지 겸비했다는 뜻도 된다.

"나나세는 좀 특별한 입장인가? 호우센을 대하는 태도에 비굴한 느낌이 없었는데."

"저는 폭력에 절대 굴하지 않아서요."

겉모습을 봐서는 상상할 수 없는, 그런 당찬 말이 돌아왔다.

이 발언은 단순히 가볍게 하는 게 아니라 뭔가가 뒷받침된 것.

그런 자신감 같은 것이 순수한 눈빛 속에 깃들어 있는 느낌이 들었다.

"선배는…… 폭력에 대해 어떻게 생각하세요?"

"어떻게?"

"긍정파인지 부정파인지 묻는 겁니다."

호우센의 방식에 대해 어떻게 생각하는지 묻는 거라면 내 대답은 하나다.

"둘 중 하나를 골라야 한다면, 긍정파랄까."

그렇게 대답했다.

바로 무슨 대답이 올 줄 알았는데, 돌아온 것은 침묵이었다. 시선만으로 나나세의 표정을 확인하자, 조금 전까지 얌전했던 표정은 온데간데없었다.

얼마 전, 떠나면서 나를 쳐다보았을 때와 같은 눈빛이었다.

나나세의 대답을 기다리는 상황이 몇 초 정도 이어진 후…….

"저도 굳이 말하자면 긍정파입니다."

사실 같기도 하고 거짓 같기도 한, 감정의 파도가 느껴지는 대답이었다.

폭력에 굴하지 않는다는 강한 의지를 호우센도 높이 평가해서 곁에 두는 건가?

아니……그게 전부라고도 볼 수 없다.

그때 호우센은 나나세가 말한 '그것'이라는 단어에 강하게 반응했었다.

호우센이 반드시 나나세보다 인간적으로 강자라는 보장은 어디에도 없다.

그 부분이 신경 쓰였지만, 지금 여기서 꺼낼 질문은 아니다.

하면 안 될 말을 쉽사리 털어놓을 학생으로 보이지 않으니까.

괜히 경계심만 키우는 짓은 아직 피해야 한다.

지금은 일단 뒤로 물러나야 할까. 호리키타와 함께 다시 공략할 기회가 있을 것이다.

"어쨌든 반의 방침을 정하는 사람이 호우센이라면 오늘

한 이야기는 어렵겠군."

나나세와 관계를 잘 유지하면서 다른 반과 접촉해봐야겠다.

"저, 그런 상황이라도 괜찮으시다면…… 한번 자리는 마련해볼까요?"

그런데 내가 제안한 협력 관계를 긍정적으로 받아들였는지, 그런 대답이 돌아왔다.

"나야 고마운 말이긴 한데, 정말로 괜찮겠어?"

"네. 다만 얼마나 많은 애가 협력해줄지 모르기 때문에 확실한 약속은 드릴 수 없어요. 최악의 경우 제가 유일할 가능성도 있는데 그래도 상관없으세요?"

나나세에 대해 파악하는 것은 일단 나중으로 미루자.

일단은 반 아이들을 위한다는 명목으로, 나와 호리키타가 1학년 D반과 관계를 맺을 기회를 조금이라도 늘리는 것이 중요하다.

"물론이지. 분명 호리키타도 기뻐할 거야."

"호리키타 선배가 2학년 D반의 리더인가요?"

"그래 그 녀석이 지금 반을 통솔하고 있어."

나는 호리키타에게, 나나세의 협력을 바탕으로 D반과 의논하는 자리를 마련하는 게 좋다는 말을 전하기로 했다. 교실에서 직접 말하기에는 보는 눈들이 좀 신경 쓰이는 내용인데 어떻게 해야 좋을까.

"아…… 그런데 대답은 바로 못 할지도 몰라요. 그래도 괜찮으세요?”

“알았어. 나도 최대한 빨리 조정할 수 있도록 움직여볼게.”

“네.”

나는 나나세와 연락처를 주고받은 후 나중에 다시 연락하기로 합의했다.

2

호리키타가 아직 등교하지 않은 것을 확인한 나는 엘리베이터 앞에서 기다리기로 했다.

어중간하게 교실에서 이 이야기하면 남들 시선을 의식해야 하니까.

잠시 뒤 모습을 드러낸 호리키타는 내가 기다리고 있는 줄 모르고 이상하다는 표정을 지었다.

“안녕. 누구랑 만나기로 했니?”

“만나기로 했달까, 뭐 비슷하네. 기다린 사람이 방금 왔거든.”

“그래?”

가볍게 뒤를 돌아보더니 딱히 아는 사람이 없음을 알아차리고 다시 나를 쳐다보았다.

“나?”

“그래. 급하게 할 말이 있어서.”

"굳이 이렇게 기다릴 정도인 걸 보니 중요한 이야기인가 봐."

둘이서 걷기 시작했다.

"중요…… 그래. 중요해질 가능성이 있지. 좀 전에 1학년 D반 나나세 츠바사와 우연히 얘기를 나눌 기회가 있었어. 그래서 그쪽에 제안을 해봤지."

"어라, 어떤 제안인데?"

"1학년 D반과 2학년 D반이 손을 잡지 않겠는가, 하는 제안."

"너치고 꽤 과감한 행동을 했구나."

호리키타 역시도 어떤 식으로 1학년 D반과 관계성을 가질지 고민하던 차였을 터.

허락도 받지 않고 협력 관계를 제안했다는 사실에 화낼 것을 각오하고 있었는데…….

"너, 1학년 D반의 파트너 상황을 확인해 봤니?"

"응, 아직 한 사람도 파트너를 정하지 않았어. 사카야나기도 일단 보류하는 것 같았고."

거액을 주고 스카우트하기보다 포인트에 협력해줄 상위 반 우등생 쪽에 스카우트가 집중되는 것은 자연스러운 흐름이다.

"분명 그게 전부가 아닐 거야. 호우센의 거친 방침에 따르려면 그만큼의 노력이 필요하니까. 상위 반이 보기에 굳이 거기에 시간을 할애하는 건 수고를 늘리는 짓이나 마찬가지겠지."

"그럴지도."

"너는 호우센과 마주하는 일이 얼마나 힘든지 알고서 나나세에게 제안한 거니, 아니면 호우센 모르게, 나나세를 매개로 은밀한 협력 관계를 맺을 셈으로 말한 거니?"

"어떻게 생각해?"

나는 일부러 자세히 대답하지 않고 호리키타에게 되물었다. 만약 지금 시점에서 1학년 D반과 손을 잡는 구상이 사라졌다면 그냥 흘려버리고 말아도 되는 이야기다.

"내 나름대로 이번 특별시험의 상황을 다시 분석해봤는데, 들어볼래?"

"적절한 충고를 해줄 자신은 없는데."

"기대 안 해."

혼자 정리한 생각을 들려주고 싶을 뿐인 듯했다.

오늘 내가 가져온 1학년 D반 일과 관련이 있는 이야기겠지.

"우선 1학년 전체를 봤을 때, 당연한 말이지만 학력이 우수한 학생에게 인기가 집중되었어."

"그렇지. 시라토리도 2학년 A반과 2학년 C반으로부터 포인트 거래에 의한 계약 제안을 받았다고 말했었고."

"하지만 시라토리는 모두 대답을 보류했어. 포인트 면에서 타협점을 찾지 못해 그런 거겠지만, 우리에게 제시한 50만 포인트라는 건 아무리 그래도 너무 심해."

상위 5조가 10만, 상위 30%가 1만이라는 보수를 받는 것을 생각하면 20만도 많다.

“하시모토 쪽이 제시한 포인트는 얼마였을까?”

“글쎄. 그래도 50만까지는 아니었다고 보는 게 좋겠지만.”

실제 교섭 당사자가 아닌 이상 정답을 알 수는 없다.

“난 A반과 C반이 제시한 포인트에 별로 큰 차이가 없을 거라고 봐. 아니, 굳이 말하자면 A반 쪽 제시액이 더 적을지도 몰라.”

그건 아마 오늘 아침까지 OAA를 보고 한 추리겠지.

2학년 A반과 2학년 C반을 놓고 보았을 때, 파트너가 정해진 학생 수는 C반 쪽이 더 많았다.

“두 반의 브랜드 가치를 따지면 당연히 A반이 위. 포인트에 차이가 없는 한은 A반을 선택하는 사람이 많겠지. 이런 상황들로 미루어 볼 때, A반은 반의 가치(브랜드)와 포인트를 모두 어필해서 1학년 확보를 노리고 있고, C반은 브랜드 힘에서 밀리는 만큼 포인트 금액을 많이 붓고 있을 거야.”

나는 동의한다는 듯 가볍게 고개를 끄덕였다.

“좀 이상한 건 류엔의 생각이야. 이번 시험에서 승리하려면 상위진을 자기 편으로 끌어들이는 게 최소한의 조건인데, 그럼 필연적으로 A반과 경쟁해야 해. 머니게임으로 붙는 건 아무리 생각해도 승산이 없어. 종합 1위를 노리는 건 너무 무모해.”

협박 같은 말도 했지만 실제로 승산이 거의 없는 싸움인 건 틀림없다.

"다소 레벨을 낮추더라도 겹치지 않는 학생을 노려야 하겠지."

학력 B-나 C+라도 충분히 활약할 수 있다. 종합 순위도 2위를 노리는 편이 무난하다.

"뭐, 그 애의 생각을 읽으려고 하는 것 자체가 무모하지만……. 아무튼 계속 얘기할게. 나머지 B반은 약자를 구제한다고, 학력을 묻지 않고 받아들여 1학년과 신뢰 관계를 구축하고 있어. 1학년 D반을 제외하고 학력 D 이하인 학생 대부분이 이치노세의 도움을 받았어."

그리고 뒤돌아 아무도 훔쳐 듣고 있지 않은 것을 확인하고는 다시 말을 이었다.

"이번에 노려야 할 건 각 반의 중간층, 학력 B-에서 C+ 정도인 학생이야."

그 언저리에 있는 학생은 큰 액수를 제시받지 않았을 거고, 아직 파트너가 없는 학생 수도 많았다.

A반과 C반이 서로 상위진을 두고 경합하는 사이, 그들에게 말을 거는 건 나쁘지 않은 생각이다.

"그럼 1학년 D반으로 좁힌다는 전략은 철회인 건가?"

"아니, 계속 추진할 거야. 오히려 더 유력해졌다고 해야 할까."

"다른 반 중간층을 버린다고?"

그건 너무 심하게 포기하는 판단이라고도 말할 수 있을 것 같다. 우리 2학년 D반은 다른 어느 반보다도 뒤처져 있기 때문에 한시라도 빨리 많은 파트너를 확정해두는 게 좋다.

“아무것도 안 한다는 게 아니야. 좀 짓궂은 방법이긴 한데, 가짜 머니게임을 펼쳐서 시간을 벌 생각이야. 중간층 애들은 우등생과 달리 높은 포인트 제공 같은 구미 당기는 제안은 자신에게 오지 않는다고 생각하고 있어. 그러니 지금 단계에서 중간층에게 욕망을 주입하는 거야. 자신도 어느 정도는 흥정할 가능성이 있다고 착각하게 만드는 거지.”

“사카야나기 쪽이 상위층만이 아니라 중간층 획득에도 포인트를 쓰게 하려는 노림수인가?”

“어디까지 효과가 있을지는 회의적이지만, 다소 주의를 끌 수는 있어. 그리고 그동안에 난 1학년 D반에 깊이 파고들 생각이야. 그러니까 네가 해준 이야기는 나한테 더할 나위 없는 수확이야. 나도 나나세와 접촉하려고 했었거든.”

“하지만 호우센이야말로 머니게임을 바라고 있지 않나?”

“그건 그렇지. 하지만 그 애가 정말 진심으로 포인트만 원하는 걸까? 2학년 구역에 왔을 때, 나에게 이렇게 말했지. ‘우리 D반이 지명해주지 않으면 제대로 팀도 못 이룰 거 아냐? 그러니까 바보에 무능한 너희한테 손 내밀어 주겠다고’ 하고. 즉 그 애의 목적은 우리 D반이었던 거야. 포인트만 목적이라면 과연 그렇게 말했을까?”

프라이빗 포인트 이외에도 교섭할 여지가 있을 거라며

호리키타가 단언했다.

"마지막에 나한테 '또 보자'고 말했던 것도 그걸 넌지시 암시하고 있어."

"하긴 그렇군. 호우센이 2학년 D반에 주목하고 있다는 것만은 확실해."

이번에 호리키타는 종합 순위에서 상위를 버리는 대신 '퇴학생을 만들지 않는 것', '머니게임에 뛰어들지 않는 것', '종합 순위에서 3위 이상을 노리는 것'이라는 세 가지 명제를 내세웠다. 간단한 일은 아닌데, 그렇기에 1학년 D반이어야 한다는 거다.

"하지만 호우센에게 보통 수단이 통하지 않는다는 건 쉽게 예상할 수 있어. 그래서 보험을 들어뒀지."

아무래도 내가 모르는 다른 방법도 쓰고 있는 모양이다.

"지금, 1학년 B반 일부와 협력 관계를 맺을 수 없는지 논의하는 중이야."

"1학년 B반이라면…… 너와 쿠시다랑 같은 중학교 출신인 야가미 말인가."

오늘 아침 OAA를 확인했을 때, 쿠시다와 야가미가 이미 파트너 결정이 된 것을 떠올렸다.

"어제 쿠시다와 야가미가 손을 잡았어. 아쉽게도 난 후배에 대해 전혀 모르지만, 그 애도 열쇠가 될 수 있을 것 같아. 쿠시다를 무척 신뢰하는 것 같으니까. 이미 수면 아래서 교섭을 시작했어. 잘되면 협력자를 더 늘릴 수 있을 거야.”

그건 희소식이지만, 마음에 걸리는 부분이 있었다.

“그런데, 네가 쿠시다한테 지시를 내린다고?”

호리키타를 싫어하는 쿠시다가 어디까지 진심으로 협력해줄지 의문이다.

“지금은 그게 어렵다는 건 나도 잘 알고 있어. 그래서 중간에 히라타를 끼워서 이야기를 진행하고 있어.”

“그렇군. 그럼 쿠시다도 어중간하게 행동할 순 없겠지.”

만약 쿠시다가 야가미와의 교섭에 성공해서 몇 명이라도 학생을 데려온다면 2학년 D반은 파트너 문제의 일부를 해소하고 공부에 집중할 수 있다.

3

“안녕, 호리키타. 시간 괜찮아?”

1교시가 끝나고 쉬는 시간. 요스케가 호리키타의 자리로 찾아왔다.

나는 아무 생각 없이 내 자리에 앉아 그 모습을 지켜보았다.

“어제 여기저기 말하고 다녀봤는데, 역시 쉽게 도와줄 것 같지 않아. 일단 파트너가 되어줄 수도 있다고 한 애는 있긴 있었지만…….”

같은 축구부라고 해서 흔쾌히 받아들이거나 하진 않은 모양이다. 그리고 아무리 요스케라도 입부한 지 얼마 되지 않은 1학년과 완전히 마음을 터놓기란 아직 어렵다.

"1학년이 포인트 요구를 해왔어?"

요스케가 그렇다고 하자 호리키타가 다시 말을 이었다.

"자신을 비싸게 팔 기회니까, 놀랍지도 않아."

내 예상대로 포인트 매수 문제는 1학년 전체에 만연해 있었다.

"2학년 A반에게서 파트너가 되어 달라는 제안을 받은 후에 2학년 C반으로부터 포인트를 줄 테니 파트너가 되어 달라는 얘기를 들었다더라. 그 애뿐만이 아니라 A반에게 제안받은 학생 거의 전부가 C반으로부터도 스카우트 제안을 받았다고 해."

"머리 좋은 학생은 경쟁률이 높으니까 당연하지 않니?"

그건 이미 호리키타도 예상했던 일이다.

하지만 이어지는 요스케의 말은 다른 것이었다.

"그게, 학력이 C나 D 평가를 받은 애 중에도 제안받은 학생이 있다더라고. 고액의 포인트를 모을 방법이 있다는 식으로 제안했다는 이야기도 들었어."

"그건 꼭 학력이 높은 학생들만 노리고 있는 게 아니라는 의미야?"

"내가 보기에는 그렇다는 거지만."

"그렇구나. 혹시 그 학생 이름을 가르쳐 줄 수 있어?"

"당연하지."

요스케는 호리키타에게, A반의 권유를 받은 1학년들의 이름을 알려주었다. 호리키타가 조사하자 바로 어떤 사실을 알 수 있었다.

제안받은 학생들의 공통점은 비록 학력은 낮아도 다른 부분에서 우수하다는 것이었다. 신체 능력이 뛰어나거나 기지 사고력, 사회 공헌도에서 높은 평가를 받았다.

"그렇구나…… 역시……라고 해야 하나."

"눈앞의 성적에만 얽매이지 않고, 더 나중을 내다보고 있는 건지도 몰라."

1학년과 서로 협력해야 하는 특별시험은 꼭 이번만 있다고 단정할 수 없다. 그렇게 된다면 당연히 학력 이외의 스킬도 필요할 때가 올 것이다. 학력에 불안을 느끼는 학생을 구제하고, 훗날 그들이 잘하는 분야로 도움을 받겠다는 생각. 그런 방향인 거겠지.

그나저나 흥미로운 것은 류엔이 이끄는 C반이 그것마저도 뒤쫓고 있다는 사실이다.

학력이 높은 학생만 노리는 게 아니라, 사카야나기의 등 뒤를 바싹 추격하고 있다.

"우리도 똑같이 할 수 있으면 좋겠는데……."

"그건 어렵겠지."

우리는 D반. 사카야나기는 A반.

둘 중 어느 쪽의 브랜드가 우수한지는 입학한 지 얼마

되지 않은 학생들도 이미 잘 알고 있다.

"고마워. 계속 부탁해도 될까."

"응. 또 뭐 알게 되면 보고할게."

요스케는 호리키타를 향해 화사한 미소를 지은 후 자기 자리로 돌아갔다.

그리고 잠시 후, 호리키타가 채팅을 보냈다.

『그렇다고 하네』

그렇군, 내가 엿듣고 있다는 걸 알았던 모양이다.

『히라타는 참 믿음직스러워』

『그렇지』

한때는 호리키타와 갈등도 있었지만, 지금은 그것도 해소된 상태.

반을 위해 모든 노력을 다해주는 존재란 듬직하기 그지없겠지.

소통 능력과 영리한 머리도 물론 요스케의 무기이지만, 최대 강점은 신뢰감이다.

요스케라면 틀림없이 기대만큼의 실적을 올려줄 것이다.

그렇기에 호리키타도 전략을 아낌없이 다 털어놓고 의논할 수 있다.

『우리 D반은 그것 하나만으로도 핸디캡을 짊어지고 있어. 힘든 싸움이네』

『그래도 해나가는 수밖에 없으니까. 힘내라』

『너도 도와줘야 해』

『나나세 건 말이지?』

『그래. 빨리 답변을 부탁해도 될까? 난 언제든 갈 수 있다고 말이야』

쇠뿔도 단김에 빼라는 말이 있듯, 이 일은 신속하게 움직여야 하리라.

그렇지 않으면 점점 다른 반이 인재를 데려가고 말 테니까.

『그렇긴 해도 내일 이후에나 해야지. 일단은 그 문제부터 해결하는 게 급선무니까』

『물론 나도 알아』

4

나나세의 답을 받지 못한 채로 방과 후를 맞이했다.

설령 지금 갈 수 있다는 답장이 온다고 하더라도 나와 호리키타는 움직이지 못했겠지만.

급하게 처리해야 하는 최근의 문제가 있다.

아마사와와 갑작스럽게 맺은, 요리 솜씨를 보여주기로 한 약속이다. 합격점을 받으면 스도와 파트너가 되어주겠다는 구미가 당기는 이야기였지만, 절대 만만치 않다.

약속 시각 10분 전에 케야키 몰 입구에 도착했는데 아직 아마사와는 오지 않은 것 같았다. 나는 휴대폰을 만지거나 하지도 않고 그냥 가만히 그 자리에 서서 케야키 몰에 오는 학생들을 바라보았다. 1학년부터 3학년까지, 이거 하자 저거 하자 하고 수다를 떨며 쇼핑몰 안으로 빨려 들어갔다. 오늘 아침은 예년보다 기온이 높다는 것 같던데, 그래도 저녁에 가까워지니 점점 쌀쌀해지기 시작했다. 밤이 되면 기온이 더 내려갈 것 같다.

이윽고 약속 시간이 다 되었을 때 아마사와가 모습을 드러냈다.

"완벽하네, 아야노코지 선배."

합류하자마자 만족했다는 듯 몇 번인가 고개를 끄덕이며 웃었다.

"무슨 소리지?"

"여자보다 약속 장소에 먼저 나와 기다렸잖아. 심지어 쓸데없는 짓도 안 하고."

의외로 예리하달까, 내 세세한 행동을 잘 관찰했군.

쓸데없는 짓이란 아마 휴대폰을 만지작거리거나 전화를 걸지 않았던 것을 가리키리라.

지금부터 아마사와가 보낼 시련, 즉 요리를 앞두고 내가 만나기 직전까지 이런저런 레시피를 찾아보며 대책을 세우고 있어도 좋았을 상황. 예를 들자면 필기시험 당일에, 종이 울리기 직전까지 교과서를 열심히 노려보는 상태에 비유하면 이해가 쉬울까. 물론 그것 자체는 아마사와가 요구한 규칙을 위반하는 행동이 아니다.

하지만 요리에 자신이 없는 사람으로 보일 수 있다는 것도 생각해야 한다.

전화 역시 그렇다. 누군가와 의논하고 있다고 받아들일 수도 있겠지. 그렇기에 여유로운 모습을 연출하기 위해 일부러 아무것도 하지 않았다. 그러한 인상을 무의식중에 아마사와에게 심을 계획이었는데, 첫 단계부터 간파당한 것이다.

"그럼 아야노코지 선배, 갈까?"

아마사와는 옆에 나란히 서서 그렇게 말하고는 바로 케야키 몰로 들어갔다.

"식자재를 산다고 했나."

"맞아, 맞아. 그것도 있었지. 선배가 만들 재료를 사야 하네. 돈은 가지고 있어?"

"어느 정도는."

정말 어느 정도밖에 없지만.

후배 앞이니까 쓸데없는 소리는 하지 않았다.

"다행이네, 그럼 염려할 필요 없는 거지. 으음, 여기서 필요한 걸 여러 가지 살 수 있다고 애들한테 들었는데…… 장바구니는 어디 있으려나?"

바로 슈퍼로 향하지 않고, 일용품 전문점인 '허밍'으로 들어가는 아마사와. 입구 근처에서 파란색 장바구니를 찾아 들었다.

마음에 걸리는 건 '그것도'라고 말한 부분이다.

오늘 만난 목적은 요리인데, 재료를 사는 것 말고도 필요한 게 있는 걸까.

아마사와는 부엌 용품이 진열된 코너에 가서 멈춰 섰다.

돌이켜 생각해보면 입학 초기에는 나도 여기서 몇 번인가 필요한 것들을 사 모았었다.

학생 이외에도 교원들과 카페, 식당에서 일하는 어른들 역시 이런 용품을 많이 이용하기 때문인지 부엌 용품은 특별히 큰 코너가 만들어져 있어서 처음 왔을 때는 어디에 무엇이 있는지 바로 찾지 못해 헤맸던 기억이 난다.

오지 않은 사이에 신상품도 많이 나온 것 같았다.

아마사와가 여기에 왔다는 건 뭔가 특수한 요리 도구라도 사기 위해서일까. 감자칼, 강판, 깨갈이 등 조리도구는 무수하니까 말이지. 물론 그중에는 나에게 없는 물건도 있다. 다만 기묘한 건 나에게 그런 확인을 전혀 구하지 않았다는 것이다. 뭐가 있고 뭐가 없는지 정도는 알아보는 게 일반적이지 않은가? 시간 낭비도 고려한다면 걸어가면서도 충분히 확인할 수 있는 건데…….

확인하고 싶은 마음을 꾹 참고, 어디까지나 아사가와가 이끄는 대로 내버려 두었다.

그러다가 조리도구와 관련 없는 곳에 갔을 때 이야기를 꺼냈다.

"아마사와는 직접 요리는 안 해?"

"나? 난 전혀. 요리하는 타입도 아니고, 누굴 대접하는 것보다 대접받고 싶은 사람이고."

그렇게 자신에 대해 설명하면서, 목적 장소에 도착했는지 발걸음을 멈추었다.

여기에 오기까지 걸음이 무척 막힘없었는데, 내게서 시선을 떼고 상품 진열대 앞에 섰다.

수십 초 동안 뭔가를 고민하는지 팔짱을 낀 채 생각에 잠겼다.

그리고 결정한 듯 고개를 크게 한 번 끄덕이더니 그래, 하고 중얼거렸다.

"우선 도마 사야지? 식칼 사야지? 그리고 볼에 거품기에, 또 또 냄비랑 레이들도 필요하지~?"

그렇게 말하면서 바구니 안에 이것저것 넣어갔다.

마지막으로 넣은 것은 국자였다. 아무래도 레이들이라고 부르기도 하는 모양이다.

"잠깐만. 없는 것도 있지만 대체로 다 내 방에도 있는 것들인데."

혹시나, 하는 예감이 적중하여 당황하며 그렇게 말했지만…….

"괜찮아, 괜찮아. 내 전용으로 사 모으는 것뿐이니까."

사 모아……? 도마 하나만 해도 지금 내가 방에서 쓰고 있는 것보다 고급. 노송나무로 만든 것으로 4,000포인트를 가볍게 넘었다. 그것 이외의 도구도 전부 고급품이다.
그리고 또 다른 목적이 있는 것인지 걷기 시작하더니, 두 개 옆 진열대로 향했다. 그곳에서는 조금 전처럼 고민도 하지 않고, 도착하자마자 거침없이 과도를 집었다.

"요리를 잘하는 사람이라면 역시 페티나이프도 빼놓을 수 없지!"

하고 가벼운 어조로 말하면서, 또 바구니 안에 던져 넣었다. 나는 과도가 페티나이프라고 불린다는 사실조차 몰랐던 생초보인데……. 참고로 그 페티나이프의 가격은 3,000포인트 가까이나 나갔다. 손에 쥔 상품 옆에는 그것보다 싼 것이 몇 종류나 있었지만 거들떠보지도 않았다. 가격 차이는 칼집이 있나 없나, 일제인가 아닌가에 따라 다를 뿐. 이 역시 너무나 사치스러운 선택이다.

요리하는 사람이라면 이런 작은 식칼을 사용하는 것도 일반적인 모양이다.

"일단 물어보겠는데, 계산은……."

"당연히 아야노코지 선배잖아, 어머나, 뭘 물어?"

그렇게 대답할 줄은 알았지만, 합계가 15,000포인트를 가볍게 넘는데. 이렇게 되면 지금 쓰고 있는 싸구려 도구들을 다 버리는 편이 좋을지도 모르겠다. 앞으로 직접 요리해 먹을 때 비싼 도구를 사용하면 된다고 생각하면 어떻게든…….

"아참, 아까도 말했지만 내 전용이니까 평소에 쓰지 마?"

"사악하군."

꼭 내가 쩨쩨한 생각을 하도록 유도하기라도 한 듯, 이상한 형태로 선수를 쳤다.

"그만두고 싶어졌으면 그만둬도 되는데?"

장바구니 끝을 쥐고 그렇게 도발했다.

내가 약점을 잡혀서 거절할 수 없다는 사실을 잘도 이용하고 있군.

학력 A인 학생과 스도를 연결해주는 데 이 정도 포인트로 그친다면 파격적으로 싸다, 그렇게 결론짓는 수밖에 없다.

"아니, 알았어. 모든 조건을 받아들일 테니까 원하는 것 마음껏 사."

"나를 나쁜 여자라고 생각해?"

"아니, 그렇지는."

나를 물끄러미 바라보던 아마사와는 알듯 말듯 묘한 미소를 지었다.

"그럼 된 거야, 선배."

그리하여 냄비며 레이들이며 이것저것 다 사기로 했다.

그 모든 것이 '아마사와 전용'이라는 무시무시한 명목으로.

5

그 후에는 본 목적인 재료를 사기 위해 슈퍼를 돌았다.

결과적으로 들어간 프라이빗 포인트는 2만 정도. 이렇게 많이 산 건 당연히 처음이었는데, 양손에 쥔 비닐봉지가 손가락을 파고들 정도로 무거웠다.

아마사와가 어디까지 생각하고 있는지, 식자재로 무엇을 만들 것인지 조금도 예상을 좁힐 수가 없다. 채소부터 고기, 과일까지 골고루 사들였기 때문이다.

하지만 아주 조금이나마 상상할 수 있는 것도 있었다. 대표적인 예로 남프라(태국의 어간장)와 고춧가루가 그랬다.

다만 꼭 모든 식자재를 다 쓴다고 할 수는 없었다. 단지 괴롭히기 위해 속임수를 넣은 걸 수도 있다. 오늘 아마사와의 말과 행동을 봐서는 그런 의심을 하지 않을 수 없었다. 현재 단계에서 메뉴를 좁히는 것은 실질적으로 불가능하다고 봐야 하겠지.

"좋아, 이제 완벽해. 선배 방으로 갈까?"

꼭 여자친구가 앞으로 남자친구 방에 놀러 가기라도 하는 것처럼 굴었지만, 나로서는 설레는 감정이 눈곱만큼도 생기지 않았다. 만약 아마사와가 납득할 수 있는 요리를 만들지 못하면 이번 이야기는 가차 없이 파탄 나고 말 테니. 심지어 맛있는 요리를 만들라는 추상적인 과제.

만약 처음부터 합격시켜 줄 생각이 없는 시험이라면 포인트와 시간만 낭비한 셈이 된다. 그래도 지금은 이런 전개를 얌전히 받아들이는 수밖에 없으리라.

호리키타의 순간적 판단 하나에 일이 이렇게까지 무겁

고 성가셔질 줄이야.

재료비 정도라면, 하는 생각에 흥정하지 않았었는데 나중에 호리키타, 스도와 비용에 관한 얘기를 좀 나누고 싶다.

어쨌든 그건 일단 머릿속 한쪽 구석에 넣어둔다.

나는 이 상황을 최대한 순순히 받아들이기 위해 아마사와에게 궁금했던 것을 물어보기로 했다.

"그런데 잘 알지도 못하는 남자가 해주는 요리를 먹고 싶다니, 좀 특이하군. 보통은 강한 저항감을 느끼지 않나?"

내가 마음대로 하는 생각이긴 하지만 일반적으로는 강한 저항을 느끼기 마련 아닌가?

식사는 보기만 하는 것이 아니라 입으로 가져가 위로 흘려보내는 것.

누가 어떤 식으로 만드는지, 맛은 물론이거니와 위생적인 면도 신경 쓰인다.

따라서 상대에 대해 알게 되고 신뢰 관계가 형성되고 나서야 저항감이 조금씩 줄어드는 것이 자연스럽다.

"그런가? 하지만 말이야, 음식점에서 먹는 요리도 비슷하지 않아? 모르는 사람이 주방에서 실력을 발휘해 만드는 거고, 안에서 뭘 어떻게 하는지 우리는 모르는 일이잖아?"

하긴 학교 식당 하나만 봐도 구체적으로 어떤 식으로 만드는지 우리는 알지 못한다.

하지만 그 비유는 표면적으로나 같을 뿐이지 실제로는 큰 차이가 있다.

"고작 주먹밥 한 개 만들 때도 위생 관리에 철저하잖아. 전혀 다르지 않나?"

"그런가? 난 오히려 옆에서 만들어 줄 수 있는 환경인 게 여러 가지로 눈에 보여서 좋다고 생각하는데. 누가 어떤 표정을 짓고 어떻게 움직여서 만드는지 다 볼 수 있고. 위생에 신경 쓰는지도 더 잘 알 수 있고. 반대로 가게는 주방이 아예 보이지 않는 곳도 있잖아? 엄청 더러워서 벌레가 나오는 비위생적인 식당도 있고."

눈으로 확인할 수 있으면 만드는 상대가 낯선 남자라도 얼마든지 괜찮다며 아마사와는 지론을 펼쳐나갔다.

"그리고 이 학교의 구조는 대충 이해했어. 만에 하나 포인트가 0이 되면 검소한 생활을 해야만 한다지? 하지만 선배가 만들어주면 그럴 걱정이 없어서 좋잖아."

그렇군. 그러니까 이번에 요리가 맛있으면 한 번으로 끝낼 생각이 아니라는 것이다.

급할 때 밥 먹을 곳으로 확보해두려는 노림수.

나도 요리 실력을 늘릴 좋은 기회긴 하지만, 재료비는 내주려나.

"보여? 내 생각?"

"대충은."

아마사와가 하얀 치아를 드러내며 웃었다.

하지만 2학년, 그것도 남자에게 부탁하는 게 최선이냐고 묻는다면 의문이 남는다. 친한 반 친구라든지 동성에게 부탁하는 게 앞으로도 여러 가지로 편할 것 같은데.

뭐 우리야 그 덕에 이득을 볼 수 있으니 불만은 없지만.

"하지만 나 꽤 입맛이 까다로우니까 맛없으면 이번 이야기는 다 무효야. 알지?"

"그래. 요리를 만드는 게 끝이 아니라는 거."

그 부분은 결코 난이도가 쉽지 않지만, 할 수 있는 만큼 해보는 수밖에.

여기서 중요한 건 어젯밤에 호리키타가 요리를 가르쳐 주었다는 사실이다.

아마사와의 제안을 받은 어제, 그 얼마 안 되는 시간 동안 한 연습을 과연 어디까지 살릴 수 있을까.

하지만 쉽게 속일 수 있는 상대가 아니리라.

내 요리 실력을 시험하려는 의욕이 넘친다는 것은 식자재에서도 강하게 엿볼 수 있다.

우리는 잠시 후 기숙사 앞에 도착했다.

아마사와는 손을 눈썹 위에 대고 햇빛을 가리며 기숙사를 올려다보았다.

"왠지 2학년 기숙사 오니까 좀 긴장돼."

말은 그렇게 했지만, 전혀 긴장한 것처럼 보이지 않았다.

오히려 평범하게 놀러 온 느낌으로 즐기는 것 같았다.

"아, 하지만 구조는 완전히 똑같네."

그리고 외관을 자세히 관찰한 후 로비를 둘러보고 그렇게 느낀 점을 말했다.

"그야 그렇겠지."

바로 맞장구쳤지만, 사실 다른 학년 기숙사에는 한 번도 가본 적이 없다.

다른 반 학생과 스쳐 지나갈 때 살짝 시선을 받았다.

1학년 여자애를 데려오는 그림(그것도 장 본 것을 들고)이니 당연한가.

지나가는 선배에게 아마사와가 가볍게 손을 흔들었는데 눈에 띄니까 그만해줬으면 좋겠다.

나는 이상한 소문이 나기 전에 얼른 아마사와를 데리고 내 방으로 들어갔다.

"실례합니다아~. 아, 굉장히 잘 정돈되어 있네. 심지어 깨끗해!"

"후배가 오니까 어젯밤에 급하게 청소해뒀을 뿐이야."

야밤에 요리 연습했다는 냄새를 풍기지 않으려고 해두었다.

자── 지금부터의 순서가 무척 중요하다.

나는 식자재와 부엌 용품이 든 봉지와 가방을 부엌 앞 마루에 내려놓고, 일단 전기포트로 물 끓이는 작업에 들어갔다. 그 후 함께 거실로 가서 재촉하듯 아마사와를 자리에 앉혔다.

부엌이 보이지 않는 위치에 앉게 할 수도 있지만, 굳이 그렇게는 하지 않았다.

봤을 때 내 옆모습이 보이는 위치에 앉게 하는 것이 중요한 포인트다.

"커피 끓여 줄게. TV 보고 싶으면 봐도 돼."

"고마워, 선배."

그리고 몇 분 만에 끓인 물로 커피를 타서 준 다음 기다리라고 말했다.

아마사와는 테이블 위에 놓여 있던 리모컨을 집어 들어 적당히 아무 채널이나 돌렸다.

반드시 그런 건 아니지만, 소리를 내주면 나한테도 좋은 이유가 있다.

텔레비전을 보도록 유도하고 리모컨을 근처에 놔둔 것은 정답이었군.

나는 얼른 만들어야겠다고 행동으로 어필하며 부엌으로 향했다. 괜히 옆에서 감시하려고 하면 막아야 하겠지만, 아무래도 그렇게까지는 하지 않을 모양이다.

"아, 휴대폰으로 조사하는 건 반칙인 거 알지?"

나를 보며 그렇게 경고했다.

"엄격하네. 요즘에는 요리할 때도 휴대폰으로 검색하는 경우가 많지 않나?"

"자신 없는 걸까나~?"

"그런 건 아니지만."

"그럼 다행이고. 내가 생각하는 요리 잘하는 사람이란 머릿속에 레시피까지 들어 있는 사람이어서."

그건 어제 말해주지 않은 내용이지만, 그래도 순순히 따른다.

그 정도 요구는 이미 계산에 있었다.

"그럼 휴대폰은 침대 위에 둘게."

나는 휴대폰을 충전기에 꽂은 후 침대에 두었다.

그 모습을 본 아마사와는 만족했다는 듯 고개를 끄덕이더니 커피 잔을 들었다.

"더 늦어지기 전에 얼른 시작하고 싶은데 뭘 만들까?"

"그럼 발표하겠습니다~. 선배가 만들 요리는── 똠얌꿍입니다!"

"똠얌꿍……."

태국 요리에 자주 들어간다는 남프라와 고춧가루는 그래서 산 거였군.

"할 수 있으려나? 부탁해요, 선배~."

아마사와가 과제로 낸 요리 '똠얌꿍'.

나야 당연히 단 한 번도 만들어 본 적이 없다.

애당초 거의 들어본 적도 없는 데다가 먹어본 적도 없다.

화이트 룸에서도 이런 요리는 나온 적이 없었다.

여성들 사이에서 인기가 있다는 것 정도는 TV로 본 적 있지만 딱 그 정도의 지식.

만약 지금부터 내 실력만으로 만든들 제대로 완성조차 하지 못하겠지.

구체적인 재료를 모를 뿐만 아니라 순서도 짐작조차 안 간다.

그럼 어제 밤새도록 도대체 뭘 했는가 하면.

동서고금의 요리 레시피를 암기——같은 무모한 짓은 하지 않았다.

정석 요리를 마스터한 것도 아니다.

아마사와가 레시피를 보는 걸 받아들일 가능성도 있었던 마당에, 레시피를 외우는 데 시간을 할애하는 것은 난센스다.

요리를 만들기로 결정된 후에 호리키타는 두 개의 화살을 쏘았다.

첫 번째 화살은 기본적인 식칼 등의 사용법, 그 기초 기술.

슬라이스, 채썰기, 모양 썰기, 잘게 썰기.

노골적으로 실력을 알 수 있는 부분에 무엇보다 많은 시간을 들여 연습했다.

그래도 물론 프로처럼 썰 수는 없다.

어디까지나 일반인치고는 요리를 잘하는 편이라고 호언장담해도 부끄럽지 않은 수준으로.

보통 사람이라면 반나절 만에 마스터하기란 불가능하겠지만, 나는 기술 습득에는 자신이 있었다.

적어도 일주일에 몇 번 정도는 요리하는 사람의 실력, 그 영역에는 도달했을 것이다.

레시피, 만드는 법에 단 1초도 시간을 투자하지 않았기에 이루어낼 수 있었던 성과.

하지만 그렇게 되면 당연히 나온 과제 요리를 만드는 법

따위 알 수 있을 턱이 없다.

그래서 준비한 두 번째 화살. 그것은 휴대폰을 써서 실시간으로 레시피를 확인하는 방법이다. 하지만 아마사와는 휴대폰을 보는 것을 금지했고, 내 휴대폰은 침대 위에 인질로 잡혀 있는 상태다.

태블릿 같은 것을 숨겨서 준비해둔다고 해도, 볼 틈이 없겠지.

실제로 아마사와는 수시로 감시의 눈초리를 내게 보내고 있었다. 그런 것까지 전부 계산에 있던 일. 아마사와의 위치에서 사각지대인 오른쪽 주머니에 들어 있던, 2cm도 채 되지 않는 뭔가를 꺼냈다.

언뜻 귀마개처럼도 보이는 그것을, 아마사와의 위치에서 보이지 않는 오른쪽 귀에 꽂았다.

그리고 미리 신호로 정해두었던 헛기침을 했다.

그러자──

『이야기는 다 잘 들었어. 설마 똠얌꿍을 만들라고 할 줄이야.』

오른쪽 귀에 꽂은 소형 무선 이어폰에서 호리키타의 목소리가 들려왔다.

자기 방에서 자유롭게 컴퓨터를 쓸 수 있는 호리키타를 통해 레시피를 실시간으로 듣는 전략이다. 내 발아래에 놓인 가방에는 스도의 휴대폰이 들어 있다. 그리고 이 무선 이어폰은 스도의 휴대폰에서 나오는 음성. 장을 보러 가기 전부터 호리키타와 통화 상태로 해둔 것이다.

케야키 몰에서 장을 보는 동안 호리키타는 방에 가서 사전 준비를 하고 있었다.

이 무선 이어폰도 어제 미리 사 둔 것.

만에 하나, 앉아 있는 아마사와가 일어나 내 쪽으로 오려고 하면 머리를 긁는 척이라도 하면서 무선 이어폰을 빼 주머니에 넣으면 그만이다. 그녀가 나를 감시한다는 건 나 역시 그녀를 감시할 수 있는 상태라고 할 수 있으니까.

이렇게 해서 나는 레시피 때문에 애먹지 않고 요리할 수 있게 되었다. 혹시라도 호리키타의 순서 설명이 너무 빠르거나, 또는 설명을 다시 듣고 싶을 때를 대비해 몇 가지 신호도 정해두었다.

어쨌든 지금부터는 호리키타와의 연대가 몹시 중요하다.

이 방법은, 어떤 재료와 도구를 써야 하는지는 알 수 있어도, 시각적인 정보는 하나도 없다.

뿌연 안개가 낀 듯 흐릿한 똠얌꿍이라는 요리를 잘 만들어야만 하는 것이다.

어떻게 말만으로 구체적인 지시를 내리고 그걸 재현할 수 있는지가 관건이다.

『그런데 먼저 아마사와한테 확인해두고 싶은 게 있어』

이어폰을 통한 호리키타의 질문을 내가 말로 바꾸어 전달했다.

"아마사와. 그런데 거품기도 페티나이프도 똠얌꿍을 만

들 때는 필요 없는 건데. 혹시 톰얌꿍 말고도 또 만들어 달라고 할 게 있으면 지금 미리 말해줬으면 좋겠다."

만약 나중에 추가 요리를 부탁하면 귀찮아지므로 지시대로 미리 선수 치듯 물었다.

"나중에 부탁하려고 한 건데, 사과 하나만 깎아줬으면 해서."

우리가 의심한 대로 아마사와는 나중에 추가 주문을 할 생각이었다.

"남은 식자재는 선배가 나중에 맛있게 먹어. 그리고 안 쓴 도구는 또 다음에 놀러 왔을 때 쓰는 걸로!"

쓸지 의심스러웠던 페티나이프는 용도가 있었지만, 나머지는 당분간 창고행인가.

『미리 확인하길 잘했네. 과도 쓰는 법은 어제 가르쳐줬으니까 할 수 있겠지?』

벼락치기로 배운 기술이 어디까지 통할지는 모르겠지만, 아마도 괜찮겠지.

『조리 시간은 15분에서 30분 정도 사이로 목표를 잡을게. 알겠지?』

자—— 어디까지 잘 만들 수 있으려나.

6

예정 시각을 살짝 넘겼지만 거의 지시대로 만든 똠얌꿍.

이 완성된 요리를 아마사와에게 선보일 순간이 왔다.

설마 안 지 얼마 되지도 않은, 그것도 여자에게 내 요리를 대접하는 날이 올 줄이야.

테이블 위에 똠얌꿍을 내려놓은 나는 바로 사과를 손에 들었다.

아마사와가 보는 앞에서 페티나이프를 능숙하게 쓰는 모습을 보여줄 필요가 있겠지.

"평소에 식칼로 깎아서 좀 서툴지도 모르는데——"

그렇게 일단 밑장을 깔아놓고 사과 깎기에 도전했다.

"와, 굉장해. 굉장해. 정말 잘한다. 칼 다루는 솜씨는 합격."

프로에 견줄 바는 못 되지만, 적어도 지금 처음 하는 것처럼 서툰 모습은 보여주지 않았다.

나는 다 썬 사과를 접시에 담았다.

"그런데 똠얌꿍엔 고수를 곁들이는 이미지가 있는데, 너는 안 좋아해?"

오늘 산 식자재 중에 고수는 들어 있지 않았다.

"좋아하는데? 하지만 고수를 사버리면 똠얌꿍인 걸 들킬 것 같아서."

경계한다고 일부러 고수를 뺀 모양이다. 역시 내가 뭔가 잔꾀 부리지 않도록 손을 쓴 것이다. 내게 틈을 보이지 않게 조심하는 건 이해할 수 있지만, 참 배부른 이야기 같다.

"난 먼저 뒷정리를 시작해도 될까?"

사과를 써는 데 쓴 페티나이프와 도마를 부엌에 가져가는 김에 물었다.

"안 돼, 안 돼. 여기에 딱 앉아서 심사위원의 판정을 기다려."

아마사와는 그렇게 말하며 앞에 앉기를 요구했다.

뜻을 거스를 수도 없는 노릇이라 나는 정리하기를 그만두고 다시 거실로 나왔다.

"그럼 잘 먹겠습니다~."

뜨거운 똠얌꿍을 천천히 입으로 가져갔다.

먹는 모습을 누가 보는데도 전혀 불편하지 않은 모양이었다.

그렇게 말하는 나도 사실은 누가 먹는 걸 본들 아무런 저항감도 느끼지 않는 사람이지만.

똠얌꿍을 다 먹은 아마사와는 만족했다는 듯 두 손을 모았다.

"잘 먹었습니다."

깨끗하게 다 비운 모습을 보니 입이 짧은 편은 아닌 것 같다.

자…… 이렇게 다 먹었는데, 그게 자신이 원하는 맛이었는지는 알 수 없으니까 말이지.

계량은 정확하게 했으니 문제없다고 생각하지만.

그래도 아마사와가 납득할 수 없다고 한다면 그것으로 이 전쟁은 끝.

우리의 패배로 막을 내린다.

"선배의 똠얌꿍은——"

잠시 뜸을 들인 후 아마사와의 심판이 내려졌다.

"응, 그럭저럭 합격에 아슬아슬하달까. 특별히 맛있는 것은 아니지만, 또 먹어도 좋을 것 같다는 생각이 드는 맛이긴 했어."

합격이라는 건지 불합격이라는 건지 알 수 없는 대답이었지만, 나는 굳이 곧바로 언급하지 않았다.

"일단 이건 정리할게."

그렇게 말하며 똠얌꿍이 들어 있던 그릇과 스푼을 들고 부엌으로 향하는 아마사와.

왜 그러는지 식기만 두는 것이 아니라 본격적인 정리를 시작했다.

"내가 할게."

"괜찮아, 괜찮아. 내가 억지로 말해서 만든 거니까 이 정도는 하게 해줘. 선배는 앉아서 푹 쉬어. 비록 요리는 젬병이지만, 그만큼 뒷정리로 엄마를 도와줬기 때문에 꽤 잘해."

"그럼 사양 안 한다. 그런데 결과는—— 뭐야?"

정리하는 아마사와의 침묵.

TV에 나오는 저녁 뉴스 소리만 실내를 채웠다.

"그러네. 슬슬 발표해야겠지. 마음이 오락가락해."

아마사와는 고민하는 척하면서 머리 오른쪽 리본의 위치가 마음에 들지 않았는지 자신의 휴대폰 화면을 거울삼아 리본을 풀었다가 다시 묶었다.

리본을 다 묶음과 동시에 총평이 내려졌다.

"아까 말했듯이 합격에 아슬아슬. 실력도 그렇고 맛도 나쁘지 않았거든."

"그게 합격에 아슬아슬이라. 엄격하네."

"나는 요리에 까다롭거든."

그렇게 말한 아마사와가 나를 슬쩍 쳐다보며 웃었다.

"앞으로 여기에 먹으러 올지 말지는 선배가 열심히 하기에 달렸어."

빈번하게 찾아와 밥 달라고 말하고 싶은 수준은 아니었다는 뜻.

합격에 아슬아슬하다는 평가대로였다. 결과를 기대하기 어려우려나.

"그럼 스도 건은 불합격인 건가?"

내가 먼저 언급하기가 다소 꺼려졌지만 물어보기로 했다.

"합격이라고 할 순 없지만, 요리를 잘하는 건 진짜 같으니까. 이것저것 비싼 것도 사줬고 공짜로 먹은 답례는 해야겠지. 이번에는 선배의 노력을 봐서 스도 선배의 파트너가 되어줄게."

만족할 정도는 아니었던 모양이지만, 일단 아마사와는 최소한으로 인정해주었다.

약간 어려우려나 하는 생각이 들기 시작하던 무렵, 뜻밖의 낭보에 가슴을 쓸어내렸다.

"조금만 더 하면 정리 끝나니까 잠시만 기다려."

열심히 치우는 모습을 멀뚱멀뚱 보고만 있을 수도 없는 노릇이라 나는 텔레비전에서 흘러나오는 뉴스를 보며 얌전히 기다리기로 했다.

정리가 만족스럽게 끝났는지, 잠시 후 아마사와가 돌아왔다. 그리고 곧 휴대폰 화면을 내게 보여주면서 만지기 시작하더니 스도에게 파트너 신청을 했다. 이제 오늘 안에 스도가 받아들이면 확실하게 계약이 성립된다.

"스도는 지금 동아리 활동 중이니까 나중에 승인하라고 말할게. 그래도 되겠지?"

물론 그것도 사실이지만, 실제로는 휴대폰을 가진 사람이 나여서 바로 승인할 수 없는 것이다.

"완전 오케이. 그럼 더 늦어지면 안 되니까 난 이만 돌아갈게. 또 봐, 아야노코지 선배."

일은 순조롭게 진행되었고, 아마사와는 돌아가기 위해 현관으로 향했다.

"아마사와. 스도의 파트너가 되어줘서 고맙다. 호리키타도, 그리고 스도도 네 덕분에 살았어."

"좋아, 좋아, 더 고마워해도 된다고?"

신발을 신으며 아마사와가 가볍게 대답했다.

"일단 밑져야 본전이라는 생각으로 하고 싶은 말이 있는데……."

그 내용을 말하려고 했을 때, 신발을 다 신은 아마사와가 뒤돌아보았다.

"나한테 A반의 연결 다리 역할을 부탁하고 싶다거나?"

괜히 A반 그리고 학력 A인 게 아니군.

머리 회전이 빠르고, 말도 망설임이 없다.

"그렇지. 우리 반에는 스도처럼 파트너 찾느라 애먹는 학생이 적지 않거든. 도와줄 학생을 한 명이라도 좋으니까 소개해주면 고맙겠는데."

"미안. 그건 어려울지도."

아마사와는 가볍게 양손을 모으며 사과했다. 이렇게 해서 우리의 요청은 맥없이 튕겨 나갔다.

"아, 딱히 아야노코지 선배나 호리키타 선배한테 잘못이 있어서 그런 건 아니야. 난 신뢰할 수 있겠다고 생각하고 있는 참이니까. 하지만 내가 말이지, 반 애들이랑 별로 사이가 안 좋거든. 어제 선배들을 만났을 때도 나 혼자였잖아?"

"그러고 보니 그렇군."

그 시간, 친구와 케야키 몰에 놀러 오는 학생이 많은 가운데 아마사와는 혼자였다.

"나, 좀 배려가 없달까 하고 싶은 말을 다 해버리는 스타일이라. 그런 성격은 친구가 생기기 어렵지. 그런 이유로 도와주지 못하는 거야. 미안."

"아니, 스도와 파트너가 되어준 것만으로도 충분해. 뭐 힘든 일 있으면 나한테 말해. 뭔가 도와줄 수 있는 일이 있을지도 모르니."

"응, 고마워. 그럼 또 봐~. 바이바이."

A반과 연결 다리를 놓는 건 거절당했지만, 일단은 이 정도로 충분하다고 생각하자.

"겨우 일단락 지었네."

계속 연결되어 있던 스도의 휴대폰 통화를 끊고, 내 휴대폰으로 호리키타에게 전화를 걸었다.

"수고했어. 어떻게든 잘 마무리된 것 같네."

전화가 연결되자마자 호리키타의 칭찬이 날아들었다.

"아마사와의 친절한 판정에 구제받은 느낌은 있지만."

"그래도 어쨌든 스도 문제는 해결되었어. 정말 큰 성과야."

편법을 쓴 건 아마사와에게 미안하지만, 우리로서는 한시름 덜었다.

이제 스도가 휴대폰을 받으러 방에 찾아왔을 때 신청을 받아들이면 끝.

마침 슬슬 올 때가 되었다.

"아마사와에게 1학년 A반 중개 역할을 부탁한 건 어째서야? 그 애의 성격이나 친구 수는 차치하더라도, 우리 2학년 D반이 상대라면 교섭에 난항이 있을 거라는 건 쉽게 상상할 수 있지 않아?"

호리키타는 이번 특별시험 공략으로 1학년 A반을 노리자는 말은 하지 않았다.

"그냥 형식적으로 말한 거야. 우리 2학년 D반이 파트너를 찾느라 고생하고 있는 건 사실이니까, 그런 부탁을 하지 않는 게 더 부자연스럽지."

아무것도 쓸 방법이 없다면 지푸라기라도 잡는 심정으로 말해볼 수 있는 법.

만약 그런 말을 하지 않았다면 도리어 아마사와는 우리가 다른 전략을 추진하고 있다고 생각할 수도 있다.

"그건…… 우리가 처음부터 1학년 A반 전체의 공략을 단념하고 1학년 B반과 1학년 D반만 노리고 있다는 걸 알게 하기 싫었다는 뜻?"

실제로 호리키타는 그 두 반을 염두에 두고 있었기 때문에 아마사와를 이용한 A반 공략은 검토도 하지 않았다. 넝쿨째 들어온 호박은 스도와 파트너가 되면 좋겠다고 처음부터 정했다.

"아마사와가 어떤 사람인지 우린 아무것도 몰라. 오늘 일이 1학년 다른 반, 또는 2학년 전체에 소문이 퍼질 수도 있는 거고. 그걸 고려한 거야. 쓸데없는 걱정일지도 모르겠지만."

그 말을 들은 호리키타는 잠시 침묵했다.

"왜 그래?"

"네 사고방식은…… 뭐랄까, 다 계산되어 있고 굉장히 현명해."

"별거 아닌데."

"아니, 별거야. 막상 들으면 당연한 소리 같지만, 처음부터 거기까지 생각해낼 수 있는가는 별개의 이야기지. 오빠가 너를 주목한 이유를 조금 알 것도 같아. 그런데 지금까지는 나에게 그런 구체적인 이야기를 하지 않았었는데, 갑자기 무슨 일이야?"

호리키타는 내 심경에 변화가 왔다고 생각했는지 그런 질문을 했다.

"별로 다른 뜻은 없어. 다음은 남은 학생들이 문제군. 나나세한테 연락이 오면 알려줄게."

"그래, 그러네. 기다릴게."

호리키타와의 통화를 마친 나는 일단 부엌의 상황을 확인했다.

정리된 부엌. 설거지가 다 되어 있을 뿐만 아니라 싱크대도 깨끗하게 닦여 있어서 1년 전 이 방에 처음 들어왔을 때와 거의 똑같은 상태였다. 사용한 도마와 접시, 식칼, 페티나이프, 냄비며 레이들 등도 깨끗이 수납되어 있었다. 과분할 정도군.

호리키타가 주도한 제안이었다고는 하나, 처음 해본 1학년과의 은밀한 만남. 만약 아마사와가 화이트 룸 출신이라면 어떤 수작을 걸었어도 이상하지 않은데, 그런 흔적은 찾아볼 수 없었다.

내가 심하게 경계하기도 했지만…….

말과 행동을 비롯해 고등학생이라면 당연히 갖췄을 지식도 틀림없이 가지고 있었다.

화이트 룸을 이제 막 나왔다면 아마사와와 같은 태도를

보이기란 어려우리라.

"이걸로 아마사와는 스도와 파트너가 됨으로써 화이트룸 출신일 가능성은 사라졌나."

이미 파트너가 정해진 다른 1학년을 포함해, 지금 가진 정보로 판단한다면 그렇게 된다. 아니, 그런 답을 내는 건 누가 됐든 아직 시기상조인가.

나와 파트너가 되는 것이 나를 퇴학시키는 직행 티켓이라고 생각하는데, 그렇다고 해서 전략이 꼭 그것 하나라고 단정 지을 수는 없다. 커다란 먹이를 일부러 놓아준 다음, 다른 빈틈을 엿볼 가능성도 있다.

하루아침에 익히기 불가능한 고등학생의 지식 역시, 시간이 충분하다면 해결할 수 있다.

게다가 아마사와의 말과 행동 중에 마음에 걸리는 부분도 있었다.

마음에 담을 만한 것이 아닌지도 모르겠지만, 모든 불안 요소는 없애버리는 편이 낫겠지.

그건 꼭 아마사와만의 이야기는 아니다. 앞으로 부딪치게 될 호우센과 나나세 역시 그렇다. 그 두 사람은 수많은 2학년 중에 제일 먼저 나를 쳐다보았었다.

가까이 접한 학생이라면 대화의 여부와 상관없이 전원 의심해봐야 할 것이다.

지금부터는 파트너 후보를 찾아내는 위험한 영역에도 들어가야 하니까.

그리고 이날 밤, 나나세로부터 메시지를 받았다.

『내일 방과 후에 만날 수 있어요』라고.

7

같은 날. 아야노코지가 아마사와에게 요리해주던 시간, 케야키 몰 카페.

그곳에는 2학년 A반 사카야나기와 카무로 그리고 키토가 모여 이야기를 나누고 있었다.

"또야. 우리가 말 건 학생한테 C반의 제안이 갔다나 봐. 게다가 A반의 권유를 거절하면 아무 조건 없이 1만 포인트를 가질 수 있게 해주겠다고 했다더라."

휴대폰으로 하시모토에게 연락받은 카무로가 사카야나기에게 보고했다.

"우리와 팀이 되지 않는 것만으로 1만을 주겠다니, 바보 아니야?"

카무로가 그렇게 말하는 사이에, 하시모토로부터 추가 정보가 들어왔다.

2학년 C반과 팀이 되면 선금이 10만. 시험에서 501점 이상 받은 것이 확인되면 10만을 더 줘서 총 20만 프라이빗 포인트를 제공하겠다는 조건도 제시했다고.

"후후. 아무래도 류엔 군이 작정하고 저에게 승부를 걸어오는 것 같군요.”

“어쩔 셈이야? 우리도 포인트로 응수해야 하나?”

“자금력 승부라면 우리가 질 일은 없죠. 하지만 같은 전략을 써서 이기는 건 재미없지 않나요?”

“재미가 없다라…… 10만이고 20만이고 필요하다면 쥐여줘야 하는 거 아니야? 1학년도 포인트를 받는 메리트가 크다고 생각할 게 뻔한데.”

이미 1학년이 유리한 입장이 시험으로 이야기가 흘러갔고, 우등생은 포인트를 받고 파트너를 ‘해주는’ 도식이 완성되고 있었다.

그렇게 충고하는 카무로에게 사카야나기는 웃기만 할 뿐 동의하지 않았다.

“져도 된다는 거야? 류엔한테?”

“우리와 류엔 군의 반은 애당초 종합적인 학력 부분에서 큰 차이가 나죠. 1학년의 힘을 빌려 그걸 역전하려면 상당한 인원을 스카우트해야만 하고, 그렇게 한다고 해도 그의 승리가 보장되지는 않아요.”

“그럴지도 모르지. 하지만 우리가 반드시 이긴다는 보장 역시 없잖아?”

“그렇죠. 가령 학력 A에 해당하는 학생을 류엔 군이 끌어모았다고 해도, 그렇게 해야 겨우 우리와 비등할까 말까 하지 않을까요? 가만히 있어도 승률 50%는 확실해요.”

하지만 그건 바꿔 말하면 두 번에 한 번은 질 가능성이 있다는 뜻.

카무로는 꼭 자기가 이기고 싶어서 막 열을 올리는 것은 아니었다.

어차피 눈앞에 앉아 있는 사카야나기가 이대로 아무것도 하지 않으리라고는 생각하지 않았기 때문이다.

"만약에 우리 쪽에서 같은 액수를 주겠다고 하면 어떻게 될 것 같나요?"

"어떻게 될 것 같냐니. 그야 류엔이 더 내겠지?"

"그래요. 20만, 30만 포인트로 액수가 뛰겠죠."

"하지만 머리 좋은 학생을 확실하게 확보할 수 있어."

"그러기 위해서 치러야 할 대가는 그만큼 큰 포인트 액수입니다. 굳이 수백만 포인트를 잃는 리스크를 짊어질 필요는 없어요. 그렇게 생각하지 않나요?"

"우리가 제시한 액수가 적더라도 학생 확보에서 이길 수 있다고? A반 브랜드의 힘은 1학년이 아직 잘 모를 것 같은데."

카무로가 물고 늘어졌지만, 사카야나기는 결코 자금력으로 승부할 생각이 없어 보였다.

"류엔 군이 반 종합 순위에서 1위를 차지하려 한다는 건 잘 알았습니다. 작년에 카츠라기 군과 손잡고 현금주의로 나왔던 때와는 방침이 완전히 달라진 것 같네요."

"그 녀석은 자기 혼자 2,000만을 모아서 올라갈 생각이었지?"

"마음에 큰 변화가 일어난 거겠죠. 반 포인트의 중요성을 깨달은 거예요. 아니, 반이 이기기 위해 방향을 바꾸었다고 보는 게 더 맞을까요."

사카야나기와 류엔이 이 특별시험에서 얼굴을 맞대고 이야기를 나눠본 적은 아직 한 번도 없다.

하지만 두 사람은 마치 서로 전략을 이야기한 것처럼 보였다.

"아무튼…… 괜찮은 거지? 프라이빗 포인트는 제시하지 않아도."

"어라, 마스미 씨. 저는 포인트 제시를 하지 않겠다고는 말하지 않았는데요?"

"뭐? 하지만 너 아까 포인트로 겨루는 건 재미가 없다고 했잖아."

"1학년한테 전하세요. 류엔 군과 같은 액수를 준비할 수 있다고."

이해할 수 없는 사카야나기의 지시에 카무로가 입을 굳게 다물었다.

"단── 그렇게 해서 1학년이 받아들인다고 해도 파트너 계약은 하지 마시고."

"뭐? 뭐야 그게. 무슨 소리인지 진짜 모르겠는데."

"후후후. 류엔 군, 당신의 전략은 저한테 오히려 좋은 기회입니다."

"난 도대체 뭐가 뭔지──"

『뭐 어때? 공주님이 필요 없다고 하시니, 그 솜씨를 지켜보면 되지』

휴대폰으로 두 사람의 대화를 듣고 있던 하시모토가 재미있다는 듯이 말했다.

"……뭐, 상관없지만."

포인트 액으로 타협점을 찾더라도 굳이 파트너를 확정하지 말라는 사카야나기의 지시.

카무로는 이해가 안 되면서도 하시모토에게 다시 그 의도를 전해두었다.

그런 카무로를 귀여워하는 듯한 눈빛으로 쳐다보던 사카야나기는 자신이 지나치게 짓궂었음을 조금 반성하듯 입을 열었다.

"류엔 군의 대대적인 매수 전략 자체는 나쁘지 않아요. 일부러 접촉하고 돌아다니면서 저를 머니게임에 강제로 참가시키는 데에는 성공했죠. 하지만 우리와 경쟁하겠다는 듯이 같은 학생을 계속 노리는 전략은 누가 봐도 실책입니다. 종합적인 능력에서 뒤처진 C반은 우선은 학력이 높은 학생만을 공략해야죠."

하지만 류엔은 그렇게 하지 않고 A반이 앞으로 필요로 할, 학력 이외의 요소가 뛰어난 학생에게까지 손을 뻗으려 하고 있었다.

"그 녀석, 프라이빗 포인트를 아주 많이 모았다는 뜻?"

"글쎄, 어떨까요? 최소한의 포인트는 가지고 있겠지만

실제로 굴릴 수 있는 액수는 그 정도까지 많지 않을지도 모르죠?"

"아니, 이상하잖아. 포인트가 있으니까 계속 매수를 제안할 수 있는 거 아니야?"

"제안은 무일푼이라도 할 수 있어요. 가지고 있는 척만 하면 되니까."

그런 짓을 해서 류엔에게 무슨 이득이 있는지, 카무로는 바로 이해할 수 없었다.

"만약 류엔 군이 없다면 우리는 A반의 플랜만으로 많은 유능한 1학년을 끌어올 수 있어요. 하지만 류엔 군이 매수하는 바람에 우리도 머니게임을 강요받게 되었죠. 그리고 다음에는 뭘 할까요? 금액을 끌어 올려서, 우리 A반이 최대한 많은 포인트를 쓰게 하는 겁니다."

"그런가…… 일리가 있어."

결과적으로 A반에 유능한 학생을 빼앗긴다고 하더라도 10만이 아니라 20만, 20만이 아니라 30만 프라이빗 포인트를 1학년에게 주게 된다면 2학년 전쟁에서는 유리해진다.

"그래도 지금은 우리가 불리한 거 아니야? 그 녀석의 스카우트가 점점 성공하고 있는데."

"당황할 단계는 아니에요. 몇 명이 류엔 군에게 매수되어버린 것뿐. 조금은 공을 좀 올리게 해줘야겠죠. 다만 그가 잘못 짚은 게 몇 가지 있어요. 우리가 가진 A반이라는 브랜드의 힘은 일시적이라 실추시켜버리면 무너뜨릴 수 있다고 생각한다는 것. 또 돈만 주면 얼마든지 협력자를 만들 수 있다고 착각하고 있다는 것."

"잘은 모르겠지만 어쨌든 아까 그 지시대로 하면 되는 거지?"

"그래요. 지금은 충분합니다."

"왠지 마음에는 안 들지만 말이야. 류엔의 전략에 따라가 주는 느낌이 들어서. 이대로 질질 끌려가다가는 우리도 어떻게 될지."

"안심하세요. 그럴 일은 없으니. 이 승부는 우리가 반드시 이겨요."

또 이해할 수 없는 사카야나기의 대답에 카무로는 한숨을 내쉬었다.

"지금은 머리를 아무리 굴려도 의미 없으니까 류엔 군에게 휘둘리는 척만 하세요. 이 특별시험은 어디까지나 전초전. 서로를 견제하면서 속내를 파악하는 상태입니다."

"이제는 이해하기를 포기하려는 참이야."

"하지만…… 가능하면 자멸로 끝나는 일만은 없길 바라요. 너무 쉽게 결착 나면 재미없으니까."

사카야나기는 창밖을 바라보며, 다가올 적이 부디 자신의 적수가 되기를 빌었다.

8

사카야나기와 카무로가 대화하던 그날, 두 시간 뒤.

류엔은 이시자키, 이부키와 노래방에 있었다.

"20만으로 낚은 1학년 B반 애가 보류하겠대요, 류엔 씨."

휴대폰으로 연락을 받은 이시자키가 류엔에게 보고했다.

"뭐야. 20만은 부족하다는 거야?"

"아니, 그게 아니라 사카야나기도 같은 액수를 제시한 모양이어서……."

"그쪽도 우리한테 지기 싫다는 거네. 이런 승부, 계속해서 이길 수 있어? 우리가 불리해."

"A반은 프라이빗 포인트를 상당히 모아놨을 거예요. 많이 불리하지 않을지……."

그런 보고를 받고서도 류엔은 휴대폰만 만질 뿐, 당황한 기색은 없었다.

"류, 류엔 씨?"

"진정해. 그쪽이 뭘 노리는지 다 아니까."

빈 잔으로 시선을 던지자, 이시자키가 당황하며 새 물을 부었다.

"선금 10만, 시험 후에 20만 주겠다고 말해."

"지, 진짜요?"

총 30만. 더 많은 포인트가 나가게 된다.

"어차피 그래도 1학년 대부분은 결정하지 않겠지. 사카야나기가 값을 더 부를 것을 기대하면서."

"그럼 우리의 자폭으로 끝나는 결말 아닌가?"

자금이 부족해지면 손쓸 방법이 사라진다.

"역시 사카야나기와 경쟁하는 건 무리가 아닌지…… 지금은 2위를 노리는 걸로 노선을 바꾸는 편이……."

"나도 그렇게 생각해. 만약 같은 금액으로 경쟁을 펼치게 된다면 브랜드에서 진다고."

그런 이시자키와 이부키의 분석을 듣고 류엔이 웃었다.

"푸핫. 사카야나기 녀석은 이미 이긴 얼굴을 하고 있겠지."

"네 방식을 다 꿰뚫은 것뿐이겠지. 설령 프라이빗 포인트로 좋은 승부를 펼쳤다고 하더라도 브랜드에서 차이가 나니까."

"A반의 브랜드라는 건 그냥 지금의 장식에 불과해. 브랜드만 믿고 설치는 녀석들일수록 무너졌을 때 잃는 신뢰는 차마 헤아릴 수 없지."

"그렇다고 하더라도 포인트는 어떻게 해요? 30만 40만으로 뛰어오르면 도저히 전부 낼 수 없어요."

"낼 필요 없어. 끝도 모르고 포인트를 요구하는 놈이랑 파트너가 될 생각은 없으니."

"……네?"

"이번에 내가 하려는 건 그런 게 아니야. 올해 1학년 중에 어떤 인간이 있는지 알아보는 단계지. 돈만 있으면 귀신도 부릴 수 있다는 말이 있듯이, 큰돈만 쥐여주면 얼마든지 협력하는 놈은 언제든 내 편으로 끌어들일 수 있는 놈인 거야. 정말로 협력해줘야 할 때 돈만 주면 그걸로 끝나지. 중요한 건 그 이외의 것을 직감적으로 이해하는 놈들이야."

"미안하지만 무슨 소린지 하나도 모르겠는데……."

"사카야나기는 내가 종합 1위를 노리고 있다고 생각하겠지만, 얼마 되지도 않는 반 포인트를 가질 생각은 처음부터 없었어. A반을 쳐부수려면 반 포인트가 좀 더 격하게 증감되는 타이밍을 기다릴 수밖에 없으니까."

"그럼 큰돈에 넘어오는 녀석이 있는지 없는지 확인하기 위해서일 뿐이라는 거야?"

"포인트를 올리는 게 가능하다는 건 처음부터 명백했어. 하지만 이미 우리 반과 파트너가 된 학생이 있지. 그 녀석들은 무엇 때문에 우리 C반과 팀이 되기로 정했을 것 같아?"

"음…… 그러고 보니, 왜지?"

처음에 제시한 포인트 액은 선금 5만, 시험 종료 후에 5만이었다.

결코 그리 높은 제시액이 아니었음에도 불구하고, 몇 명은 이미 C반과 손을 잡았다.

"너, 파트너 계약을 맺기 전에 꼭 일대일로 만났는데…… 협박이라도 했다거나?"

"뭐, 가볍게 협박하는 것도 정답이지만."

30만 40만이라는 큰 금액에 일단 낚였다 하면 류엔과의 면접에서 굴복한다.

결국 합의로 결정된 액수는 표면상보다 훨씬 적게 끝난다.

"1학년 중에 내가 사카야나기보다 위라는 걸 이해할 수 있는 애가 있는지 심사하는 거야."

포인트나 브랜드에만 얽매이지 않고, 본능적으로 이길 반을 간파할 수 있는 인간의 선발.

그것이야말로 이번 특별시험에서 류엔 카케루가 진짜 노리는 것.

이 일 년 동안의 목표는 그보다 훨씬 더 나중, 그러니까 사카야나기의 A반을 끌어내리는 것이었다.

○D반과 D반

주말도 가까워져 가는 목요일. 방과 후가 되자 나는 호리키타를 데리고 도서실로 이동했다.

오늘 그곳에서 나나세가 데려오는 1학년 D반 학생과 이야기를 나눌 예정이기 때문이다.

"오늘 갱신은 확인했어?"

"파트너가 정해진 조는 17조. 이렇게 해서 총 73조가 됐군."

조 숫자 자체는 별로 신경 쓸 일이 아니지만, 과거 두 번의 갱신과 다른 점이 하나 있다.

바로 1학년 D반 학생 두 명이 파트너를 정했다는 사실이다.

지금까지 사흘 동안 요지부동이었던 D반에서 보이기 시작한 활동의 징후.

"좀 마음이 급해져. 호우센이 좀 더 상황을 지켜볼 줄 알았거든. 점심시간에 몇 명인가 1학년 D반 애랑 살짝 얘기해봤는데 파트너가 정해진 학생에 관해서 자기는 아무것도 모른다면서 가볍게 넘기더라고."

"정말로 모르는 건지, 함구령이 내려진 건지는 미묘한 부분이지만."

머리 좋은 학생한테는 많은 포인트를 제시하지 않는 한 파트너를 맺지 말라, 발설도 하지 말라, 하고 말했어도 이상하지는 않다.

"그러네. 어쨌든 지금 나나세를 만나게 된 건 좋은 소식이야. 그 아이라면 그런 부분도 이야기를 들어볼 수 있을지 몰라."

아직 딱 한 번 만나봤을 뿐, 호리키타는 나나세와 제대로 된 대화를 나눠본 적이 없다.

그래도 호우센의 옆에 서 있던 나나세는 말이 좀 통할 것 같은 학생으로 그 존재감이 눈에 띄었다.

나 역시 나나세와 대화했을 때 솔직하다는 인상을 강하게 받았고.

그냥 느낌이지만, 어쩐지 이치노세를 방불케 하는 올곧은 성격의 소유자인 것 같다.

도서실에 도착한 우리는 안으로 발을 들였다.

"어라. 보기 힘든 손님이네요."

우리를 처음으로 맞이해준 사람은 나나세가 아니라 2학년 C반 시이나 히요리였다.

책벌레인 그녀는 방과 후가 되면 곧장 이곳으로 오는 듯했다.

"오늘은 좀 소란스러울지도 몰라. 특별시험에 관해서 1학년이랑 얘기를 나누기로 했거든."

"그래요? 그럼 저쪽 구석 자리가 좋겠어요. 저기면 다른 사람에게도 별로 불편을 주지 않을 것 같고, 너무 시끄럽지만 않으면 괜찮을 거예요. 누가 가까이 오려고 해도 바로 알아차릴 수도 있고."

히요리의 친절한 조언을 그대로 받아들이기로 했다.

"C반 쪽은 순조로워?"

"네. 이래저래 움직이고는 있어요."

서로 경쟁하는 반인 만큼 그 내용을 쉽게 들려줄 수도 없다는 것이 어려운 부분이다. 간단한 몇 마디만 주고받은 후 히요리에게 인사하고, 먼저 자리를 잡아두기로 했다. 나는 히요리 쪽을 신경 쓰면서도 호리키타와 안쪽 자리로 향했다.

"나나세는 그렇다고 치고, 1학년 D반과 연결되려면 호우센이 어떻게 나올지가 문제네."

"그렇지. 이 자리에 나타나느냐 마느냐에 따라서도 크게 달라질 것 같다."

우리는 아무런 제한을 두지 않았기 때문에 호우센을 데려오지 않는다는 보장도 없었다.

만약 데리고 오게 된다면 바로 본론으로 들어가 큼직한 교섭을 해야 하겠지.

"본격적인 대화 전에 한 가지 물어봐도 될까? 너, 공부는 하고 있니?"

"뭐, 그럭저럭. 갑자기 그건 왜 물어?"

"과목을 좁힐 수 있는 내가 유리한 상황인데, 공부 시간을 잘 확보하고 있는지 궁금해서."

"뭐야, 적을 배려해주는 건가?"

"설마. 난 스스로 유리한 조건을 내버릴 만큼 친절하지 않아. 반드시 이겨야 하는 대결이고."

그래도 내가 잘 공부하고 있는지 신경 쓰이는 모양이다.

그 말인즉슨 특별시험에 대처하느라 바빠서 공부할 시간이 없었다는 변명을 하지는 않을지 염려하고 있다는 뜻이다.

"너야말로 2학년 D반을 통솔하느라 이래저래 시간을 깎아 먹고 있잖아."

"난 늘 꾸준히 공부하고 있으니까 아무 문제도 없어."

평소에 차곡차곡 공부해왔다는 부분에서 자신감을 느끼고 있는 듯하다.

"안심해라. 질 생각은 없으니."

"그럼 다행이고……."

아무래도 이상한 부분에서 신뢰감이 없어, 내가 진지하게 시험을 치를 것처럼 보이지 않는 모양이었다.

그와 관련해서 나도 한 가지 물어봐야 할 것이 있었다. 호리키타는 반도 통솔해야 하고 자기 공부도 해야 하는 데다가 공부를 가르쳐주는 역할도 맡아야 할 때가 많다. 시험 당일까지 이 페이스를 유지할 것인지 물어보려는데, 나나세가 혼자 도서실에 모습을 드러냈다. 우리를 곧바로 발견하고 멀리서 고개 숙여 인사한 다음 가까이 다가왔다. 아무래도 첫 교섭에 호우센은 모습을 드러내지 않을 모양이었다.

"오래 기다리셨나요, 선배."

"우리도 이제 막 왔어."

호리키타는 나나세에게 맞은편 자리를 권한 후 가벼운 자기소개로 대화의 막을 올렸다.

"정식으로 인사할게…… 난 호리키타 스즈네야. 오늘 이렇게 시간 내줘서 정말 고마워."

"저는 나나세 츠바사라고 합니다. 선배들이 그런 인사하실 필요는 없어요. 오히려 제가 감사하다고 인사드려야 합니다."

같은 D반끼리, 서로 겸손한 자세로 시작.

정식으로 인사를 들은 호리키타는 나나세라면, 하고 곧바로 본론으로 들어갔다.

"바로 이야기를 물어봐도 될까?"

"물론입니다."

"우선 대전제로 1학년 D반의 방침을 들려줬으면 좋겠어. 너희 반은 오늘 처음으로 두 명의 학생이 파트너가 확정됐던데, 나머지 38명은 여전히 오리무중. 너도 그중 한 사람이지, 나나세."

호우센인지 다른 D반 학생인지는 모르겠지만 누군가의 어떠한 의지가 작용하고 있다는 것은 분명하다.

"네. 그걸 물어보실 줄 알았어요. 오늘 카지와라한테도 같은 질문을 하셨죠?"

카지와라란 1학년 D반에 이름을 올린 학생이다. 아무래도 호리키타가 점심시간에 1학년 D반 학생과 접촉했다는 사실을 이미 파악하고 있는 듯했다. 그렇다면 첫날 시라토리 일행과 접촉한 것도 알고 있다고 봐야 할까.

"놀랍네. 보고, 연락, 상의가 잘 이루어지고 있나 보구나."

"이미 학생 대부분이 호우센의 지시에 따라 움직이고 있어요."

애매하게 굴지 않고 호우센이 주도한다는 사실을 인정한 나나세.

"그 애가 무섭게 굴어서? 아니, 그게 전부라고는 생각하지 않아. 도대체 무슨 방법을 쓴 거니?"

나나세는 잠시 고민하는 시늉을 했다. 그리고 이렇게 말했다.

"정말 죄송하지만, 구체적인 방법까지는 대답해드릴 수 없어요. 호우센이 반을 통솔하기 위해 생각해낸 방법이에요. 옳은 방법인지 틀린 방법인지는 잘 모르겠지만, 외부 사람에게 흘리는 건 배신행위니까요."

"그렇구나. 네 말이 맞아."

호리키타가 그렇게 말하자, 나나세는 감사하다며 가볍게 머리를 숙였다. 선배라고 해서 뭐든지 다 말해야 하는 것은 아니다. 어제 내게 그랬듯, 나나세는 1학년 D반의 소속으로 분명한 생각과 의지를 지니고 있었다.

"그럼 본론을 꺼낼게. 어제 파트너가 결정된 두 사람처럼 우리도 1학년 D반과 파트너가 될 수 있다고 생각해도 될까?"

"시라토리에게 들으셨겠지만, 창구 자체는 늘 열려 있

어요. 일정 이상의 프라이빗 포인트를 제시하셨을 경우에는 망설이지 않고 파트너 계약을 해도 되는 걸로 정해졌으니까요."

역시 시라토리 일행과 나눈 이야기는 호우센의 귀에도 다 들어간 건가.

여기서 짐작할 수 있는 건 파트너가 정해진 1학년 D반 두 명이 많은 포인트를 받았다는 사실이다.

"그런데 내가 오늘 부탁하는 건 포인트를 내고 팀이 되는 계약과는 다른 내용이야."

"알고 있어요. 아야노코지 선배에게서 대략적인 이야기는 들었는데, 학력이 불안한 학생을 서로 커버해주는 형태의 협력 관계를 말씀하시는 거죠?"

"맞아. 그걸 알고도 이렇게 와줬다는 건 우리 쪽에도 교섭의 여지가 있다는 거지?"

"있다——라고 생각하고 싶어요."

여기서 나나세의 낯빛이 흐려졌다. 그리고 이렇게 말을 이었다.

"호우센의 사고 바탕에는 철저한 개인주의가 깔려 있어요. 그리고 그걸 강제하고 있고요. 이대로라면 학력이 낮은 학생은 파트너를 찾지 못하고 남아버릴 겁니다. 3개월 동안 프라이빗 포인트를 받지 못하는 데서 끝난다면 그래도 큰 문제는 없겠지만, 파트너를 구하지 못한 학생이라고 등급이 매겨져 버리는 게 좀 걱정돼요. 아니, 그것도 그리 큰 문제는 아닐지 모르지만……. 정말로 싫은 건 앞으로도 개인주의가 선행되고 말아서 반이 똘똘 뭉칠 수 없게 되어 버리는 겁니다."

호리키타는 나나세의 말을 듣고 머릿속으로 1학년 D반에서 일어날 앞으로의 일들을 예상했다.

"그래. 반에 도움 되어주는 사람이 없는 상황이 지속된다면 당연히 개인주의에 의한 싸움이 가속되겠지. 아무도 도와주지 않으면 자기 실력으로 어떻게든 하는 수밖에 없으니까. 그런 상황이 굳어지면 누가 도움을 청해도 도와줄 사람이 나타나지 않게 돼. 반이 하나가 되어 싸워야 할 시험에 직면해도 싸울 수 있는 상태가 될 수 없는 거지."

그렇기에 그걸 피하려고 나나세는 독단으로 호리키타와 교섭에 임하고 있는 듯했다.

"넌 호우센이 무섭지 않니?"

"네."

망설임 없이 즉답했다. 그리고 지금까지는 내게 시선을 주지 않았던 나나세가 나를 쳐다보았다. 지금까지 두 번 보여준 그 눈빛과 같았다. 내가 비슷한 질문을 했을 때도 '폭력에는 굴하지 않는다'고 말했었지. 마음에 걸리는 점이 없는 것은 아니지만, 나나세는 1학년 D반을 우리 편으로 만들 수 있는 유일한 인재인지도 모른다.

이게 우연한 만남이라면 있는 그대로 고마워해야 할 것이다.

"그럼 좀 깊이 들어가는 질문을 할게. 1학년 D반에, 현재 파트너 찾느라 애먹고 있는 학생은 얼마나 되니? 학력 상관없이 대답할 수 있는 범위에서 가르쳐줘."

OAA 어플은 파트너를 결정짓지 않은 학생이 누구인지는 알아도 파트너를 찾을 수 있을 것 같은지 아닌지까지는 당연히 알 수 없다.

이것만은 그 반의 관계자에게 직접 물어보고 파악해둘 수밖에 없는 부분이다.

"현시점에서는 15명 가까이 되는 학생이 자력으로 파트너 구하기가 어려울 거예요."

"15명…… 생각보다 많네."

하지만 2학년 D반도 많은 학생이 파트너를 결정짓지 못하고 있다.

잘 조합하면 서로 힘을 합칠 여지가 있다.

"나나세. 만약 허락된다면 나는 너희와 큰 계약을 맺고 싶어."

"큰 계약, 이요?"

"너와 내가 15조의 파트너 조합을 짜서 일제히 마무리 지어버리면 어떨까 하고. 학력이 E든 A든 조건은 일절 묻지 않고. 당연히 거기에는 포인트 관계도 없고. 도울 수 있는 사람을 돕는 대등한 협력 관계."

즉 상부상조하자는 뜻이다.

이렇게 서로 주고받으면 거기에 괜한 포인트나 감정은

들어가지 않아도 된다.

이 계약이 성립하기만 해도 퇴학생이 나올 확률이 크게 줄어들리라.

하지만 그리 단순한 이야기가 아니라는 건 호리키타도 나나세도 잘 알고 있다.

"이건 그 계약을 맺는다는 대전제를 깔고 하는 이야기인데요, 호리키타 선배의 반에 계시는 학력 E 근처 분들을 구제할 수 있다는 보장이 없어요. 저희도 파트너를 맺지 못해 곤욕을 치르고 있는 학생 대부분이 학력 D와 C에 집중되어 있어서."

가령 최대 학력이 C+라고 한다면, 학력 E인 학생과 팀이 되는 건 아무래도 위험이 크다. 우리 쪽에 이득이 거의 없다고 할 수 있다.

"그렇게 되지 않도록 네가 꼭 노력해줘야 해."

"그렇죠. 그렇게 된다면 역시 계약은 쉽게 되지 않을 거예요."

나나세가 부정하지 않고 인정했다.

"아무 대가 없이 손을 잡는 걸 호우센은 절대 받아들이지 않을 거예요. 특히 지금은."

2학년 A반은 입학 때부터 높은 반 포인트를 유지하고 있고, 차곡차곡 모아 풍족한 자금을 가지고 있다. C반은 류엔을 구제하기 위해 높은 포인트를 토해냈다고는 해도 A반과의 계약 때문에 안정적인 자금 공급이 이어지고 있는 상황. 반 아이들도 어느 정도 모아둔 것이 있겠지. 그런 두 반이 높은 포인트로 학생을 서로 빼앗는 상황을 생각하면 조금이라도 더 비싼 값을 부르는 것보다 더 좋은 게 없다.

호우센의 생각, 방침 자체는 옳다고 할 수 있겠지.

하지만 아무리 시세가 비싸다지만 1학년 D반이 다른 반보다 높게 부르고 있다는 건 확실.

그것은 파트너가 결정된 학생이 적은 것과도 비례한다.

"그 일이 반을 위한 길이라도? 그 애에게는 아무런 불이익도 없을 텐데."

파트너가 정해지지 않는 학생이 나와 원래 들어와야 할 프라이빗 포인트를 받지 못한다는 것은 마이너스. 그런 건 설명할 필요도 없이 잘 알고 있을 터다.

"호리키타 선배가 무슨 말을 하고 싶은 건지는 잘 알겠습니다. 내용도 이해할 수 있는 부분이 많고요."

아무래도 나나세 본인은 호리키타의 제안을 긍정적으로 받아들이는 듯했다.

하지만.

"그래도…… 아마 호우센은 받아들이지 않을 거예요."

잠시 침묵이 흘렀다. 무엇을 생각하는지, 나는 왠지 알 것 같았다.

"딱 하나 알게 된 게 있어. 호우센은 포인트를 등치는 것만 생각하는 게 아니라는 거."

"그게 무슨 소리야?"

“난 호우센이 높은 포인트를 줘야만 파트너가 되어주겠다고 나오길래, 그 포인트를 꿀꺽할 생각인 줄 알았어. 하지만 그렇다면 더 적극적으로 하위 학생을 붙이려 했겠지. 극단적으로 말해서 파트너를 찾아줄 테니 포인트를 넘기라고 할 수도 있는 거잖아.”

“하긴 그러네……. 3개월분의 프라이빗 포인트는 무시할 수 없어. 낙제점을 받아 포인트를 못 받을 바에야 호우센이 절반이라도 받거나 해서 구제하는 편이 낫지.”

그런데 지금까지의 움직임을 봐도, 그리고 나나세의 이야기에서도 그런 기색은 전혀 느껴지지 않았다.

“아야노코지 선배가 추리하신 게 맞아요. 호우센이 반 포인트로 보상받거나 하진 않아요.”

어디까지나 반을 지배하고 규칙을 세우는 것뿐.

그리고 아마 그걸 지키지 않은 학생은 호우센과 그 추종자들로부터 완전히 배척당할 것이다.

그러니 허락 없이 파트너를 결정짓는 짓을 하지 않는다. 할 수 없다.

1학년 D반 학생이 교류회에 나타나지 않았던 것도 처음부터 의미 없는 행동이라는 걸 알았기 때문이다.

“네 힘으로 학력 높은 학생을 컨트롤 하는 건 불가능해? 소수라도 좋아.”

호리키타의 제안에는 아무런 보상도 없다. 어디까지나 반 아이들을 구하기 위한 것.

2학년과 달리 1학년 사이에는 당연히 반과 친구를 위한 마음이 덜하다.

입학한 지 일이 주 만에 그런 마음이 생기는 것도 무리인 이야기지만.

“몇 명한테 물어봤지만 고려해보겠다고 말한 애는 없었습니다.”

“역시 보상이 대전제구나.”

“몇 명 정도라면 포인트로 계약을 맺는 것도 가능하지 않나?”

A반과 C반처럼 종합 점수까지 노리는 입장이라면, 다수의 학생에게 막대한 자금을 줄 필요가 생긴다. 하지만 오로지 퇴학을 막기 위해서 소수로 범위를 좁힌다면 드는 비용도 그만큼 줄어들 수 있다.

“그러네…… 정말로 수단이 없다면 그렇게 할 수밖에 없겠지. 하지만 프라이빗 포인트로 맺어진 관계는 어디까지나 프라이빗 포인트로만 이어질 수밖에 없어. 난 더 멀리 내다보는 관계가 되고 싶은 거야.”

나에게 그렇게 말한 후, 나나세를 다시 쳐다보는 호리키타.

“그게 무슨 뜻이죠?”

“지금, 1학년과 2학년은 싸우는 판이 달라. 1학년은 퇴학 위험이 없으니까 지금은 너희 입장이 우위에 있지. 하지만 이런 위치 관계는 분명 끝까지 가지 않아. 너희도 퇴학 위험을 짊어져야 하는 싸움을 하게 될 날이 머지않아 올 거야. 지금 포인트를 통한 계약밖에 맺지 못하고 언젠가 이번에는 1학년 D반이 포인트를 내야 하는 상황이 왔을 때, 만약 낼 수 있는 충분한 포인트를 모으지 못했다면?"

구할 수 있는 학생도 있겠지만, 구하지 못하는 학생이 나와도 이상하지 않겠지.

"그러니까 포인트로 상하 관계를 만들지 않고 대등한 계약을 맺고 싶어. 그리고 신뢰를 쌓아나가고 싶어. 학년이 다르기에 가능한, 특수한 신뢰 관계를 말이야."

그렇게 하면 1학년 D반 안에서 위기에 빠진 학생이 나왔을 때, 대등한 입장으로 의논할 수 있다고 호리키타는 주장했다. 요컨대 이치노세처럼 신뢰를 중시한 전략이다.

이치노세와의 큰 차이점은 모든 반이 아니라 1학년 D반과 제휴하는 것.

전체에게 호소하는 게 아니라, 1학년 D반만을 겨냥한 협력 관계.

벌써 특별시험도 나흘째에 접어들었다. 너무 시간 들일 여유도 없다.

그런 호리키타의 기백을, 나나세는 충분히 느꼈으리라.

그래도 어두운 표정은 밝아지지 않았다.

"하시는 말씀은 잘 알겠습니다. 하지만 여전히 받아들이지 않을 거란 생각이 들어요. 1학년 대부분은 이미 기를 쓰고 프라이빗 포인트를 받으려 하고 있어요. 그런 분위기 속에서, 보상 없이 파트너를 짜는 것은 단순하게 손해라고 여길 겁니다."

이것만은 시간을 들여서 학교의 시스템을 이해시키는 수밖에 없다.

"현재 1학년 D반과 손을 잡는 데에는 커다란 벽이 두 개 있다는 거네. 호우센을 설득시켜야 한다는 것, 포인트를 원하는 우등생을 설득시켜야 한다는 것. 후자는 어느 반이나 똑같다고 할 수 있지만……."

하긴 표면만 놓고 본다면 1학년 D반은 호우센이라는, 넘어야만 하는 벽이 하나 더 있는 만큼 손잡을 메리트가 적은 것처럼 보인다. 하지만 사실은 다르다.

과연 호리키타는 그 사실을 알아차렸을까?

"호우센과 얘기할 자리를 만들어줘."

이야기를 더 진전시키려면 호우센 없이는 무리라고 판단하고 그런 말을 꺼낸 호리키타.

"그렇군요……. 대등한 협력 관계를 추진하려면 피할 수 없는 일이겠네요."

"너만 괜찮다면 지금 당장이라도 그를 만날 용의는 있어."

"알겠습니다. 전화해볼게요."

휴대폰을 꺼낸 나나세는 도서실 입구 쪽으로 향했다.

"생각한 것보다도 호우센의 지배력이 넓게 뻗어 있는 모양이네."

"그렇군."

"1학년 D반과 손잡으려고 하는 내 방침…… 틀리지 않았겠지?"

"앞으로의 일을 염두에 두고 관계 구축을 하는 건 나쁘지 않은 전략이야. 아니, 대전제라고 할 수 있어. 사카야나기와 류엔은 프라이빗 포인트로 1학년 모든 반의 유능한 인재와 신뢰 관계를 맺으려 하고 있지. 이치노세는 포인트는 없지만, 약자를 구제함으로써 확실한 신뢰 관계를 구축하고 있고. 그리고 너도 이치노세와 비슷하지만, 한 반으로만 범위를 좁힌 협력 관계를 맺으려 하는 거잖아? 저마다 수단과 형태는 달라도 다 똑같은 거야. 너는 이제 그 세 사람과 경쟁할 수 있는 리더가 되어가고 있어."

내 말에 고개를 살짝 끄덕이는 호리키타. 이제 남은 건 교섭이 잘 이루어질지 아닐지다. 나나세가 돌아오기를 기다리고 있는데, 입구 쪽에서 고개를 숙인 상태로 우리에게 손짓하는 나나세의 모습이 보였다.

"무슨 일이 있나?"

"가볼까."

우리는 도서실을 나와 나나세에게 다가갔다.

"죄송해요, 선배. 그게…… 호우센이 전화를 바꿔 달라고 해서요."

음소거 한 휴대폰을 호리키타에게 내미는 나나세.

그것을 받아 든 호리키타는 스피커 모드로 전환하고 호우센과의 대화를 시작했다.

"많이 기다렸니."

"여어. 나나세한테 대충 이야기는 들었다."
"가능하다면 직접 만나 설명하고 싶은데."
"필요 없어. 굳이 만날 것까지도 없으니까."
호우센은 웃으며 그렇게 말했다.
"그 말은…… 교섭조차 하지 않겠다는 거야?"
"맞아. 전화조차 할 필요 없었지만, 나나세가 하도 부탁하니까."
"하지만 호우센, 저는 검토해도 좋다고 생각해요."
"시끄러워. 너한테 무슨 권리가 있냐? 어? 확 죽여 버릴까."
"죽고 싶은 생각은 없습니다만, 호리키타 선배와 한 번만 만나주세요."
"포인트도 제대로 준비하지 못할 거면 두 번 다시 연락하지 말라고."
말을 계속 이으려는 나나세였지만, 호우센은 바로 전화를 끊어버렸다.
다시 걸어도 전화를 받지 않았다.
"……죄송합니다!"
나나세는 힘껏 고개 숙이고 호리키타와 내게 사과했다.
하지만 나나세에게는 아무런 잘못이 없다.
"고개 들어. 내 방침과 호우센의 방침이 완전히 다르니 쉽게 성사될 리도 없지. 이렇게 도와준 너에게는 정말 감사해."
"그런……."

"오늘은 여기까지만 하자. 호우센과 대화의 장을 마련하려면 뭔가 수를 써야 할 것 같으니. 그래도 이번 주 내에는 마무리 짓고 싶어."

그 뒤로 넘어가게 되면 마침내 호리키타도 1학년 D반 이외에 눈을 돌려야 할 테니 말이다. 그래도 그렇게 되지 않기를 빌 뿐이다. 이미 잠식되고 있는 세 반에서 남은 학생을 빼앗는 것은 상당히 고생스러운 작업이 될 테니.

"선배가 아직 포기하지 않으시는 건 무척 기쁜 일이에요. 하지만……."

목구멍까지 올라온 말을 나나세는 도로 삼켰다. 호우센과 대등한 협력 관계를 맺는 건 불가능하다, 그렇게 말해버리면 다 끝나버린다고 생각했겠지.

"적어도 호우센에게 내가 뭘 하고 싶은지는 알렸어. 지금은 그걸로 충분해."

시간이 점점 줄어들어 조바심을 느끼면서도 호리키타는 후배에게 그렇게 힘주어 말을 마무리 지었다.

호리키타는 같이 돌아가자고 제안했지만, 나나세는 어디 들를 데가 있는 모양이었다.

그리하여 내일 다시 도서실에서 만났으면 좋겠다는 말을 남기고 떠났다.

어쩌면 호우센을 만나러 가는 건지도 모른다.

"이만 가자. 다음 일정이 꽉 차 있으니까."

호리키타는 일단 방으로 돌아간 다음, 스도를 비롯한 몇 명과 기숙사에서 스터디를 할 모양이었다.

"아, 그리고 슬슬 네 파트너에 관해서도 분명히 해뒀으면 하는데? 스스로 움직일지, 나에게 맡길지만이라도. 앞으로의 일에 영향을 줄지도 모르니까."

만약 호우센과의 교섭이 시작된다면 구체적인 인원 조정이 필요할 테고 말이지.

"파트너가 되어도 좋겠다 싶은 후보는 있어."

"학력이 아니라 특정 인물이라는 거네? 누구?"

"그건 비밀이야."

"비밀이라…… 나한테 감출 만한 거니?"

"내가 아직 그 인물을 표면적으로밖에 모르기 때문이야."

"그게 그렇게 문제가 되는 일인가? 다들 그냥 감으로 협력할 수밖에 없는 거 아니야?"

"그렇지. 오늘 즈음에는 확실히 정하려고 했는데…… 뭐, 늦어도 이번 주 안에는 결정할 거야."

"그럼 다행이지만…… 아슬아슬해지고 나서야 울면서 매달려도 난 몰라."

"명심하지. 그보다도 아까 못 물어봤는데 컨디션은 괜찮아?"

"……네가 내 걱정을 해주는 거니?"

"아직 체력 걱정은 안 하지만, 특별시험까지 좀 많이 남았으니까."

끝에 가서 휘청거리면 시험 당일에 영향을 줄 가능성도

있겠지.

피로가 서서히 쌓여가고 있는 것은 분명하다.

“마지막에는 몸이 힘들지도 모르지. 그래도 지금은 쉴 여유가 없어. 특별시험이 끝날 때까지 쓰러질 생각은 없으니까.”

강한 척이라기보다 반을 이끌며 싸운다는 자각이 싹트기 시작한 부분이 큰가.

요스케와 쿠시다는 말할 것도 없고, 케세이와 미짱 등 학력이 우수한 학생도 처음부터 호리키타에게 협력하겠다고 말해주었다. 그걸 바탕으로, 호리키타는 앞으로의 일까지 고려해 1학년 D반과 손잡는 것을 전제로 한 계획을 추진했다.

리더가 결단을 내리지 못하고 우왕좌왕하는 모습은 악영향밖에 주지 않을 테니까.

시간과의 싸움 속에서, 얼마나 빨리 결착 지을 수 있을지는 2학년 D반에게 중요한 문제였다.

1

조금 쌀쌀했던 그 날 밤. 부엌에 선 나는 너무 많이 사는 바람에 남은 식자재를 써서 요리했다. 물론 이번에는 레시피와 동영상을 참고해가며.

아마사와에게 해주었던 똠얌꿍을 나도 맛보기 위한 도전.
요리명 똠얌꿍은 끓이다, 섞다, 새우라는 세 가지 의미가 합쳐진 것.
"특이한 맛이지만 나쁘지는 않네."
매운맛과 신맛이 입 안에 퍼지며 향이 코를 찌르는 느낌이, 빠지는 사람은 확 빠질 것 같은 요리였다.
뒷정리를 끝내고 방에 밴 냄새를 없애기 위해 환풍기를 돌려 공기를 순환시켰다. 환풍기 소리에 묻혀 몰랐다가, 침대 위에 둔 휴대폰이 진동하는 것을 알아차렸다. 나중에 다시 걸까도 생각했지만, 진동이 멈출 줄 모르고 계속되어서 결국 전화를 받았다.
"왜 이렇게 늦게 받아?"
특별시험이 시작된 이후 며칠 만에 온 케이의 연락.
받자마자 대뜸 날아온 말은 불평이었다.
"이 시간에 전화하라고 말한 건 너잖아? 잘 좀 해."
"미안. 오늘 아침에 부탁한 건 알아봤어?"
"잘 알아봤으니까 전화한 거잖아? 정말, 고마운 줄 모른다니까."
"고맙게 생각하지. 그래서?"
"하나도 고마워하는 느낌이 안 나는데…… 뭐, 좋아. 직원 말에 따르면 올해 4월 이후로 팔린 건 딱 하나뿐이래. 다른 비슷한 상품이랑 비교했을 때 전혀 팔리지 않는지, 한 해에 한두 개 팔리면 많이 팔린 거래. 그런데 이번 신입생 중에 사려고 한 애가 있었다는 거야."

팔린 그 한 개의 구매자는 누군지 아는데, 사려고 했던 신입생 쪽이 마음에 걸린다.

"사려고 했다는 건 안 샀다는 거지?"

입학하자마자 모든 포인트를 다 썼다거나 하는 무모한 짓이라도 저지르지 않은 한, 물리적으로 사지 못할 리는 없다.

올해 신입생이라면 그런 어리석은 행동을 할 거라는 생각도 들지 않고.

"일단 그 부분도 물어봤어. 그랬더니 계산이 끝난 직후에 다른 애가 말을 걸어와서 반품하는 형식으로 사는 걸 관뒀다나 봐. 그런데 그 사려고 했던 학생이——"

케이로부터 그 학생의 특징을 들으면서 나는 상황을 정리했다.

내가 처음에 떠올렸던 것과는 조금…… 아니 많이 다른 상황이다.

이 사건에 '그 인물'이 연루되어 있다고는 상상하지도 못했다.

"반품하라고 한 게 누구인지는 알아?"

"으음, 그건 모른대. 여자애라는 건 확실한 것 같지만."

학생증을 제시한 구매자의 이름은 안다고 하더라도, 말린 사람까지는 알 수 없는 건가.

"내 정보가 도움이 됐어?"

"응. 생각했던 것보다 훨씬 도움이 될 것 같다."

"헤헷, 난 유능하니까. 제대로 고마워해. 그런데 왜 그런 걸 알아보라고 한 거야? 솔직히 잘 모르겠어."

"나도 마찬가지야."

"뭐라고?"

이해할 수 없는 행동의 실마리를 풀 수 있으려나 싶어서 알아보게 한 건데, 상상을 아득히 초월한 전개다.

내 상상과 전혀 연결되지 않았다는 점에서 사실은 전혀 상관없는 일이란 생각마저 든다.

"그러고 보니 특별시험에서 네 파트너가 정해진 것 같던데."

"아, 응. 1학년 B반에 시마자키, 라고 했나. 쿠시다 덕에 살았달까."

내 용건은 끝났기 때문에 살짝 화제를 바꾸었다.

"파트너는 나쁘지 않다고 생각하는데, 네 공부 쪽은 잘 되고 있고?"

"아니, 그게, 뭐랄까…… 아슬아슬할 때 즈음에 시작해도 되지 않을까 싶어서."

역시 그런가. 아직 스터디에 참여하고 있다는 이야기가 들리지 않았으니까.

"이번 시험은 자기만 잘한다고 되는 게 아니야. 케이의 평가는 D+. 다소 내려갈 것을 생각하지 않으면 쓰린 경험을 할 가능성도 있다고."

"나도 알긴 아는데, 발이 잘 안 떨어져서…… 스터디 나가봐야 키요타카도 없고."

"뭐야, 내가 있으면 공부 열심히 할 거야?"

"……그야 뭐? 남자친구 앞에서는 열심히 한다고."

그게 진짜인지 어떤지는 미묘한 부분이지만, 그렇다고 말한다면 이야기는 빠르다.

"그럼 내일…… 그래, 6시 즈음에 내 방으로 올래?"

방과 후에 나나세와 만나기로 한 것을 생각하면 그 시간에야 되겠지.

"놀러 가도 돼?!"

"노는 게 아니라 공부만."

"뭐?"

뭐? 가 아니지.

"내가 공부 가르쳐줄게. 그럼 좀 할 마음이 생긴다고 했잖아?"

일단은 구체적으로 케이의 실력을 알아두어야겠다.

그렇게 해서 추가 스터디를 꼭 해야 할 수준이라면 빨리 재촉해야 한다.

"역시 여자친구인 내가 퇴학당할까 걱정돼?"

갑자기 자신이 우위에 있다는 듯 기쁜 목소리로 물었다. 다소 짓궂은 대답을 해도 되지만, 여기서 걱정된다고 말해줘야 케이도 의욕을 낼 수 있겠지.

"당연하지. 이제 막 사귀기 시작했는데 퇴학당한다면 웃기지도 않는다고."

"그, 그런가. 그렇지?! 그럼 어쩔 수 없나? 사실은 이것저것 예정이 있지만, 특별히 얼굴 보여줄게."

정말 솔직하지 않은 대답이었지만, 어쨌든 이렇게 해서 진전이 생길 수 있다면 값싼 대가다.

"뭐 가져가면 돼?"

"필요한 건 다 내 방에 있어. 늦지 않게 와주면 그것 말고는 필요한 거 없어."

"오케이!"

"그럼 전화 끊는다."

"자, 잠깐, 잠깐! 아직 특별시험이라든지 공부 이야기밖에 안 했잖아!"

아무래도 케이는 그런 것과 상관없는 잡담을 나누고 싶은 모양이다.

"그것도 그러네."

"정말 너란 애는!"

그리고 얼마간 시험과 공부 이야기는 나오지 않았지만, 나는 계속해서 잔소리를 들어야만 했다.

2

드디어 81조가 되어, 과반을 조금 넘은 학생이 파트너를 확정지은 5일째 금요일. 2학년 D반 내에도 파트너가 정해진 학생이 늘어나기 시작했다.

그건 나와 가까운 사람들도 마찬가지였다. 어제의 케이도 그중 한 사람이고, 아야노코지 그룹의 아이리와 하루카 역시 파트너를 확정했다. 그 모든 원동력이 되어준 것은 쿠시다였다. 중학교 시절 후배인 야가미와 협력해서 1학년 B반 학생의 일부를 소개받아준 것이 컸다. 다만 이걸로 만사가 해결되었다고 할 수는 없다. 야가미는 이런 일에 앞장서면서도 반에서 리더가 될 생각은 없는 것 같았고, 어디까지나 개인적으로 협력해주는 형태였다. 2학년 D반에서 어려움을 겪고 있는 학생을 다 커버해줄 만큼의 학생은 다 확보하지 못했다.

야가미가 협력해주면서 제시한 조건은 하나뿐이었는데, 쿠시다와 파트너가 되는 것이었다.

그게 OAA에도 고지되었듯 어제 있었던 일이다.

쿠시다라는 학력 높은 카드를 써버린 셈이지만, 덤이 따라왔기 때문에 호리키타가 불만을 드러내는 일은 조금도 없었다. 아직 우리 쪽에는 호리키타 본인을 포함해 요스케, 케세이, 미짱, 마츠시타 등 유능한 카드도 남아 있고.

어쨌든 파트너가 정해졌다고 해서 그 학생이 안심할 수 있는 것은 아니다.

열심히 공부해야 하는 건 피할 수 없는 길이다.

오히려 파트너가 결정되었을 때 비로소 승부가 시작된

다고도 할 수 있다.

많은 대화를 나누지 않고도 잘 연대하고 있는 우리 반에는 일체감 같은 게 있었다.

지난 1년간 고락을 함께해 온 동료들이기에 가능한 일이리라.

그러고 있는데——

한 학생이 자리에서 일어나 귀가하려고 했다.

그 타이밍을 기다렸다는 듯이 호리키타가 그를 불렀다.

"넌 아직 파트너를 못 찾았지? 코엔지."

"그게 왜?"

반에서 유일하게, 이 일체감에 속하지 않은 인물에 대한 간섭.

"일단 같은 반이니까 상황을 물어보는 건데?"

독자적으로 움직이는 학생도 웬만한 일은 주위에 말하기 때문에 뭘 하고 있는지 알 수 있다.

하지만 코엔지는 아무것도 말하지 않아서, 상황이 가장 보이지 않았다.

"넌 머리가 좋아. 자기가 퇴학당할지도 모른다고는 조금도 생각하지 않지."

"당연하지."

"그래. 가령 이케와 성적이 비슷한 학생과 파트너가 되어도, 너라면 400점 가까이 받을 수 있겠지. 일단은 안전하다고 생각해."

원래라면 코엔지도 귀중한 한 장의 카드로 쓰고 싶을 터.

그러기 위한 접촉이겠지만 과연…….

"후후훗. 난 이번 특별시험에서 아무것도 할 생각이 없어. 중요한 건 파트너가 될 애가 테스트에서 150점 이상 받는 거야. 그 필요 최소한의 조건만 충족된다면 내가 합격 기준을 넘는 점수를 받는 거야 이지하니까."

차바시라의 말에 따르면 못해도 150점은 받을 수 있다고 한 시험. 나처럼 화이트 룸의 자객과 파트너가 되기라도 하지 않는 한, 상대가 의도적으로 0점을 받을 일은 없다.

하지만 아무래도 파트너에게 의지하는 부분은 나오고 만다.

그렇다, 반드시 1점 이상 딴다고 100% 단언할 수 있는 학생은 아무리 찾아도 없겠지. 그저 1학년도 2학년도 서로 150점 이상은 당연히 딸 거라는 전제로 움직일 수밖에 없다. 99.9%의 확증. 그것을 한없이 100%에 가깝게 하는 조치가 바로 '자기 학력과 거리가 먼 점수를 받은 학생의 퇴학'이라는 규칙. 이게 있으니 코엔지도 확신을 가지고 여유롭게 있을 수 있다.

굳이 의논하고 관계를 구축하는 절차를 밟을 필요는 없다는 것이다.

"그러니까 넌 누구와 팀이 되든 아무 문제 없다는 거지?

그럼 너랑 파트너가 될 상대를 내가 정해도 되니? 누구랑 팀이 되어도 안전하다고 생각하겠지만, 5%의 페널티를 안 받는 게 가장 좋으니까."

호리키타에게 맡기기만 하면 되는 간단한 이야기로 기본적으로는 이득밖에 없는 제안이다.

"그야 그렇겠지. 하지만 사양하지."

"……어째서? 이유를 물어봐도 될까?"

"나는 나니까."

요컨대 호리키타 좋을 대로 쓰이는 게 싫다는 뜻.

참 끝까지 코엔지는 코엔지다.

만약 내가 코엔지를 이용해 이겨야만 하는 국면을 맞이하게 된다면 분명 이렇게 생각하리라. 그 국면이 되기 전에 다른 전략으로 손써야 했다고.

"만족했나?"

그렇게 나오니 호리키타도 억지로 강요할 수 없다.

호박에 침주기. 억지로 강요한다고 해서 움직일 상대가 아니니까.

"그래, 지금은. 하지만 언제까지 이대로일 수는 없어. 반이 단결하지 않으면 안 되는 순간이 오면 너도 협력해야 할 거야."

이번 특별시험에 관해서만이 아니라 그다음까지 내다본 이야기.

호리키타는 그 예고를 미리 해두고 싶었던 것 같다.

"퍼펙트한 나를 의지하고 싶은 마음도 알겠지만, 그 뜻에 응해줄 수 없겠구나."

코엔지는 들은 체 만 체, 오늘도 역시 어딘가로 가버렸다.

"저 애가 성실하게 움직이면 우리 반이 강해질 게 틀림없는 만큼 속이 타."

쓰지 못하는 비밀병기만큼 성가신 것도 없다.

기대가 클수록 불발로 끝났을 때 더 절망하게 되는 법이니까.

"나라면 처음부터 숫자로 치지도 않을 거야."

코엔지는 코엔지라는 특별 카테고리에 따로 분류하는 편이 앞으로도 편할 것이다.

"나는 포기 안 할 거야."

"……그래?"

뭐, 헛도는 건 두렵지만 의욕적인 건 좋은 일이다.

3

주말에 찾은 도서관은 지난번과 다른 분위기에 휩싸여 있었다. 많은 1, 2학년이 모여 있었기 때문이다. 그리고 그 대부분이 태블릿이나 노트를 펼치고 스터디 중이었다.

다들 파트너가 정해졌다고 해서 방심하지 않고 움직이기 시작했군.

1년 전에 우리도 도서실에서 스터디 하던 것이 갑자기 떠올랐다.

"좀 성가셔졌네. 이렇게 사람이 많아지면 우리도 괜히 눈에 띌 수 있는데."

"그럼 우리도 조금 그럴듯하게 구는 편이 나을지도."

다행인 것은 도서실 구석, 어제 앉았던 자리가 비어 있다는 사실이었다.

누가 앉았어도 이상하지 않은 상황인 만큼 나는 시선을 어느 곳으로 보냈다.

조금 뒤 그 시선을 알아차린 히요리가 다정하게 미소 지으며 손을 흔들었다.

"아야노코지 군이 올 것 같아서 특별히 부탁해 자리 맡아뒀어요."

"그래도 괜찮아?"

"자리가 다 차면 안 되겠지만, 그럴 걱정은 없으니까요."

넓은 도서실이라 공간은 얼마든지 있다. 그렇다고는 해도 정말 고마운 배려다.

"자, 그럼 천천히 있다 가세요."

히요리는 오래 있을 생각이 없는지 그렇게 말하고 바로 자리를 옮겼다.

"아주 친절하구나, 저 애. 어제 우리가 하는 얘기는 들었으려나?"

"글쎄, 어떨까. 거리상으로는 힘들었을 것 같은데."

모처럼 맡아줬으니 어제와 똑같은 곳에 자리를 잡았다.
그리고 가방에서 필기도구를 꺼내 지금부터 공부할 것임을 어필했다.
하지만 아무리 기다려도 나나세가 올 기척이 없었다.
"늦네, 나나세."
약속한 시각은 방과 후 4시 반부터. 하지만 시계는 이미 5시를 지나고 있었다.
몇 번인가 메시지를 보내 보았지만, 읽지도 않았다. 슬슬 상황을 살피러 가는 편이 나을지도 모르는 시간이 되었지만, 어디에 있는지 알 수 없으니 성가신 문제다.
"일단 1학년 교실이라도 가볼까……."
그러려고 했을 때 나나세가 모습을 드러냈다.
입구에서 우리를 발견하고 숨을 헐떡이며 다가왔다.
"죄, 죄송합니다. 너무 많이 기다리시게 했네요……."
"그건 괜찮은데, 무슨 일 있나 싶어서 걱정했어."
"호우센을 데리고 올 수 있는지 계속 얘기하다가 왔어요."
"그랬구나…… 결과는 안 됐나 봐."
입구에서 새로운 인물이 들어올 기척은 없었다.
"그런데 여기 오는 거 그 애가 막지는 않았어?"
"그렇지는 않았어요. 자기 없이 뭘 정할 수 있을 거라고 전혀 생각하지 않거든요."
나나세가 아무리 뭘 하든 최종 결정권은 호우센에게 있다.
하긴 그 자신감이면 일일이 충고하거나 막을 필요는 없

겠지.

“역시 우리가 강제로 그를 만나는 수밖에 없겠어.”

“그건…….”

“쉬운 일이 아니라는 건 잘 알아. 하지만 얼굴 보고 말하지 않는 이상 언제까지나 평행선만 달릴 뿐이라고 생각해.”

호리키타가 아무 생각 없이 오늘의 만남을 바란 건 아닌 듯하다.

“그렇긴 하죠……. 하지만…….”

뭔가를 망설이는 듯한 나나세였지만 결국 결심을 굳히고 대화를 시작했다.

“호리키타 선배, 어떻게든 1학년 D반과 대등한 협력 관계를 구축하고 싶다는 말은 진심인가요?”

“응, 물론이야.”

“그렇다면…… 제 생각을 들어보시겠어요?”

나나세는 나나세 나름대로 어떤 생각을 가지고 이 자리에 온 듯했다.

“호우센에게 대등한 협력 관계를 맺고 싶다고 제안하셔봐야 거절당할 건 불 보듯 뻔해요. 아마 호리키타 선배가 직접 만나서 얘기해도 같을 거라고 저는 생각해요. 그럴 바에야 수면 아래에서 저와 교섭하시는 게 어떨까요?”

“나나세와 교섭을? 하지만 호우센 없이는 다른 애들이 따르지 않을 텐데?”

“네. 하지만 그건 제가 리더가 되겠다고 나서지 않았기 때문입니다."

여기서 나나세로부터 생각지도 못한 제안이 날아들었다.

"호우센의 방식으로는 앞으로 싸워나가기 불가능하다고 판단했습니다. 위험한 생각이 침투되기 전에, 고육지책이 되겠지만 제가 1학년 D반의 리더가 되어야겠다는 생각이 들어요. 그리고 그 발판으로 호리키타 선배의 2학년 D반과 관계를 맺고 싶습니다."

호리키타는 물론이고 나도 이런 제안을 받으리라고는 조금도 예상하지 못했다.

호우센을 쳐내고 나나세 츠바사가 1학년 D반의 리더가 되는 이야기.

이것이 실현된다면 호리키타가 목표로 삼은 대등한 협력 관계는 곧바로 현실성을 띠게 된다.

"우리야 나나세, 호우센 둘 중에 누가 리더로 적합한지 판단할 수 있는 재료가 없어. 하지만 한 가지 말할 수 있는 건 지금 별로 시간이 없다는 거야."

벌써 반환점이 가까워지고 있는 특별시험. 리더 싸움을 하기에는 시간이 부족하다.

"반 아이들 대부분은 호우센의 방식에 찬성하지 않아요. 실제로 어제오늘 제가 똑같은 얘기를 해서 7명에게 협력을 부탁하는 데 성공했습니다."

"그거, 학력이 낮은 학생에 한한 이야기가 아니라고 받아들여도 되니?"

"네. 학력 B- 이상인 학생으로부터도 3명 정도 교섭의 여지를 받아냈어요."

"……그렇구나."

호리키타는 잠시 생각했다. 세 명이라면 완전하다고 할 수는 없지만, 앞으로 좀 더 늘어날 수 있다면 나나세를 축으로 한 협력 관계를 맺어도 결과가 나쁘지 않을지도 모른다.

"호우센한테 들키면 일이 성가셔지지 않겠어?"

"생각할 것도 없이 아주 큰 문제가 되겠죠. 그러니까 파트너 기한인 특별시험 전날까지, 지금 한 이야기를 일절 비밀로 하는 겁니다. 아슬아슬할 때 신청하면 눈치 못 챌 거예요."

"하지만 그럼 공부 잘하는 애를 확보하기 어려워지지 않을까?"

학력 높은 학생이 프라이빗 포인트를 원하는 건 바뀌지 않는 사실.

"그 점은 저희가 보완할게요. 공부 못하는 학생은 호리키타 선배들의 도움을 받게 되면서 3개월의 페널티를 받지 않아도 되죠. 즉 포인트 여분이 생기게 됩니다. 거기서 예를 들어 20만 포인트를 모은다고 해도 남아요. 한 사람당 제시할 수 있는 포인트가 50만까지는 가지 않더라도 납득할 수 있는 범위일 거예요."

요컨대 자신들의 일은 자신들이 처리하겠다는 것.

원래는 우리가 포인트를 내고 우등생을 끌어들여야 하

는데, 그걸 1학년 D반 하위 학생들이 스스로 포인트를 마련해 스카우트하자는 전략.

"이렇게 하면 선배들에게 민폐 끼칠 일도 없어요. 물론 이 사실을 알면 호우센이 화내겠지만, 협력해주는 아이들이 피해를 보지 않도록 그 책임은 전부 제가 질 겁니다. 어떻게 하시겠어요?"

"그건…… 아무리 리더가 되기 위해서라지만, 네 부담이 너무 크지 않아?"

"괜찮습니다. 손을 내밀어주신 호리키타 선배의 신뢰와 기회를 잃고 싶지 않아요."

반 아이들을 구제할 수 있다면 값싼 대가라는 건가.

"제가 리더로 인정받지 못하더라도 이번 특별시험에서는 선배들을 도울 수 있어요."

당장 눈앞의 이익만을 생각한다면 나나세 츠바사의 제안은 나쁘지 않다.

과연 호리키타는 뭐라고 대답할까?

"이걸로 분명해졌네. 난 1학년 D반과 협력 관계를 맺고 싶어."

"그럼 제 제안을 받아들이신다는 거죠?"

"아니. 그럴 수는 없어."

"하지만 그것 이외에 방법이……."

"1학년 D반의 문제점은 호우센만 같은 편으로 만들면 다 해결돼. 넌 리더가 되고 싶은 게 아니라 호우센의 방식이 마음에 안 드는 것뿐이지? 그럼 호우센이 아무 대가를 받지 않아도 좋다고 말만 한다면 그를 따를 학생이 많을 거란 얘기지?"

"그건, 네, 맞습니다. 틀림없다고 생각합니다."

"게다가 호우센과 네가 대립하면 1학년 D반은 하나로 똘똘 뭉치기는커녕 두 무리로 분열될 가능성도 있어. 그렇게 되면 곤란해. 그러니까 그 애가 생각을 바꾸도록 내가 도와도 될까?"

아무래도 호리키타 역시 나나세와의 대화를 통해 뭔가를 본 것 같다.

호우센만 공략하면 나머지 문제는 전부 해결된다는 것.

"위험한 도박입니다. 실패하면 1학년 D반과 2학년 D반은 손잡지 못할 수도 있어요."

"각오하고…… 아니, 아니네. 나는 우리가 손잡을 가능성이 충분하다고 생각해. 아마 나만 그런 게 아닐 거야. 분명 호우센도 같은 생각을 하고 있을걸."

"전화로 매몰차게 거절당했는데도 말인가요?"

"호감의 반증으로 받아들이고 있어. 지금은 말이지."

호리키타가 하고 싶은 말을 이해했는지 나나세가 동의했다.

"오늘 호리키타 선배, 아야노코지 선배와 만나기로 한 건 정답이었어요. 제 생각이 틀리지 않았다는 거니까요."

"그게 무슨 뜻이니? 난 네 제안을 거절했는데?"

"아니요, 거절하지 않으셨습니다. 저와 호리키타 선배의 생각은 처음부터 일치하고 있어요."

"그럼…… 너도 그 애를 설득할 생각이었다는 거야?"

"네."

아무래도 나나세가 말한, 자신이 리더가 되겠다는 이야기는 가짜였던 것 같다.

눈앞의 이익만을 위해 1학년 D반의 미래를 소홀히 하는 선택, 그 제안을 받아들인다면 호리키타와 손잡지 않을 생각이었던 것이다.

"조금 전에 호리키타 선배가 말씀하셨듯이 시간이 별로 없어요. 다소 강제적이더라도 교섭의 장을 만들지 않으면 일에 진척이 없을 겁니다. 두 사람이 만날 방법을 제가 찾도록 일임해주지 않으시겠어요? 모레 일요일까지는 반드시 호우센을 호리키타 선배 앞으로 데려오겠습니다."

이번에는 거짓말이 아닌 듯, 나나세가 머리 숙여 호리키타에게 부탁했다.

일요일이면 당연히 남은 시간은 그만큼 줄어든다.

호리키타는 확인의 의미를 담아서 내게 시선을 던졌다.

한번 걸어 봐도 좋지 않을까, 그런 마음으로 고개를 끄덕이자 호리키타의 망설임도 사라졌다.

"너를 믿어볼게. 그럼 모레 일요일에 호우센과 만나게 되기를 기대할게."

"네…… 반드시. 다만 남들 눈에 띄는 장소는 최대한 피하고 싶어요. 상황에 따라서는 분별없는 행동을 할 가능성도 있으니."

"그렇지, 그럼 장소는 노래방이 좋을지도 모르겠어. 만약 호우센이 원한다면 시간대는 밤이어도 상관없어."

일요일 밤이면 과연 남들 눈에 띌 위험이 쑥 내려가리라.

"알겠습니다. 그렇게 전하겠습니다."

이야기의 방향이 어느 정도 정리되었을 때, 호리키타의 휴대폰이 울렸다.

도착한 메시지를 읽은 호리키타가 한숨을 푹 내쉬었다.

"왜 그래?"

"스터디 갈 시간이야. 내가 없어서 손이 모자라나 봐."

어느새 다섯 시 반을 지나고 있었다.

"이야기가 얼추 정리된 것 같으니, 나머지는 너한테 맡겨도 될까?"

"알았어."

호리키타는 나나세에게 가볍게 인사한 후 재빨리 아이들과 스터디 할 곳으로 떠났다.

반 전체를 도와야 하는 호리키타는 여기저기 분주하게 움직이고 있다.

"바쁘시네요, 호리키타 선배."

"반을 이끈다는 건 그런 거지."

"저도 내년에는 저렇게 멋진 2학년이 되어 있으면 좋겠네요……."

"호리키타는 자세히 묻지 않았지만, 호우센한테 뭐라고 하면서 불러낼 생각이야?"

"그건…… 대답해드려도 상관없지만, 그전에 아야노코지 선배에 대해 알려주세요."

"나?"

밝은 해가 저물기 시작해 온 세상이 주황빛으로 빛나는 시간.

"호리키타 선배는 반의 리더입니다. 그럼 아야노코지 선배는요?"

그렇군, 하긴 내가 이 자리에 적합한 학생인지 나나세는 모른다.

억지로 따라온 것뿐이라고만 말하면 입을 다물어버리고 말겠지.

"선배는── 어떤 사람입니까?"

내가 대답하지 않고 있자, 나나세가 책상에 팔을 얹고 자신의 옆얼굴을 보였다.

나 이외에는 표정과 입 모양을 읽지 못하게 막으려는 방어책 같기도 했다.

"대답해주시겠어요?"

"나나세가 궁금한 건 호리키타와 어떤 사이인가, 하는 건 아닌 듯한데."

좀 더 다른 것. 내가 어떤 인간인지 묻고 있다.

"네. 저는 사실 아야노코지 선배가 사악하고 더러운 사람이지 않을까, 하고 생각하고 있어요."

아주 과감했다. 몹시 강력한 단어를 내뱉었다. 그리고 그 내용과는 상반되게, 나나세는 너무나 올곧고 망설임 없는 눈빛으로 나를 응시했다. 무엇을 근거로 그렇게 쳐다보는지, 나는 모른다. 지금까지 만나오면서 나를 파악할 수 있는 정보야 사사로운 것. 성격이 맞고 안 맞고의 문제는 있더라도 사악하다는 말을 들을 정도의 행동을 한 기억은 없다. 어쩌면 나나세 츠바사는 내가 찾고 있는 그쪽 인간인지도 모른다.

그렇게 생각한 데에는 이유가 있다.

나를 퇴학시키는 것이 가장 중요한 명제라도 사무적으로 하지는 않는다. 반드시 가까이 접근해 아야노코지 키요타카라는 인간을 관찰할 것이다. 나는 그렇게 생각한다. 단순한 퇴학이 아니라, 확실하게 자신이 위라는 것을 증명하고 싶을 거라고. 아니, 그렇게 하지 않으면 그 남자를 납득시킬 수 없을 것이다.

만약 내가 아야노코지 키요타카라는 인간을 퇴학시켜야 하는 입장이라면, 그렇게 생각하겠지. 다만 같은 화이트룸 출신에게 하는 말이라고 하기에는 방향성이 이질적인 느낌도 든다.

"이렇게 만나보니, 저는 아야노코지 선배가 그냥 평범한 사람처럼 보여요."

"그 말은 나를 평범하지 않은 사람으로 생각한다는 건가?"

"……아니요. 그렇지는 않습니다만."

나나세는 부정했지만, 그게 과연 진심일까?

나나세와는 지금까지 총 네 번을 만났는데, 그때마다 기묘한 시선을 느꼈었다. 나나세가 어느 쪽인지 감이 올 것 같다가도 스르륵 빠져나가 버린다.

"죄송합니다, 방금 한 말은 잊어버리세요. 지금 중요한 건 반끼리 서로 협력할지 말지 하는 것이죠."

우리는 자리에서 일어나 도서실을 빠져나왔다.

이만 헤어질 분위기가 되었을 때, 나는 나나세에게 물어볼 게 있었음을 떠올렸다.

"그러고 보니 전에 나나세가 프라이빗 포인트를 3개월 받지 못해도 된다고 말했을 때, 24만 포인트라고 했었지. 그 이유가 뭐야?"

질문을 받은 나나세는 조금 전까지의 분위기를 지우고, 어느새 평소와 같은 얼굴로 돌아와 있었다.

"이유, 말인가요? 입학 후에 주어진 반 포인트인 800포인트를 3개월간 그대로 유지하면 단순히 24만 포인트가 된다고 계산했을 뿐입니다만……."

이상해하는 나나세.

아무래도 올해 1학년은 작년 우리와는 시작점부터 다른 듯하다.

"우리가 작년에 처음 받은 반 포인트는 1,000이었는데."

"네? 그럼 200포인트나 차이가 나는 건가요?"

"그렇게 되지. 1학년 A반과 B반은 어떠려나?"

"똑같이 800포인트일 겁니다. 시바 선생님이 그렇게 설명해주셨거든요."

하지만 아무 통보도 하지 않은 건 왜일까? 작년보다 반 포인트가 적다는 사실을 알면 불공평하다는 느낌을 다소 받을 것이다. 8만 프라이빗 포인트도 충분히 큰 액수니까 거기까지는 배려하지 않은 건가? 아니, 그렇다면 처음부터 그 사실을 알렸을 터. 괜히 감췄다가 나중에 불만을 품게 하기보다 그렇게 하는 편이 깔끔하니까 말이다.

작년과 다르다는 건, 아는 것만 해도 더 있다.

"생활 태도가 반 포인트에 영향을 준다는 건 알고 있지?"

1학년 D반의 담임인 시바 선생님이 그런 식으로 말했었다.

'학교의 규칙을 귀가 따가울 정도로 주입받았을 텐데' 라고.

"네. 지각과 결석, 수업 중 잡담이 반 포인트에 영향을 준다고요."

반 포인트가 줄어든 만큼 그런 규칙을 처음부터 공개함으로써 5월 이후 반 포인트를 배려해줬을 가능성이 있을까. OAA에서는 사회 공헌도라는 부분이 중요하다는 것도 알고 있고, 숨겨 봐야 언젠가는 학생들이 다 알게 될 테니.

그렇게 받아들이려 하고 있는데, 나나세가 잠시 생각에 잠겼다.

그러더니 순간 뭔가가 떠오른 듯한 표정을 지었다가 도로 지웠다.

사소한 동작. 요즘 들어 몇 번, 빈번하게 만났기에 눈에 들어오는 부분.

하지만 나나세가 말하지 않는 이상 언급하지 않고 그냥 둔다.

우리는 나란히 도서실을 나와 현관에 도착했다.

"그럼 선배, 저는 이만 가보겠습니다."

"나나세. 아까 반 포인트 얘기를 알려준 보답이라고 말하기는 뭐하지만, 프로텍트 포인트라는 것에 대해 들은 적 있어?"

헤어질 때 나는 나나세를 불러 세워 그 이야기를 꺼냈다.

"프로텍트 포인트? 아니요, 처음 들어봅니다."

"프로텍트 포인트를 가진 학생은 퇴학에 준하는 페널티를 받아도 그걸 써서 구제받는 시스템이야. 2학년 중에도 아주 제한된 학생밖에 가지고 있지 않으니 모르는 것도 무리는 아니지만."

"그랬, 군요……. 그런데 왜 그 이야기를 저에게?"

"나도 정보를 받았으니까. 일단 하나 정도 보답하는 게 좋을 것 같아서."

그 말을 끝으로 나는 나나세와 헤어졌다.

과연 내가 해준 이야기를 잘 활용할지, 나나세의 기량을 시험해보기로 했다.

4

시간은 좀 들었지만 나나세의 헌신적인 협력 덕분에 억지스럽긴 해도 호우센까지 포함해 의논하기로 정해졌다. 조금의 예단도 허락할 수 없는 상황이지만 어쨌든 확실한 진전이라고 할 수 있으리라.

오후 6시가 되기 조금 전에 초인종이 울렸다.

이제 막 기숙사에 돌아온 건지, 케이는 사복이 아니라 교복 차림이었다.

"이 시간에는 사람들 출입이 많으니까 여러 가지로 신경 썼어. 계단을 이용하는 등."

남자 방에 혼자 드나들고, 심지어 오랜 시간 머무는 여자는 그리 많지 않을 테니까.

사귀는 사이가 아닌 이상 웬만하면 일어나지 않는 일이다.

"그럼 바로 시작할까."

"엥. 뭐 좀 더 없어?"

그렇게 말한 케이는 필기도구를 꺼내려고 하지 않고 잡담을 조금만 더 나누자고 했다.

하지만 시간은 유한하다. 특히 늦어지면 늦어질수록 공부 시간이 줄어든다.

"케이의 학력에 문제가 없다면 얼마든지 잡담 나눠줄 테니까.”

“우씨…….”

“우선 뭘 잘하고 뭘 못하는지 파악할 필요가 있어.”

“파악하다니 어떻게?”

“바로 이거야.”

나는 시험지 다섯 장을 꺼냈다. 그건 케세이가 그룹용으로 만들어 준, 잘하는 과목과 못하는 과목을 확인하기 위한 시험지. 드는 시간을 고려해 문제 수를 엄선한 무척 유용한 문제지다. 호리키타와 요스케가 하는 스터디에서도 이걸 이용하고 있다.

“반 애들 대부분 이걸로 확인을 마쳤어.”

“호오…….”

“제한 시간은 장당 10분. 얼른 시작해.”

“알았다고~.”

싫다는 듯 대답하면서 케이가 문제를 풀기 시작했다.

50분이 지난 후, 녹초가 된 케이가 책상에 쓰러졌다.

“지쳐버렸어…….”

“그래서 잘도 평소에 시험을 집중해서 쳤군.”

“하지만 오늘은 이미 하루 공부를 한 후잖아. 스위치가 쉽게 켜지지 않는다고.”

그런 볼멘소리를 들으며 나는 채점을 바로 끝냈다.

“그렇군. 케이의 실력, 잘 알았어.”

“어, 어때?”

자신의 역량을 잘 모르는지, 기대와 불안이 섞인 눈동자가 나를 향했다.

"내일부터 요스케의 스터디에 참가 확정."

"허어억!"

"놀랄 일이 아니야. 오히려 이대로 공부하지 않으면 퇴학과 등을 맞대야 한다고."

"하, 하지만 파트너인 시마자키는 B-인걸? 그럼 괜찮은 거 아니야?"

"이번 특별시험에서 필요한 점수는 501점. 공부가 부족한 케이가 200점 전후, 시마자키가 350점 전후. 총 550점은 도저히 안전권이라고 생각할 수 없어. 게다가 시마자키가 너처럼 공부하기 싫어하고 있다면, 점수가 내려가 300점을 받을 수도 있는 거고."

그렇게 되면 당락의 경계선인 500점을 넘지 못할 가능성도 충분히 있으리라.

"왠지 갑자기 무서워졌어……."

"그러니까 한시라도 빨리 250점을 확실히 받을 수 있는 환경을 만드는 게 중요해."

효율적으로 공부한다면 D+인 학생이라도 그 정도 점수는 받을 수 있게 만들어졌다고 했다.

"저기 말이야, 좀 의문인데."

"의문?"

"나한테 공부를 가르쳐준다지만, 키요타카의 학력은 일

단 C잖아? 말하자면 중간이랄까…… 실제로는 더 받을 수 있는 거지?"

"그렇지."

"사실은 싸움 잘하는 것도 그렇고, 왜 그렇게까지 숨기는 거야?"

"튀고 싶지 않아서 무리한 점수를 받지 않았을 뿐이야."

"그럼 그럼, 만약 진짜 실력을 발휘하면 몇 점 정도 받을 수 있을 것 같은데?"

"글쎄."

"얼버무리지 말고 가르쳐 줘!"

내 어깨를 꾹꾹 누르며, 웃으면서 물었다.

"내일부터 스터디에 성실하게 나간다고 약속하면 대답해 줄 수도 있지."

"나가, 나가. 나도 오늘 들은 이야기로 위기의식을 확실히 느꼈으니까."

"몇 점 받을 수 있는가는 놔두고, 몇 점 받을지는 정해놨어."

"뭐, 뭐야, 그게. 뭔가 엄청난 말인데."

총 다섯 과목. 한 과목은 호리키타와의 대결이 기다리고 있기 때문에 대충 칠 생각이 전혀 없다.

하지만 전 과목을 똑같이 진지하게 친다면 지금까지 받았던 주변 평가가 확 달라질 것이다.

"400점."

"……정말? 400점이라면……."

"학력 A 정도지."

반에서도 호리키타나 케세이 등 우등생 몇 명밖에 도달하지 못할 영역.

실은 400점 가까이, 라고 말하는 게 더 정확했겠지만, 정정까지 할 필요는 없으리라.

"바, 받으려고 생각하면 얼마든지 받을 수 있다는 거야?"

"당연하지만 입학 때부터 지금까지 단 한 번도 못 풀겠다고 생각한 문제는 없었어."

이번 시험에 얼마나 어려운 문제가 들어 있을지는 모르겠지만, 화이트 룸에서 한 공부에 비하면 중간보다 낮은 수준이라고 해도 되리라.

우와 하고 멍하니 듣고 있던 케이를 현실로 끌고 왔다.

"전부 알았으니 더 위기감을 가지고 집중하도록 해."

"그럼…… 여기서 공부 좀 하고 돌아갈까……."

아직 7시가 조금 지난 시각. 한 시간 정도라도 집중하는 건 나쁘지 않으려나.

내일 요스케에게 케이의 상황을 전하는 데에도 도움이 될 테고.

"알았어. 그럼 바로 시작할까."

"여기, 여기."

"응?"

마주 보고 앉아서 그대로 시작하려는데 케이가 자기 옆

자리를 손바닥으로 탁탁 쳤다.

"옆에 앉아서 가르쳐줘."

5

그로부터 한 시간 하고 조금.

나는 케이에게 조언하며 함께 공부했다.

머리는 좋은 편이지만 지금까지 성실하게 공부하지 않았던 부분이 발목을 잡고 있는 듯한 인상이었다. 하지만 굳이 그 사실을 지적하지는 않았다.

어렸을 때부터 공부를 내팽개쳤던 것뿐이라면 주의를 줄 수도 있지만, 케이의 경우는 중학교 시절 당한 왕따 사건으로 제대로 된 학교 교육을 받을 수 없었다.

중학교의 '기초'를 제대로 익히지 못했으니 고등학교 수업을 따라가지 못하는 것이다.

그런 사실을 고려하면 오히려 잘 버티고 있다고도 말할 수 있겠지.

따뜻하게 알려주고 이끌어주는 것이 올바른 판단이리라.

공부가 힘들지 않다는 느낌이 들기 시작한다면 스도처럼 크게 성장할 수 있을지도 모른다.

"어라……."

"왜?"

케이가 갑자기 바닥을 빤히 응시했다.

그렇게 몇 초 정도 바라보나 싶더니, 손을 뻗어 뭔가를 집어 들었다.

작은 쓰레기나 먼지라도 떨어져 있던 걸까, 하고 생각했는데…….

"이거…… 뭐야?"

그렇게 말하며 내 눈앞으로 팔을 내밀어 엄지와 검지로 집은 것을 보여주었다.

그것은 붉은 기가 감도는 긴 머리카락 한 올.

"머리카락이네."

생각한 것을 그대로 말하자, 케이의 표정이 점점 귀신같은 형상으로 변해갔다.

"붉은색! 그것도, 긴 머리카락! 아무리 봐도 여자 머리카락인데?!"

그건 그렇겠지. 이 길이는 내 것이라고 하기에는 물리적으로 말이 안 된다.

당연히 모질도 완전히 다르다. 머리카락을 흘리고 간 주인이 누군지 바로 떠올랐다. 지난번에 내가 만든 요리를 먹고 돌아간 아마사와 이치카의 머리카락이 틀림없으리라.

"누굴 데려온 거야?!"

반 애들 안에서는 짐작 가는 사람이 없는지, 그렇게 물어왔다.

"이거, 그건가? 질투……?"

"그러면 안 돼?! 난 키요타카의 여자친구니까! 이것저것 감독할 권리가 있으니까!"

그런 권리가 있다는 소리는 처음 들었지만, 덕분에 한 가지 교훈을 얻었다.

여자를 방에 들인 날은 철저히 청소해야 한다는 교훈을.

하지만 교훈과는 상관없이 재난은 계속되었다. 어떻게 변명해야 할지 고민하고 있자니, 예고도 없이 갑자기 방에 초인종 소리가 울렸다. 모니터에 로비 영상이 비쳤다.

집주인인 나를 따라, 케이도 누군지 궁금했는지 화면을 들여다보았다.

그곳에는 생글생글 웃으며 손을 흔드는 아마사와의 모습이 있었다.

제일 먼저 반응한 것은 내가 아니라 붉은 머리카락을 움켜쥔 케이였다.

"붉은 머리카락, 낯선 여자애……."

이제는 마치 어린이용 추리 방송의 수수께끼 풀이에 도전하는 것 같다.

내가 통화 버튼을 누르는 것보다 먼저, 케이의 검지가 움직였다.

"네!"

누가 들어도 분노가 느껴지는 목소리. 아마사와는 물론 깜짝 놀랐다.

"어라? 401호는 아야노코지 선배의 방이…… 맞는데?"

나는 강제로 케이의 팔을 잡아당긴 다음 응대에 나섰다.

"미안, 나야. 무슨 일로?"

갑작스러운 손님이지만 이대로 케이가 대응하게 맡겨서는 안 된다. 아마사와는 둘째 치고, 사람들이 오가는 로비 앞에서 나와 케이가 같이 있다는 사실이 드러나면 문제다.

"아, 누가 있어? 나중에 다시 오는 게 나을까? 좀 할 얘기가 있어서 찾아온 건데."

케이는 나를 노려보면서도, 돌려보내라고 하지 않고 안으로 들이라는 제스처를 취했다.

아무래도 아마사와가 그 머리카락의 주인인지 확신을 얻고 싶은 모양이었다.

"아니, 괜찮아. 들어와."

나는 오토락 해제 버튼을 눌러 아마사와를 기숙사 안으로 들이고 케이를 보며 말했다.

"괜찮아? 네가 여기 있는 걸 다른 학생이 알아도?"

"……아."

아무래도 케이가 머리까지 피가 끓어올라 이성을 잃었던 것 같았다.

당분간은 주위에 우리가 사귄다는 사실을 비밀로 하자고 말한 건 케이 쪽이었는데.

여기서 괜히 맞닥뜨렸다간 소문이 퍼질 가능성이 있다.

"뭐, 새삼스러운 소리인가. 잘 둘러대는 수밖에 없지."

어차피 목소리를 들어버렸고, 케이를 서둘러 보내봐야

별로 효과가 없을 것이다.

오히려 이상한 억측만 만들 가능성이 있겠지.

1분 정도 지나서 아마사와가 4층으로 올라온 듯 방문 앞 초인종이 울렸다.

"들어오게 할 테니까 일단 앉아서 기다려."

"아…… 알았어."

나는 현관문을 열고 아마사와를 맞이했다.

"갑자기 찾아와서 미안, 아야노코지 선배."

고개를 내민 아마사와는 놓치지 않고 현관 앞 신발을 확인했다.

이런 부분은 뭐랄까, 정말 여자애다운 시선이다.

"여자친구?"

생긋 웃으면서 대놓고 물었다.

"용건은?"

"안 낚이네. 실은 선배 방에 놓고 간 물건이 있는 것 같아서."

"놓고 간 물건?"

"내가 좋아하는 헤어 고무밴드인데 어디 있는지 안 보여……."

잃어버렸다는 것을 알고 내 방을 찾아왔다는 건가.

"그럼 잠깐 들어와."

선 채로 기다리게 할 수도 없는 노릇이라 안에 들이기로 했다.

내가 일일이 머리카락에 대해 변명하기보다 아마사와가 설명하게 하는 편이 더 빠를 것도 같으니.

"실례하겠습니다아~."

아마사와는 먼저 온 손님이 있다는 것 따위 조금도 개의치 않고 방으로 들어왔다. 학교에서 돌아오던 길인지 가방을 들고 있었다. 그리고 앉아서 기다리던 케이와 대면했다.

"앗, 안녕하세요. 아마사와 이치카입니다~!"

"그래, 안녕."

노골적으로 언짢은 얼굴이었지만, 그래도 케이치고는 많이 참은 편이리라.

"선배지? 이름이 궁금한데!"

"……카루이자와 케이."

"카루이자와 선배구나. 아, 같이 공부하던 중인가 봐. 혹시 여자친구? 아까 아야노코지 선배는 어물쩍 넘겨버려서, 궁금한데."

아무런 거리낌 없이 궁금한 걸 물어볼 수 있는 것도 상당한 재능이군.

"네가 무슨 상관? 아니 뭐야? 그러는 너는 키요타카랑 무슨 사이인데?"

이름으로 부르는 케이의 태도에 당연히 뭔가를 느끼면서도 아마사와가 방을 둘러보았다.

"그 질문에 대한 답은 조금만 기다려. 음, 보이질 않네. 분명 선배 방에서 한번 풀었던 거 맞는데~. 으음…… 어쩌면 어딘가로 굴러 들어갔는지도."

그렇게 말한 아마사와는 케이가 노려봐도 아랑곳하지 않고 무릎 꿇고 침대 밑을 살피려고 했다. 그러자 자연스레 엉덩이가 나를 향해 강조되면서 치마 기장이 올라갔다.

"아…… 선배, 야한 느낌이 되어버릴지도."

그러고는 '일부러 그러는 거 아니야?' 하고 말하듯 나를 향해 뒤돌아보았다.

나는 재빨리 고개를 흔들었고, 케이는 그런 나를 쏘아보았다.

"내가 찾아볼게."

나는 우선 헤어 고무밴드가 침대 밑에 들어간 것은 아닌지 찾아보기 시작했다.

"너, 무시하지 마. 내 질문에 대답해."

"으음, 아야노코지 선배는 나의…… 음, 뭐라고 말해야 좋을까? 전속 요리사?"

"뭐? 뭐야, 그게."

이해할 수 없는 내용에 케이는 또다시 나를 쳐다보았다. 조금 전보다도 더 무서운 눈초리로.

"스도의 파트너야. 어떤 사정으로 알게 되어서 일단 요리를 대접했어."

"미안한데 뭔 소린지 하나도 모르겠거든? 왜 네가 스도의 파트너한테 요리를 해줬는데?"

하긴, 개요만 들으면 영문을 알 수 없는 것도 무리가 아니다.

나는 침대 밑에서 헤어 고무밴드를 찾으면서 케이에게 다시 설명했다.

"일단 부엌 쪽도 보고 와도 될까? 설거지할 때 흘렸을지도 모르니. 아, 선배는 계속 실내 탐색을 부탁해. 옷장 밑이라든가."

"알았어."

침대 밑에는 없어서, 이번에는 옷장 부근을 찾아보았다.

"저기…… 헤어 고무밴드라니…… 이게 다 무슨 소리야?!"

가까이 다가온 케이가 내게 작은 목소리로 확인을 구했다.

"말했잖아. 아마사와를 초대해서 요리해준 적이 있다고. 그것뿐이야."

"저, 정말 그것뿐인 거지?"

"당연하잖아."

"……정말이지?"

말로 설명해도 그리 쉽게 믿을 수는 없는 모양이다.

"재한테도 분명히 확인시켜."

그렇게 말하며 일어나려는 케이의 팔을 꽉 잡았다.

그리고 재빨리 검지를 입에 갖다 대고 조용히 하라는 지시를 내렸다.

이럴 때, 머리 좋은 케이는 괜히 시끄럽게 굴지 않는다.

"너도 이 부근을 찾아줘."

"아, 알았어."

내 의도를 이해하지 못하면서도 중요한 일이라는 것만은 알았는지 함께 찾기 시작했다.

"아! 아야노코지 선배, 찾았어!"

부엌 쪽에서 아마사와의 목소리가 들려왔다.

나와 케이가 동시에 부엌을 쳐다보자, 헤어 고무밴드를 손바닥에 올려 보여주었다.

"부엌이랑 냉장고 사이 틈새에 떨어져 있었어."

그렇게 말하며 기쁜 듯이 웃더니, 헤어 고무밴드를 주머니에 넣었다.

"왠지 내가 방해인 것 같으니, 바로 돌아갈게."

"정신없게 굴어서 미안했다."

"아니야. 내가 잃어버린 게 잘못이지. 그럼 이만!"

아마사와는 바로 가방을 들고 현관으로 가서 신발을 신었다.

"그나저나 선배도 얕보면 안 되겠네. 이렇게 귀여운 여자친구가 있는 줄은 몰랐어."

그렇게 말한 후 검지를 자기 볼에 대고 생각했다.

"생각해보니 좀 그러네. 다음 요리 시간 때는 단둘이 있으면 안 되겠어."

"당연한 소리!"

"그럼── 다음엔 카루이자와 선배도 같이 밥 먹자. 그럼 안녕~."

폭풍우처럼 찾아와 폭풍우처럼 떠난 아마사와.

"꽤 귀여운 후배를 알게 된 것 같구나, 키요타카."

"지금은 무슨 말을 해도 네 귀에 안 들어갈 것 같군."

이제 공부를 가르쳐 줄 분위기도 아니고, 케이가 납득할 때까지 계속해서 진실을 설명할 수밖에 없겠지.

6

금요일이 지나고 휴일인 토요일이 찾아왔다.

평일인 5일 동안은 특별시험의 영향도 있어서, 어쨌든 후배와 얽힐 기회가 많았다. 1학년 A반 아마사와와의 만남에서부터 스도의 파트너 확보를 위해 도전한 요리, 그리고 나나세와 1학년 D반의 계약을 맺기 위한 교섭. 나와 먼 곳에서는 쿠시다가 1학년 B반 야가미와 논의해서 소수지만 친구를 소개받는 방식으로 케이 등의 학생들이 파트너를 구하는 데 성공했다. 이번 특별시험을 어떻게 판단할지는 보는 사람의 시점에 따라 다르겠지만, 학년을 넘나든 교류라는 점에서는 무척 의미 있는지도 모르겠다.

이미 많은 학생이 선후배의 얼굴과 이름을 인식했고, 성적까지 파악하고 있다.

그리고 각 반이 어떤 경향을 가졌는지도 드러났다.

1학년 A반은 현시점에서 명확한 리더를 세우지 않고 각자 자유롭게 다니는 인상이 강하다. 그게 가능한 이유 중

하나는 반 전체의 학력이 높기 때문이다. A반이라는 이름이 부끄럽지 않게, B- 이상인 학생 수가 네 반 중 제일 많다. 학력이 높은 학생 대부분은 독자적으로 교섭해 2학년 A반, 2학년 C반과 포인트로 계약을 맺었다. 또 학력 D로 분류된 학생도 당연히 있기야 있었지만, 다재다능했기 때문에 2학년 A반이 데려갔다. 40명 중에 이미 34명이 파트너가 확정된 상태다.

1학년 B반도 1학년 A반과 경향이 비슷해서 명확한 리더가 아직 없다. 학력이 높은 학생은 스스로 어필해 하나둘 파트너를 정해갔다. 차이점은 파트너가 2학년 A반이 아니라 2학년 C반에 집중되어 있다는 것. 류엔 쪽이 사카야나기보다 더 높은 포인트를 제시한 탓일까. 자세한 상황은 아직 알 수 없다. 현재 33명이 파트너를 결정지었다.

1학년 D반은 호우센이 강경한 자세로 반을 통괄하고 있다. 작년의 우리로 비유하자면 류엔의 방식과 거의 유사했다. 마음에 걸리는 건 모든 반 중에 제일 파트너를 정하지 않은 반이라는 사실이다. 자세한 건 일요일에 만나면 알게 되겠지.

그리고 마지막으로 1학년 C반. 지난 일주일간 내가 조금도 얽히지 않았던 반이다. 학생들의 이름은 이미 머릿속에 다 입력되어 있지만, 호리키타도 1학년 C반을 화제에 올리는 일은 없었다. 그 가장 큰 이유는 어디에 있을까. 바로 2학년 B반 이치노세가 주도한 교류회 이후 1학년 C반의 많은 학생이 파트너 계약을 맺었기 때문이다. 아직 10명이 파트너를 확정 짓지 않은 상태지만, 그중에 학력 D- 이하인 학생은 0명. 즉 거의 모두가 안전한 위치를 확보하는 데 성공한 반이다. 아마 반을 이끄는 역할이 존재하고, 교류회를 이용해 반 아이들을 잘 구해낸 것이리라.

오후가 되자, 나는 OAA를 열고 오늘 시점까지의 파트너 확정자를 살폈다.

"파트너 성립은 105조. 70% 가까이, 되나."

어제 도서실에서 본 인원수 등을 생각하면, 역시 주말까지는 매듭짓고 싶다고 생각한 학생이 많았음을 알 수 있다. 1학년 D반에도 변동이 조금 있었는지, 이제 총 8명이 파트너를 확정 지었다. 주말이 되자 호우센도 초조해지기 시작한 걸까, 아니면…….

어쨌든 파트너가 정해지지 않은 나머지 학생은 1학년에 55명, 2학년에 52명.

이 안에 화이트 룸 출신이 남아 있다면 꽤 높은 확률이다.

솔직히 화이트 룸 출신을 확실하게 피할 수 있다는 보장은 어디에도 없는 상황이다.

이유는 상대가 조금도 냄새를 풍기지 않았기 때문이다. 어딘가에 안전하다고 판단할 수 있는 재료가 나오기를 기대하며 오늘까지 끌어왔는데, 그것도 슬슬 한계에 도달했다. 선택지가 더 줄어들기 전에, 나는 결단을 내려야만 하겠지.

1학년 D반과의 교섭이 다가왔다고는 하지만, 그것 이외의 선택지도 준비해두고 싶었다.

나는 가능성을 넓히기 위해, 토요일 오후의 케야키 몰을 노리기로 했다.

7

토요일의 케야키 몰은 많은 학생으로 넘쳐나고 있었다.

특히 특별시험의 파트너를 확정 지은 학생은 그 문제로 불안해할 필요가 없었기에, 다음 주에 있을 필기시험에 대비해 친구와 열심히 공부하기도 하고, 잠시 숨 돌리기 위해 놀기도 하는 등 각양각색이었다. 1학년 모두와 접촉한 것은 아니지만, 적어도 화이트 룸 출신이 있다면 조만간 만날 거란 생각이 든다. 하지만 아직 피부로 느끼는 직감 같은 것은 없었다.

굳이 들자면 도서실에서 나나세와 나눈 대화 정도. 아마 츠키시로나 그 측근이 철저하게 '학생'이란 것을 익히게 했을 거란 생각이 든다. 그 인물이 특이한 캐릭터인지 아닌지는 문제가 되지 않는다.

화이트 룸 출신의 냄새를 철저히 감추고 있다.

1년 전. 내가 이 학교에 들어올 때도 조금은 비슷했었다.

세상 물정 하나 모르고 자랐기에 가진 단점, 결점.

그건 바로 '학생'이 어떤 것인지 모른다는 사실.

학교에 다니게 할 예정이 없기에 화이트 룸에서도 가르치지 않는다.

그래서 나는 짧은 기간 동안 대충 '연기'하기로 하고 캐릭터 만들기에 들어갔다.

원래의 나보다 말수를 늘려보기도 하고, 어조를 바꿔보기도 하는 등 여러 가지로 실험했다.

세상을 약간 꿰뚫어 보는 시각을 가진, 다소 시건방진 학생으로.

뭐…… 결국 연기하기 귀찮아져서 바로 원래 나로 돌아왔지만.

그건 원래 나를 굳이 감추지 않아도 이 학교에서 '학생'으로 지낼 수 있다는 걸 알았기 때문이다. 하지만 이번에 이곳에 투입되었을 그 인물은 다르다.

나에게 정체를 들키지 않도록 가짜 학생을 꾸미고 있다. 그게 개성 있는 학생일지 아무 개성도 없는 학생일지는 모르겠지만, 분명 쉽게 정체를 드러내진 않겠지.

그 세계에서 지금껏 살아남았으니 남녀 불문하고 얕볼 수 없다.

기량으로 겨루면 이길 자신이 있지만, 이번엔 방어전이기에 내가 압도적으로 불리한 상황이다. 상대는 수단을 가리지 않고 나를 퇴학으로 내몰면 그만이지만, 나는 상대의 전략을 파악하고 방어할 수밖에 없다.

그런 나는 허밍에 들렀다가 돌아가는 길에 사카야나기와 우연히 마주쳤다.

“요즘 들어 아주 적극적으로 1학년이랑 만나는 모양이더군요, 아야노코지 군.”

“이번 시험, 성적 하위인 학생은 필사적으로 덤벼야만 하니까. 스도랑 이케의 파트너를 찾아주려고 호리키타한테 협력하고 있을 뿐이야.”

“그렇군요. 하긴, 꽝인 1학년이 걸리면 그들은 바로 퇴학일 테니.”

어느 정도 납득하는 사카야나기였는데, 거기서 끝나지 않았다.

“그런데 정말 그것뿐인가요?”

“무슨 소리야?”

“아야노코지 군을 퇴학시키기 위해, 1학년에 화이트룸…… 혹은 그에 견줄만한 자객이 들어온 게 아닌가 싶어서요. 만점을 받아도 1학년이 0점을 받으면 아야노코지 군도 퇴학을 면할 수 없죠. 얄궂은 특별시험 같다고 저 혼자 상상을 좀 해봤답니다.”

모르는 척 시치미를 떼 봤지만, 사카야나기는 단순한 상상이라기보다 그게 필연적이라고 처음부터 알고서 하는 말투였다.

“끝까지 평온한 학교생활이 이어지긴 힘들지 않을까요? 상대가 그럴 마음만 먹으면 아야노코지 군의 실력도 아무렇지 않게 폭로할 텐데요. 그런데도 즐거운 학교생활을 유지할 수 있다면, 다 괜한 걱정이겠지만 말이에요."

"그럼 그 점은 걱정 없겠군."

"그 근거를 들려주시겠어요?"

"지금까지 가져온 사고방식을 다 버릴 계획이야. 난 앞으로 내 능력을 아끼지 않을 거다."

학교생활을 이어가는 것이 지금의 내게는 최우선.

어중간한 행동을 계속 고집하다간 약점만 잡힐지도 모른다.

"그렇군요. 하긴 이미 마시마 선생님을 비롯해 특정 인물들에게는 일부 선보이기도 했으니, 과감하게 드러내면 만사 다 잘 풀릴 거란 얘기로군요."

기쁘다는 듯 내 이야기에 귀를 기울인 후 대답하는 사카야나기.

"자, 지금부터 본론. 혹시 파트너를 아직 못 정했으면 수고를 덜기 위해 제가 좀 도와드릴까요? 얼마 안 되지만 파트너가 확정되지 않은 1학년 중에 봐둔 사람들이 좀 있어요. 아야노코지 군에게 소개해도 나쁜 영향은 없을 사람들이랍니다."

사카야나기 나름대로 알아보고, 문제없다고 판단한 학생을 굳이 이 단계까지 남겨준 모양이다.

"아주 인심이 후하군. 하지만 사양하지."

"제 판단은 신뢰가 안 가시나요?"

슬슬 결정해야만 하는 내 사정은 이미 간파하고 있을 터.

"네 실력은 인정해. 하지만 내 운명은 내가 정한다."

누군가에게 맡겼다가 망해버리면 후회밖에 남지 않을 테니까.

"그리고 어떻게 싸울지 방침도 어느 정도 굳혔어."

"그렇군요. 그럼 이 이상 촌스럽게 말하진 않을게요. 아야노코지 군이 어떤 식으로 싸울지, 멀리서 지켜보기로 하죠. 빨리 재대결할 날이 오길 기대하면서."

그렇게 말한 사카야나기는 고개를 숙이고 어딘가로 걸어갔다. 내가 퇴학당할 거라고는 조금도 생각하지 않았다. 어떤 의미로는 절대적으로 신뢰하고 있다는 건가.

8

그렇게 케야키 몰에서 돌아오던 길.

"저기, 잠시 괜찮나요~?"

어딘지 느슨한 목소리가 등 뒤에서 들려왔다.

뒤돌아보니 남녀가 나를 물끄러미 보고 있었다. 여자 쪽은 휴대폰과 나를 번갈아 쳐다봤다. 1학년 C반 츠바키 사쿠라코. 그리고 다른 한 사람은 같은 반 우토미야 리쿠였다.

"2학년 D반의…… 아야노코지 선배, 맞죠?"

휴대폰에 표시된 화면은 각도상 보이지 않았지만, 아마

도 OAA를 켰을 것이다.

"저는 우토미야, 이쪽은 츠바키라고 합니다. 파트너와 관련해서 이야기를 좀 나눌 수 있을까요?"

"파트너?"

"네. 지금 학력 C 이상 중에 협력해 줄 선배를 찾아다니고 있거든요."

파트너를 찾아 때마침 지나가던 나를 기다리고 있었다는, 너무 딱 들어맞는 전개다.

노골적으로 접촉해오는 인간은 위험하다고 봐야 할까, 반대로 안전하다고 봐야 할까.

아니, 그런 타이밍의 문제로 추측하는 것이 제일 위험하겠지.

"나도 파트너를 찾지 못해 애먹고 있던 참이야. 그럼 얘기해볼까?"

어플로는 학생의 얼굴과 이름, 성적은 파악할 수 있어도 성격까지는 당연히 알 수가 없다. 그렇기에 직접 만나 대화를 나눔으로써, 서로 믿을 만한 인간인지 판단할 필요가 있다.

참고로 우토미야는 파트너가 이미 정해져 있었지만 츠바키는 아직이었다. 그녀의 학력은 C-로 여유롭지 않은 상황이었기에 학력 C 이상인 2학년과 파트너가 되길 바라는 것이다.

2학년 중에 C 이상의 학력을 찾고 있다고 했는데, 과연

츠바키의 파트너를 말하는 걸까 아니면 같은 반의 다른 학생일까.

"서서 말하기도 그런데, 카페라도 가는 게 어떠세요?"

이야기를 주도하는 우토미야는 정중하게 경어를 사용하면서 내게 제안했다.

하긴 1, 2분 만에 판단할 이야기도 아니기에, 그 제안을 받아들여 장소를 옮겼다.

우리는 복잡한 카페의 한 귀퉁이 자리에 자리를 잡았다.

"바로 본론으로 들어가서, 저희 이야기를 들어주시겠어요?"

우토미야가 츠바키 쪽에 시선을 보내, 시작하라고 신호를 보냈다.

"난, 빚 같은 거 만드는 걸 싫어해. 그래서 뒤탈 없는 관계를 맺고 싶어."

어딘지 시원시원한 느낌으로, 츠바키가 자신의 손톱을 응시하며 말했다.

학력 C-와 C라면 과연 오차 범위 안.

우열 같은 것은 거의 없다고 할 수 있다.

"궁금한 게 있는데 물어봐도 되나?"

"물론입니다."

"학력 C 전후인 학생이 제일 많잖아. 그런데 왜 바로 정하지 못했지?"

고득점은 못 받더라도 퇴학은 면할 수 있다.

2학년 중에 기꺼이 츠바키와 파트너가 되어줄 학생도 있었을 터다.

후반부로 접어드는 이 상황까지, 왜 남아 있는지 마음에 걸린다.

"그건……."

잠시 말을 머뭇거리는 우토미야.

그 모습을 보고 츠바키가 그제야 처음으로 나를 똑바로 바라보았다.

"다 내 잘못이야. 아무 말도 안 하는 바람에."

그 말을 시작으로, 우토미야가 보충 설명을 했다.

"당시에 츠바키는 파트너 찾기를 아무와도 상의하지 않았어요. 그러다가 금요일이 되어서야 마음이 급해졌는지, 처음으로 어떻게 하고 싶은지를 의논했고…… 이런 상황이 되었습니다."

그래서 급하게, 같은 반인 우토미야가 츠바키를 돕기 시작했다는 건가.

C반은 대부분 파트너를 결정지었으니 말이지.

아직 일주일 정도 남았다고는 하나, 불안한 것도 무리는 아닐지 모르겠다.

"츠바키의 학력에, 5% 페널티는 문제가 될 가능성이 있어서요."

그게, 학력 C인 내게 말을 건 이유라는 듯하다.

이게 일반적인 상황이라면 딱히 망설이지 않고 흔쾌히

받아들였을지 모른다.

하지만 나에게는 바로 대답할 수 없는 이유가 있다. 이 특별시험이 시작된 직후에, 규칙을 들었을 때 상상했던 패턴과 몹시 비슷했기 때문이다.

학력 C인 내가 제일 팀이 될 확률이 높은 학생은 같은 학력인 학생.

그리고 지금, 이런 식으로 학력 C-인 츠바키가 파트너를 구하러 찾아왔다.

츠바키도 우토미야도, 이제 막 안 사이. 우선은 두 사람의 속내부터 파악해야겠지.

"좀 묻고 싶은데, 파트너를 찾아다니고 있다고 말했었지. 나한테 말 걸기 전에는 몇 명한테 말 걸었어?"

그 부분부터 알아가 보려고 생각했는데, 우토미야로부터 예상 밖의 답이 돌아왔다.

"죄송합니다, 좀 비겁한 말씀을 드렸습니다. 사실은 아야노코지 선배가 처음입니다."

내 의도를 차단하기라도 하듯이, 우토미야가 그렇게 사과했다.

"그러니 아야노코지 선배가 파트너가 되어주지 않으시면 다른 분을 찾아야 합니다."

"어쩌다 우연히 제일 먼저 말 건 사람이 나라는 건가?"

"우연이기는 하지만, 아야노코지 선배가 처음이었던 데에는 이유가 있습니다. 2학년 A반이나 2학년 C반 중에서 부탁을 드리면, 프라이빗 포인트를 요구할 것 같다고 생각했거든요."

그렇군. 하긴 지금은 1학년이 2학년에게 스카우트 되는 상황.

그런 가운데 츠바키의 파트너가 되어 달라고 요구하려면 다소 포인트 문제가 얽혀도 이상하지 않다. 하지만 사실 높은 학력의 학생을 요구하는 게 아니다. 아직 학생은 넘쳐나기 때문에 바로 파트너를 찾을 가능성도 있으리라. 거기까지 생각이 미치지 않는 것도 아닐 터.

그렇다고는 하지만 파트너를 정하지 않은 내가 '괜찮을 것 같은데. 2학년 A반이나 2학년 C반한테 말해보지 그래?' 하고 대답하는 것도 좀 웃긴 이야기다.

객관적으로는 내가 츠바키와 파트너가 되는 데에 난색을 보일 이유가 하나도 없다.

여기서 취할 수 있는 선택지는 한정적이다.

"난 파트너를 정하지 않았지만, 일단 후보를 찾고 있는 상황이야. 지금 실제로도 파트너를 할지 말지, 몇 번 얘기도 오가고 있고."

절반은 거짓말이었지만, 이 두 사람이 그걸 확인할 방법은 없다.

게다가 만약 여기서 바로 물러난다면 이들이 안전한 상대일 가능성이 커진다.

"그러, 시군요. ……아아."

곤란하게 됐다는 투로 우토미야가 츠바키에게 시선을 던졌다.

"그럼 어쩔 수 없는 거 아냐? 다른 선배를 찾는 게 빠를 것 같아."

나에게 파트너 후보가 있다는 사실을 알자마자 츠바키가 물러나려고 했다.

"참고로 삼고 싶어서 그런데…… 1학년에 누구와 파트너가 될 예정이신가요?"

당사자가 물러나려는 반면, 우토미야는 물고 늘어지듯 물었다.

"그건 말 못 해. 딱 하나 분명한 건, 1학년 C반은 아니라는 거다."

말할 수 없는 이유는 자세히 설명하지 않아도 알아차리겠지.

서로 라이벌 관계에 있는 이상, 적에게 정보를 주는 짓은 할 수 없다며 못을 박았다.

"가자, 우토미야. 아야노코지 선배의 시간을 계속 빼앗아도 죄송하잖아."

"……그렇지."

말 걸어준 것은 고맙지만 나는 바로 정할 수가 없다.

츠바키 사쿠라코에 대한 정보가 너무 부족하니까.

"일단 이거 제 연락처입니다."

미리 준비해둔 듯한, 우토미야의 연락처가 적힌 쪽지를

건네받았다.

"너무 내 멋대로인 것 같지만, 만약에 파트너를 거절당하게 되면 연락할지도 몰라. 그때도 파트너가 되어줄 수 있다면, 그땐 잘 부탁해."

"알겠습니다. 가자, 츠바키."

우토미야의 말에 츠바키는 끼고 있던 팔짱을 내리고 자리에서 일어났다.

그리고 가볍게 고개 숙여 인사한 다음 우토미야와 카페를 떠났다. 나 이외의 후보자를 찾으러 가는 거겠지.

"츠바키 사쿠라코, 우토미야 리쿠. 기억해둬야겠군."

파트너를 확정 지을 기회를 버린 이상, 앞으로의 행동이 중요해진다.

이렇게 해서 다른 1학년과 파트너가 되었는데 그게 꽝이면 웃을 수 없으니까.

9

그날, 2학년 D반 여학생 두 명이 나란히 걷고 있었다.

나 카루이자와 케이와 친구인 사토 마야. 불과 몇 개월 전까지는 같이 놀 때가 많았던 우리 둘. 하지만 요즘 들어서는 그럴 기회가 확 줄어들었다. 딱히 싸운 건 아니었다. 내가 무의식중에 죄의식을 느끼게 되면서 다가가기 힘들이졌을 뿐.

"미안해, 카루이자와. 갑자기 불러내서."

"아니, 괜찮다니까. 나도 사토랑 놀고 싶다고 생각했었고. 그나저나 단둘이 놀러 가는 거 완전 오랜만 아니야?"

"응, 그러네. 입학 초기에는 둘이서 꽤 잘 놀러 다녔었는데~."

조금 앞서 걷던 나는 가볍게 고개를 돌려 뒤에 있는 사토를 향해 물었다.

"그래서 어떻게 할래? 점심 먹기에는 아직 좀 이른 시간인데."

아직 오전 11시가 조금 지난 시간.

사토는 전화로 그냥 케야키 몰 주위를 걷자고 제안했었다.

그런데 막상 케야키 몰 입구 가까이 오니 내게 급하게 말을 꺼냈다.

"있지."

"응?"

"저쪽으로…… 가지 않을래?"

사토는 케야키 몰과 전혀 상관없는, 교정으로 난 길을 손가락으로 가리켰다.

"학교? 무슨 볼일이라도 있어? 하지만 휴일에는 사복 차림으로 못 들어가지 않아?"

"학교에 볼일이 있는 게 아니라…… 다른 사람들이 없는 곳에 가고 싶어."

나는 사토가 하고 싶은 말이 뭔지 몰라 눈썹을 찌푸렸다.
아니, 어쩌면, 하는 생각은 했다.
하지만 머릿속 한쪽 구석으로 밀어내며, 그럴 리 없다고 여기려고 했었다.
나는 계속해서 아무것도 모르는 척했다.
"왜 그래, 사토. 왠지 평소답지 않달까, 어디 아파?"
"……좀, 할 얘기가 있어서."
불길한 예감이 들었지만, 여기서 사토의 말을 무시하기는 어려웠다.
나는 사토와 함께 케야키 몰에서 멀어져 교정 쪽으로 향했다.
당연하지만 인기척이 사라져, 여기서 나누는 대화를 누군가가 들을 일은 없었다.
"거리낌 없이 말해봐. 우린 친구잖아?"
그런 내 말은 결코 다정한 것이 아니었다. 정말로 지독한 말이었다.
자각하고 있으면서도, 말로 하지 않을 수 없었다.
나는 카루이자와 케이. 2학년 D반 여학생들의 리더 같은 존재.
남의 기분 따위 깊이 생각하지 않고, 자기중심적으로 생각하는 이기적인 인간.
그렇게 행동하지 않으면 지금까지 쌓아 올린 공든 탑이 무너지고 만다.

사토도 나에게 가진 이미지는 지금 말한 그대로이리라.

그래서 낙담하지도, 화를 내지도 않는다.

카루이자와 케이라면 가볍게 생각하고 아무것도 보지 못한다고, 멋대로 해석해준다.

어쩌면 그걸로 알아서 결론을 내주지 않을까 하는 바람도 있었다.

굳이 말로 내뱉어 나와 사이가 멀어지는 것을 피하려 하지 않을까 하는.

하지만── 사토는 멈추지 않았다.

"카루이자와, 너 말이야…… 히라타랑 왜 헤어졌어?"

"뭐? 내가 이유를 말 안 했었나?"

직접적이지는 않지만, 키요타카와도 밀접한 이야기인 만큼 내 심박수가 올라가기 시작했다.

그래도 겉으로 드러내지 않을 수 있었던 건 지금까지의 경험 덕분이리라.

"아니, 이유는 들었지만, 좀 안 와닿았다고 할까."

"그래? 뭐, 좀 아깝단 생각은 들었지만. 혹시 히라타의 여자친구 자리를 노린다거나?"

사토에게 이미 키요타카는 안중에 없다.

그런 걸 기대한, 나의 확인 같은 질문. 하지만 그 말은 사토의 귀에 닿지 않았고, 등 뒤에서 덮치는 듯한 말을 내뱉었다.

"카루이자와가 히라타와 헤어진 거, 사실은 다른 목적이 있어서인 거 아냐?"

아아, 역시 사토는 알아차렸구나. 내가 키요타카를 좋아하게 되어버렸다는 것도, 그리고 관계가 달라졌다는 것도…….

"뭐야. 무슨 소리인지 하나도 모르겠는데?"

지금까지 나는 평소와 다름없는 나를 억지로 연기했었다.

언젠가 늦든 빠르든 나와 키요타카의 관계가 들킬 날이 오겠지만, 일단 감추기로 한 이상 절묘하게 도망치는 수밖에 없었다.

어떤 말이 날아와도 표면상으로는 잘 둘러대기로 각오했다.

아니, 각오할 생각이었다.

"……카루이자와…… 아야노코지랑 사귀어?"

"뭐……?"

그렇기에 불의의 한 발. 등 뒤에서 때린 공격에 바로 대응할 수 없었다.

다른 애라면 모를까, 사토한테 이 늦은 대응은 치명상이 될 터였다.

당연하다는 듯 마음을 간파당했다.

좋아해? 하는 질문이라면 나는 분명 견딜 수 있었을 것이다.

하지만 사토가 한 말은 그보다 더 앞서 있었다.

"……역시 그렇구나?"

“잠깐, 앗, 아니 아니, 이야기가 왜 그렇게 되는 건데?!”

물론 부정했다. 그럴 생각이 있든 없든, 부정했다.

이 타이밍에 그렇다고 인정해버릴 수도 없기 때문이다.

“나와, 그게, 무슨……,”

부정하려는 내 말은 사토의 눈동자에 흡수되어버렸다.

울 것 같은, 하지만 화난 눈동자.

당연하다. 사토는 나를 믿고 키요타카와의 일을 의논했다.

그리고 나 역시 키요타카에게 반했다는 사실을 숨기고 도와주었다. 그 후에 키요타카와 사귀다니, 내가 사토라면 뺨을 때렸을지도 모른다.

이제는 긍정하지 않아도 사토의 마음속에서 확신으로 변해갈 것이었다.

“내가 아야노코지와 가까워지고 싶다고 부탁했을 때부터 노린 거야? 아니면 그 전부터 좋아한 거야?”

“자, 잠깐만. 나는…….”

사토가 쏜 화살을 나는 맞을 수밖에 없었다.

“나…… 마츠시타한테도 똑같은 이야기를 했어. 카루이자와는 아야노코지를 좋아해서 히라타와 헤어진 것 같다고. 하지만 그거, 아무 생각 없이 한 말 아니야. 그게, 나 나름대로 확신이 있어서…… 그렇게, 말한 거야.”

마츠시타가 키요타카와 내 사이를 의심했다는 건 이미 들었다.

더는 발뺌할 수 없는 상황이다.

"솔직히 말해줘. 안 그러면 나…… 카루이자와를 더는 친구로 볼 수 없을 거야."

강한 마음을 담은 질문.

오히려 이 아이는 마지막까지도 나와 친구로 있으려고 노력하고 있다.

"그건……."

진지한 사토의 눈동자를, 나는 이 이상 배신할 수 없었다.

무엇부터 말해야 좋을까.

아니, 숨긴다고 해도 분명 소용없을 것이다.

말할 수 있는 모든 것을, 여기서 사토에게 털어놓는 것이 최소한의 사죄다.

"나…… 아야…… 아니, 사토의 말대로, 키요타카와 사귀고 있어."

그 말을 들은 사토는 당연히 강한 반응을 보였다.

한 번 고백해서 차였지만 사토는 여전히 키요타카를 좋아하고 있었다.

그건 같은 사람을 좋아하게 된 나 역시 잘 이해한다.

"키요타카, 라고 부르는구나."

어딘지 식어버린 눈빛으로부터 도망치고 싶었지만, 도망칠 수 없었다.

"사귀기 시작한 건 봄방학 끝 무렵부터. 정말 얼마 안 됐어."

"내가 제일 궁금한 건 언제부터 좋아했느냐 하는 거야."

“……구체적으로는, 나도 몰라. 하지만 사토가 상담해오던 때부터 키요타카가 이성으로 보이기 시작한 건 사실이야.”

“그래……?”

내 대답에 만족하지는 않았을 거다.

“화, 났지?”

조금 전까지만 해도 똑바로 바라보던 사토의 눈을, 나는 이 이상 볼 수 없게 되었다.

“좋은 기분은 아니네. 내 감정을 다 알면서, 뒤에서 아야노코지와 거리를 좁혔다는 거니까.”

그 점에 관해서는 뭐라고 변명할 여지가 없다.

“다만, 난 고백해서 아야노코지한테 차였으니…… 화낼 입장은 아니야. 하지만…….”

봄바람이 내 앞을 부드럽게 스치고 지나갔다.

마른 소리가 난 직후, 왼쪽 뺨을 맞았다는 걸 알았다.

“이걸로 끝……이라고, 받아들여줄래, 카루이자와?”

그녀가 내 뺨을 때리는 건 좀 예상 밖이었다.

그만큼 사토는 내가 한 짓을 용서하기 어려웠던 거겠지.

“한 번 더 때릴래?”

나는 이왕 이렇게 된 거, 하는 생각으로 오른쪽 뺨도 내밀었다.

이렇게 해도 사토가 느끼는 고통이 더 클 테니.

“아니, 그건 좀…… 용기가 좀 부족하다고 할까…… 그보다도, 때려서 미안해…….”

"아니야. 나야말로 미안해. 사토랑 같은 사람을 좋아하게 되어버려서……."

"어쩔 수 없지. 아야노코지는 멋있고, 히라타보다도 나은걸."

나는 무심코 두 팔을 벌려 사토를 꼭 껴안았다.

"앗, 왜, 왜 이래, 카루이자와?!"

"……정말로 미안해."

"괘, 괜찮다니까 이제……."

나는 아주 많이 미안하면서도 기쁨을 억누르지 못하고 그렇게 행동해버렸다.

같은 사람을 좋아하게 된다는 건 무척 괴로운 일. 하지만 상대의 매력을 알아준다는 뜻이기도 하다.

이겼다든가 졌다든가, 그런 말을 할 상황이 아니다.

분명 앞으로도 키요타카의 매력을 알아보는 사람은 늘어날 테지.

나는 그들에게 지지 않도록 계속 싸워나가야 한다.

여자친구라는 포지션에 안주했다가는 분명 허를 찔리고 말 것이다.

어쩌면 그 라이벌이 사토가 될 수도 있고.

"차, 마시러 가지 않을래?"

이기적인 나의 제안에 사토는 내 팔 안에서 고개를 끄덕이며 허락해주었다.

○퇴학의 발소리

일요일 오후 8시 반이 지난 시간. 나나세가 지정한 날이 왔다.

오늘 하는 논의에 따라 1학년 D반과 손을 잡을지 말지가 결정될 가능성이 크다.

아니, 손잡도록 해야만 한다.

이미 1학년 D반과 2학년 D반 이외에는 대부분이 파트너를 결정지었으니까.

오늘 의논해서 결정되지 않을 경우 페널티를 피할 수 없으므로 우리로서는 큰 양보를 강요받게 될 위험도 있다.

대화에는 나와 호리키타, 그리고 본인의 강한 희망에 따라 스도까지 동행하게 되었다.

호리키타와 함께 있고 싶은 마음도 다소 있었겠지만, 그보다 더 큰 부분은 호우센을 경계해서일 것이다. 상황에 따라서는 아무렇지 않게 여자도 때릴 것 같았으니까. 그걸 방지하기 위한 보호 역할. 당연히 호리키타는 필요 없다며 거절했지만, 스도가 계속 달라붙었다. 사실 호리키타는 스도가 아무리 부탁해도 받아주지 않았었다. 그만큼 진지한 교섭의 장이 될 거라고 예상했고, 스도의 존재가 발목을 잡을 수 있다고 판단했기 때문이다. 하지만 그 판단에 내가 제동을 걸었다.

그 이유는 만에 하나 만족스럽지 못한 사태에 빠졌을 때 스도가 나 대신 움직여 줄 것이기 때문이었다.

스도의 실력이면 충분히 그 공간을 제압할 수도 있으리라.

결국 호리키타는 의논하는 사이에 절대 욱하거나 위협하지 않을 것을 조건으로 내걸고 동행을 허락했다.

"하이!"

약속 장소인 기숙사 로비로 내려오자, 스도는 이미 소파에 앉아 대기하고 있었다.

조금 정정해야 할 것 같다.

호리키타와 함께 있고 싶은 감정이 다소가 아니라 많이 컸던 것 같다.

"시험공부는 잘돼 가?"

"당연하지. 미안하지만 난 이번에 못해도 250점은 받을 계획이걸랑."

현 단계에서 학력 E 판정을 받은 스도가 250점 이상 받는다면, 그야말로 어마어마한 성과라고 할 수 있다.

다음 달 이후 OAA에서의 학력 판정 역시 C 전후로 훌쩍 뛰어오르게 될 것이다.

말뿐만이 아니라 자신감의 근거를 보여주기 위한 노력을 하는 듯하다.

지각도 많이 줄어들었고, 수업 태도도 성실 그 자체.

"많이 바뀌었다고 할까…… 공부를 좋아하게 된 것 같은데?"

"좋아할 리 있냐? 그래도 문제를 풀면 좀 즐겁긴 해. 또 스즈네가 칭찬해주기만 하면 언제까지고 공부할 기력이 샘솟으니까."

입학 초기의 삐죽삐죽 모난 구석도 점점 사라지고 안정을 찾기 시작했다. 곧바로 욱하는 버릇은 그리 쉽게 고쳐지지 않겠지만, 호리키타가 있어서 참아진다면 급제점이다.

설레는 마음이 진정이 안 되는지, 자리에서 일어나 엘리베이터 내 카메라를 살폈다.

그리고 다시 앉아 휴대폰을 만지작 머리카락을 만지작하다가 얼마 못 돼 또 일어났다.

인생 첫 데이트라도 나가는 소년의 마음인지도 모르겠다.

"야, 아야노코지."

내가 보고 있다는 걸 알아차린 스도가 CCTV를 보며 중얼거렸다.

"만약에 내가 지금 단계에서 고백하면 스즈네가 받아줄 것 같냐?"

옆얼굴에서 보이는 표정은 어느새 진지한 빛을 띠고 있었다.

그런 스도에게 대충 아무렇게나 대답할 수는 없었다.

"아마도 무리겠지."

낙담할지도 모르겠지만, 그게 제삼자가 본 순수한 감정이다.

내 대답이 만족스럽지 않겠군, 하고 생각했는데…….

"그렇겠지?"

알고 있었어, 하는 듯이 스도는 눈썹 하나 까딱하지 않고 내 대답에 동의했다.

"스즈네 자체가 사랑이고 연애고 말할 타입이 아니라는 것도 잘 알아. 하지만 말이지, 그런 이유만이 아니라…… 지금의 내게서는 어떠한 매력도 느끼지 못할 테니까. 지금까지 얼마나 건방지게 스즈네한테, 아니 반 아이들에게 폐를 끼쳐왔는지."

그걸 생각하면 호리키타가 사귀어줄 리가 없다고 말하고 있었다.

"지금은 열심히 하고 있지만, 그걸로 반에 끼친 부담을 다 갚았다고는 당연히 생각 안 해. 앞으로 2년간, 난 내 장점을 더 키우고 단점은 조금씩 없애갈 거다. 그렇게 하면 분명 졸업할 때 즈음이면 반에 도움이 되겠지."

"그런가. 그럴지도."

스도는 유례 드문 신체 능력이 있으므로 반에 중요한 존재가 될 수 있다.

요스케와 쿠시다처럼, 없어서는 안 되는 조각으로 성장할 수 있으리라.

또 냉정하게 자기 자신을 들여다볼 줄도 알게 되었다.

그런 스도이기에 나는 물어보고 싶은 것이 생겼다.

"만약에 노력해서 네가 우리 반 제일의 공로자가 되었는데…… 그런데도 호리키타가 받아주지 않으면 그땐 어떻게 할 거야? 공부, 다시 싫어하게 될 것 같아?"

노력이 결실을 보지 못한다는 것을 알았을 때, 사람은 낙담할 가능성이 있다.

특히 스도는 호리키타 때문에 열심히 하고 있으니까.

"그야 그만두고 싶어지지 않겠어? 아니, 그냥 콱 죽어버릴지도. 어쩌면 누군가를 때리고 싶어질 수도 있고. 하지만 말이야, 실제로 그런 짓을 하면 스즈네가 실망하겠지? 공부를 내팽개친다거나 난동부리는 건 정말 한심한 짓이야. 절대 사양이다."

훌륭한 말이다. 물론 진심이겠지. 하지만 실제로 진가를 물을 수 있는 건 그게 정말 현실이 되었을 때. 아무리 마이너스를 상상하고 받아들일 각오를 한다고 하더라도 막상 고통이 닥쳐오면 달라지고 마는 경우가 흔하다.

그래도 지금 단계에서 이렇게까지 말할 수 있다면, 일단 걱정할 필요는 없나.

"앗, 온 것 같다."

엘리베이터에 탄 호리키타의 모습이 보였다. 어딘지 상기된 스도는 마음을 가라앉히기 위해 일단 그 자리에서 벗어나 엘리베이터로부터 등을 돌리더니 라디오 체조라도 시작하듯 팔을 앞에서 위, 대각선으로 벌리며 심호흡하기 시작했다.

잠시 후 엘리베이터가 1층에 도착했다.

"안녕. 스도는 뭐 하니?"

"심호흡이라는 것 같은데."

좀 이상하다는 표정을 지은 호리키타는 곧 평소의 딱딱한 표정으로 돌아왔다.

만나기로 한 장소는 케야키 몰 안의 노래방. 평일과 휴일 모두 최대 밤 10시까지 이용할 수 있어서, 늦게까지 노는 장소로 인기가 많았다. 당연한 이야기지만 노래방은 오락 시설 중 하나. 스트레스 발산과 친구와 수다 떨기 위해 주로 이용하는 곳인데, 이 학교에서는 또 한 가지 중요한 역할을 맡고 있다.

바로 높은 기밀성. 남들 몰래 구체적인 의논을 하기에 안성맞춤이다.

학교 부지 내에서 남들 눈을 피해 만나기 가장 쉬운 장소다.

기밀성만 놓고 따지자면 기숙사 방을 이길 게 없지만, 아무래도 특정 인물로 제한되는 면이 있다.

다음 주에 시험이 있어서 그런지, 오늘 이 시간에는 사람이 별로 없었다.

호우센과 은밀한 대화를 나누기에 최고의 타이밍이었다.

"야. 그 빌어먹을 건방진 1학년, 진짜 우리 편으로 만들 수 있겠냐?"

"협력 관계가 될 수 있다고 생각하지 않았으면 처음부터 이렇게 시간을 할애하지도 않아."

그건 지당한 말이다. 가능성이 있다고 판단했으니까 이

렇게 가고 있다.

"지금 시점에서 우수한 1학년은 대부분 사카야나기나 류엔이 다 데리고 가버렸어. 그리고 이치노세는 소리 높여 약자들을 구제하고 있고. 우리가 그 속에 뛰어들려면 포인트나 신뢰로 싸우는 수밖에 없어."

"포인트로는 사카야나기를 이길 수 없고, 신뢰로는 이치노세한테 못 이기……는 거지."

"맞아. 그래서 호우센의 존재는 우리한테 위기이기도 기회이기도 해."

A반이라는 매력적인 칭호에도, 어중간한 프라이빗 포인트에도 마음이 움직이지 않는다.

그리고 이치노세가 내민 손도 호우센은 거들떠보려고도 하지 않는다.

그렇기에 D반인 우리에게도 가능성이 있다.

"어디까지 양보하지 않고 계약을 맺을 수 있는가 하는 거겠군, 쟁점은."

"맞아. 시간이 없어지면 없어질수록 마음이 급해지는 건 우리 2학년 쪽. 이미 많은 학생이 파트너를 찾은 이상, 불리해지는 건 피할 수 없어."

호우센이 내미는 조건을 거부하면 녀석은 뒤도 돌아보지 않고 랜덤으로 파트너를 선정하는 쪽으로 방향을 틀 것이다. 자기 반 아이들이 페널티를 받는 것도 전혀 두려워하지 않고.

호우센을 어떻게 상대할지 솜씨를 좀 지켜봐야겠군.

1

"그런데 약속 시간 9시 맞지? 너무 일찍 온 거 아니야?"

약속한 시각까지 아직 30분 정도 남았다.

"괜찮아. 먼저 도착하고 싶어서 그랬으니까."

그 이유를 당장은 이해하지 못하는 스도였지만 쓸데없는 말은 내뱉지 않고 따라왔다.

정신적인 여유를 갖기 위해서거나 또는 뭔가 덫이 있을까 봐 경계해서일까.

상대는 고작 1학년이라고 여기는 스도와 달리 호리키타에게서는 방심 같은 것을 조금도 찾아볼 수 없었다.

과하다 싶을 정도로 경계하고 있는데, 호우센이라는 학생이 상대라면 심하다고 말할 수 없을지도 모르겠다.

직원에게 방 번호가 적힌 종이와 보드를 받아 들고 안으로 들어갔다.

"나나세한테 말을 전해줄래?"

"알았어."

나는 나나세에게 우리가 벌써 도착했다는 메시지를 날렸다.

그리고 딱히 놀란 기색도 없이, 약속한 시각까지는 도착한다는 답장을 받았다.

"우리 마실 것부터 주문해놓자."

"안 기다려도 되겠냐?"

"괜찮아."

각자 음료를 고른 후 이번에는 푸드 메뉴로 시선을 옮겼다.

"먹고 싶으면 주문해도 돼. 뭐 필요하니?"

"그럼 포테이토. 괜찮냐?"

"괜찮아."

호리키타는 방에 설치된 고정 전화로 음료와 음식을 주문했다.

메뉴 주문으로 긴장이 조금 풀어진 스도가 마이크를 들었다.

"으음, 그럼 시간 될 때까지 딱히 할 일도 없는데 한두 곡 불러볼까?"

"아니."

"안 부르냐."

먼저 노래방에 도착한 것 그리고 음식과 음료를 주문한 것.

스도의 입장에서는 평소와 같았겠지. 아마 실제로 큰 차이가 없었을 것이다.

호리키타의 노래를 듣고 싶었던 것일까, 스도는 아쉬운 표정을 지었다.

"스도. 일단 미리 주의해두겠는데, 넌 쓸데없는 말 하지 말고 가만히 있어."

"아, 안다고. 가끔은 아야노코지한테도 주의 좀 줘라."

"재는 쓸데없는 소리는 안 하는걸. 필요한 소리도 안 하는 애지만."

칭찬은커녕 불만을 흘렸다.

스도는 그런 호리키타의 대답이 왠지 마음에 들지 않았는지 입술을 삐죽거렸다.

그렇게 약속한 시각이 되자 나나세가 먼저 모습을 드러냈다.

"선배, 오래 기다리셨나요."

"비켜, 나나세."

뒤에서 말하며 강제로 나나세를 재촉한 사람은 호우센 카즈오미.

"늦지 않게 잘 왔네. 꽤 늦을 줄 알았는데."

간류지마(巖流島)에 늦게 온 미야모토 무사시처럼 상대방을 초조하게 하는 수법을 써도 이상하지 않았다고 호우센에게 말했다.

"난 가기로 정하면 시간을 지키는 성격이거든. 조금 늦은 걸 가지고 트집 잡는 녀석은 마음에 안 들어서. 그것보다도 꽤 일찍 도착한 모양이던데…… 내가 먼저 와서 기다리는 게 그렇게 싫었나? 너무 긴장하지 말라고."

"네 멋대로 해석하지 마. 모처럼 노래방에 왔으니 좀 만끽하고 싶었을 뿐이야."

그렇게 말한 호리키타는 호우센이 시야를 넓히도록 유도했다.

테이블 위에는 마시다 만 음료와 음식들이 놓여 있었다.

마치 직전까지 노래방을 즐기기라도 한 듯한 연출이었다.

"그런 것 같군."

이미 신경전이 시작되었다는 뜻이다.

"뭐, 좋아. 그게 허세인지 아닌지는 얘기해보면 알겠지."

도저히 1학년이라고 보기 힘든 거물임을 보여주듯이 호우센이 소파 깊이 앉았다.

다리를 쩍 벌려 세 사람이 앉을 수 있는 공간을 혼자 독차지했다.

"그래서? 나나세의 설명을 듣기로, 내 반이 협력해줬으면 한다고?"

내 반. 이미 호우센은 D반을 완전히 장악한 모양이었다.

입학한 지 이제 겨우 보름 지났는데, 그 발언에서 나약함이란 조금도 엿볼 수 없었다.

"좀 달라. 네 반과 손을 잡아도 괜찮다, 고 말했지. 거기에는 위도 아래도 없어. 대등한 관계만 존재해."

"그래? 그러니까 너희도 한 학년 위라는 걸 내세우지 않겠다는 거지. 선배처럼 굴지 않겠다는 건 현명한 판단이다."

나나세는 호우센의 말을 가만히 듣기만 할 뿐, 딱히 긍정도 반론도 하지 않았다.

적잖이 가교 구실을 하고 있다는 것과 이 자리로 불러낸 유일한 존재라는 점을 생각하면, 호우센이 나나세를 분명 높이 사고 있는 거겠지.

호우센의 폭력에 의한 협박 따위에 굴하지 않는다고 말하는 담력을 높이 산 걸까, 아니면 그 이외의 다른 부분일까. 어쨌든 나나세를 끌어들여 공략하는 방법도 있다.

"아직 구속력이 약한 1학년 중에는 반 친구가 곤경에 빠지든 말든 아무 생각 없는 층이 어느 정도 있다는 거 잘 알아. 하지만 우릴 보면 잘 알 거야. 앞으로 반 아이들의 힘이 필요해지는 순간이 반드시 온다는 거."

"그래서 서로 협력해서 낙제점을 받지 말자……는 건가."

"네가 너희 반을 소유물로 인식할 만큼 장악한 상태라면 지금에 한해서는 좋은 기회야. 명령 하나에 대세가 따른다는 거잖아?"

호우센은 왼쪽 새끼손가락을 왼쪽 귀에 넣고 돌렸다.

그러고는 빼낸 손가락을 세워 호리키타를 가리키며 후 하고 불었다.

스도의 얼굴이 험악해졌지만, 충고를 잊지 않고 꾹 참았다.

꽉 움켜쥔 상태로 무릎 위에 놓은 주먹이 떨렸다.

단순히 상스러운 호우센의 행위를 호리키타는 피하지 않고 그대로 받아들였다.

"그만할래?"

"애당초, 말이야."

호리키타의 충고 따위는 귀에 닿지도 않는지, 호우센이 혼잣말처럼 이야기를 시작했다.

"네가 2학년 D반의 리더라고 받아들여도 되는 건가?"

대전제인 문제를 이제야 확인했다.

"그렇게 받아들여도 상관없어."

"호리키타 선배의 능력적인 부분에는 의심할 부분이 아무것도 없다고 생각합니다만."

여기서 처음으로 나나세가 호우센에게 입을 열었다.

"그럼 리더한테 내가 충고 하나 해줄까. 계속 『대등』 따위의 단어로 얼버무리는데 난 협력할 생각 전혀 없다고 말이야."

역시 만만한 상대가 아니다.

어떻게든 반 아이들을 지키고 싶은 우리와 달리, 호우센은 딱히 버려도 상관없다고 생각하기 때문에 서로 간에 차이가 생기는 건 피할 수 없다.

받게 될 벌칙이 퇴학과 프라이빗 포인트 3개월 정지라니, 애초에 무게감이 너무 다른 것이다.

"그렇겠지. 넌 그런 사람이지."

"알았으면 아낌없이 다 말해봐. 다 들어줄 테니."

"들어줘? 뭘 기대하는 건데? 내가 협력을 부탁하기 위해 돈이라도 줄줄 알았어?"

불리한 상황인데도 불구하고 호리키타는 눈 하나 깜짝하지 않았고, 조금도 양보하지 않았다.

"줘야지. 안 주면 다른 방법이 없잖아? 나나세, 물."

나나세는 고개를 끄덕인 후 전화를 걸어 직원에게 물을 주문했다.

"다시 말하지만, 이번 제안은 대등한 거야. 어느 쪽이 금품을 건네고, 어떤 대가를 받는 일은 절대 없을 거야."

"그럼 나는 물을 마실 필요도 없이 이대로 돌아갈 건데?"

호우센은 망설임 없이 허벅지를 한 번 때리더니 돌아갈 것을 암시했다.

"잠깐만요, 호우센 군. 저는 호리키타 선배의 이야기에 귀를 기울여야 한다고 생각합니다."

거기에 제동을 건 것은 호우센의 옆에서 이야기를 듣고 있던 나나세였다.

"귀를 기울이라고? 그럴 필요 없어."

"아니요, 있어요. 이대로라면 우리 반은 하나로 뭉칠 수가 없습니다."

호리키타는 움직이지 않고 나나세와 호우센의 대화를 지켜보았다.

"그래서 뭐. 내 말을 따르지 않는 놈은 그냥 내버려 두면 돼. 송사리들 없이도 곤란한 거 하나 없으니."

"그럴 수는 없어요."

"나나세. 너 바보냐?"

호우센은 화가 났다기보다 정말로 어이가 없다는 듯 한숨을 푹 내쉬었다.

"우리가 저 조건을 순순히 받아들여서 얻는 이익이 뭔데?"

"호우센 군이 하고 싶은 말이 뭔지도 잘 압니다. 과연 2학년 호리키타 선배들 쪽이 반 학생들을 지키는 데 더 필사적이고, 실제로 꼭 지켜야만 하는 이유가 있지요. 우리가 손 내밀지 않으면 퇴학당할 위험이 있는 학생도 있을 겁니다. 이 자리에서 강하게 나와도 언젠가는 어차피 양보할 수밖에 없어요. 그걸 기다리는 거죠?"

나나세는 아무것도 모르고 그냥 끼어든 게 아닌 듯했다. 나나세는 계속해서 말을 이었다.

"호우센 군의 전략이 잘못됐다고는 생각하지 않아요. 각 반이 파트너를 찾기 시작하는데, 굳이 움직이지 않고 초반 교섭을 그냥 보류했어요. 그건 신경전에서 더 유리한 위치를 차지하기 위해서였죠."

기한이 줄어들면 줄어들수록 남은 2학년들은 초조해진다.

원래라면 대가를 낼 만한 가치가 없는 학생조차 가치가 생기게 된다.

"알았으면 여기서 호리키타와 손잡아 우리가 얻을 이익을 말해봐라."

"바로 신뢰 관계입니다."

나나세는 호리키타를 보았고, 호리키타도 그에 응하는 형태로 고개를 끄덕였다.

"웃기는 소리 하지 마라. 신뢰 관계? 말만 그럴듯하지, 하나도 도움 안 되는 거잖아, 야."

"정말 그럴까요?"

호우센을 똑바로 보며 신뢰 관계라는 단어로 맞선 나나세.

"이번 특별시험에서는 물론 저희가 양보할 필요가 별로 없을지도 모릅니다. 하지만 앞으로 있을 다른 시험들도 다 똑같다고 할 순 없지 않나요? 만약 호우센 군이 2학년 전원을 적으로 돌리게 됐다면, 아무리 포인트를 마련해도 파트너를 정하지 못하는 불의의 사태에 빠질 가능성이 있어요. 또, 점수로 페널티를 받는 선에서 끝나면 그나마 다행이겠지만, 파트너가 일부러 시험을 대충 치면 어떻게 될까요? 퇴학을 면치 못할 겁니다."

"핫. 나랑 같이 죽을 각오를 하는 녀석이 있을 거라는 거냐?"

"이 학교의 제도 중에 프로텍트 포인트라는 게 있다고 합니다."

여기서 나나세가 처음으로 호우센에게서 호리키타에게로 시선을 옮겼다.

이 이야기는 금요일, 도서실에서 내가 알려준 것이다.

다소 놀라는 호리키타였지만, 바로 사태를 파악하고 고개를 끄덕였다.

"그래. 퇴학을 딱 한 번 무효로 만들 수 있는 특수한 포인트야."

호우센의 모습을 볼 때, 처음 듣는 이야기라는 건 의심할 여지가 없었다.

"이제 막 입학한 네가 모르는 것도 무리는 아니야. 그러니까 잘 기억해둬. 앞으로 비슷한 시험이 또 있을 때 팀이 된 상대가 프로텍트 포인트를 가지고 있으면…… 때에 따라서는 일방적으로 퇴학에 내몰릴 수도 있다는 거."

적을 만들면 만들수록 그런 전개가 기다리고 있다.

호우센이 미우면 미울수록, 퇴학시키려고 강제적 방법도 쓸 것이다.

"그러니까 지금 단계에서 신뢰 관계를 구축할 필요가 있는 것 아닐까요?"

"그렇군. 바보가 나름대로 나를 몰아넣을 준비를 했다는 건가."

"저는 1학년입니다. 당연히 1학년 D반을 최우선으로 생각해요. 그리고 호우센 군이 필요한 존재라고 인정했기에, 당장 눈앞만 보고 실책을 범하는 것을 원하지 않아요."

호우센이라는 학생을 이해하고, 나나세라는 존재에 주목한 호리키타.

훌륭히 협력을 이끌어내 호우센을 향해 화살을 쏘았다.

불리했던 상황의 호전.

이제 남은 것은 이해한 호우센이 받아들이는가 아닌가다.

과연 나중에 불리해질 것을 각오하고도 어떠한 대가를 바랄까.

"지혜를 짜 모았을 텐데 미안하지만── 대등하게 손을

잡을 생각은 없어."

예스라는 대답을 토해내도록 토대를 만들었던 나나세와 호리키타.

하지만 호우센은 고민하는 척도 하지 않고 결국 고개를 끄덕여주지 않았다.

"어이, 호우센. 정말로 우리 2학년을 적으로 돌릴 각오를 하는——"

스도가 그렇게 달려들려 했으나 호리키타가 팔을 잡아 말렸다.

"저 애는 아직 교섭 테이블에서 내려가지 않았어."

"맞아. 지레짐작하지 마라."

강경한 태도는 그대로지만, 의자 깊숙이 몸을 맡긴 호우센은 아직 돌아가려고 하지 않았다.

"그럼 어쩔 셈인데? 우리는 대등해야 한다는 의견을 바꿀 생각이 없어."

"그건 보고 충분히 이해했다. 배짱만은 인정해주지."

호리키타의 노력을 높이 산다는 듯 호우센이 손뼉을 다섯 번 쳤다.

"하지만 나는 대등한 관계라는 생각이 도저히 들지 않는군."

"그럼 대등하다는 걸 증명하면 손을 잡겠다는 뜻이니?"

"뭐, 그럴 수도 있고?"

“하지만 이상해. 같은 조건을 제시했는데도 대등하다는 느낌을 받지 못하는 이유가 뭘까?”

“신뢰 관계를 만들어주겠다 같은 소릴 지껄였는데, 그건 피차 마찬가지 아닌가? 그 말에 우리가 고맙습니다 하면서 양보할 일이 아니야. 앞으로 1학년 D반이 비슷한 상황에 빠질 가능성을 미리 알려준 건 눈물 나게 고맙지만, 그건 네가 멋대로 하는 예측이지 확실한 미래가 아니야.”

하긴 호우센의 말도 일리가 있다.

호리키타의 제안은 대등한 조건으로 서로를 뒷받침해주는 것이 기본이지만, 어쨌든 지금은 2학년 D반이 도움을 바라는 상황이다. 그것을 받아들이면 대신 언젠가 1학년 D반에 위기가 찾아왔을 때 도와주겠다는 것.

말하자면 보험이었고, 그걸 쓰지 않을 상황도 얼마든지 있을 수 있었다.

“그래. 그렇게까지 말한다면 참고로 삼을 테니 네 요구를 말해볼래?”

“프라이빗 포인트 100만을 담보로 나한테 줘. 만약 우리가 위기에 봉착해서 2학년 D반을 의지해야 할 일이 생긴다면 그때 기꺼이 전액을 돌려주지.”

다른 반에서 오가는 금액에 비하면 일단 싼 편이다.

하지만 보험을 쓰지 않을 경우, 그 백만을 그대로 꿀꺽하겠다는 이야기.

호우센의 주머니로 포인트 전액이 들어간다는 것을 의

미한다.

"네 말대로 신뢰 관계가 앞으로 중요해진다면 별로 대수로운 일도 아니잖아?"

하지만 반드시 도움을 구할 타이밍이 있다면 이 100만은 확실히 돌아온다고 할 수도 있다.

"필요하면 서면으로라도 남겨줄까?"

종이로 증거를 남기면 학교 측에 효력을 발휘할 수 있을 테지만, 문제는 호우센이 부탁해온다는 것이 전제라는 점이다.

자신이 퇴학 위기에 빠지면 부탁할 수도 있겠지만, 다른 아이들을 위해 100만을 돌려주면서까지 도움을 청할지 의심스러운 부분이다.

요컨대 이건 개개인에게 포인트를 주고 계약을 맺는 것보다도 위험하다.

호우센이 아주 훌륭한 교섭에 들어갔군. 단순히 싸움만 잘하는 게 아니다.

류엔처럼 술책도 부릴 수 있는 강적이다.

"과연 네 말도 절대 이치에 안 맞는 건 아니야. 하지만 그 조건은 받아들일 수 없어."

"그래, 그거 유감이군. 해결의 실마리를 제시해줬건만, 이렇게 되면 교섭은 난항이지."

"그러게."

타협으로 호우센에게 달콤한 꿀을 빨게 해주면서까지

협력 관계를 맺을 생각은 없는 듯했다. 하지만 그렇게 되면 랜덤으로 파트너가 정해진다. 자금을 투입해서라도 학력이 낮은 학생을 다른 반으로 빼 리스크를 피해야만 한다.

"핫."

한 번 짧게 웃은 호우센은 소파 깊이 앉아 있다가 처음으로 몸을 앞으로 쑥 내밀었다.

그리고 커다란 팔을 뻗어 호리키타의 멱살을 잡았다.

그 행동에 제일 먼저 움직인 사람은 옆에서 지켜보던 스도였다.

스도가 굵은 팔을 움켜쥐며 호우센을 무섭게 노려보았다.

"야…… 여자한테 손대는 거 아니다."

"오호. 여기서 바보가 나올 차례인가?"

"진정해, 스도."

"하지만……!"

"괜찮아. 아직 교섭은 끝나지 않았어."

결렬된 것처럼 보였지만, 과연 호우센의 입에서 아직 '교섭 결렬'이라는 말은 한마디도 나오지 않았다.

"자신감 가득한 눈빛이네. 내가 여자는 못 때릴 것 같아? 아니면 여자 주제에 나를 이길 수 있다고 생각하는 건가?"

"요즘 같은 시대에 어울리지 않는 발언이네. 이 세상 여자들을 적으로 돌리는 발언은 삼가는 게 어때?"

"그럼 좋은 방법을 알려줄게. 싸워서 나를 쓰러트리면

아무 조건 없이 협력 관계를 맺어줄 수도 있는데?"

여기서 갑자기 농지거리를 하는 호우센.

"그럼 내가 받아주마, 그 싸움. 불만 없겠지?"

"스도든, 거기서 혼자 멍청하게 보고 있는 아야노코지든 ——또는 호리키타 너라도 난 환영이다."

뭣하면 셋이 동시에 덤비라고, 호우센이 말했다.

"됐어, 호리키타. 내가 이기면 계약 성립이다…… 정말, 기분 나빠 미치겠다고."

멱살을 끝까지 놓지 않는 호우센을 보며 참는 데 한계를 느끼기 시작한 스도.

"싸움으로 협력 관계를 정하다니, 너무 바보 같아. 만약 그게 유일한 교섭 재료라고 해도 받아들일 수 없어."

"어째서? 호우센이 좋다고 했으니까 문제없잖아."

호리키타는 스도의 말에 귀 기울이지 않고 담담히 자기 생각을 밝혔다.

"난 네가 좀 더 현명한 인간인 줄 알았어. 처음에 2학년 구역을 찾아왔을 때 했던 말속에, D반끼리 손을 잡고 싶다는 의사가 들어 있다고 느꼈거든. 반 단위의 협력 관계가 가능할 수 있다면 정말 근사한 일이라면서 나도 동조해왔지."

"그러고 보니 그런 말도 했는지 모르겠군."

"하지만—— 그건 나만의 착각이었어. 넌 아무 생각도 없었는데."

눈을 감은 호리키타가 숨을 토하듯 말을 계속 이었다.

"교섭 결렬이야."

호우센이 아니라 호리키타가 먼저 발을 빼는 형태로 교섭 종료를 선언했다.

그 순간, 시종일관 즐거워 보이던 호우센의 얼굴에 처음으로 화가 실리는 것을 알 수 있었다.

그가 멱살을 놓자, 스도도 화를 참고 다시 자리에 앉으려고 했다.

그 순간——

사방에 물이 튀었다.

호우센이 커다란 손에 쥔 컵으로 호리키타의 얼굴에 물을 뿌렸기 때문이다.

이건 호리키타도 예상하지 못했으리라.

하지만 호리키타가 무슨 목소리를 내기도 전에, 스도가 테이블을 넘어 호우센에게 달려들었다.

"이 자식이이이이이!"

아슬아슬한 한계까지 겨우 참고 있던 스도도 호리키타가 물세례를 받자 이성을 잃었다.

사람을 한없이 바보로 여기는 호우센의 태도.

좋아하는 여자가 모욕당하는 모습을 보고 화내는 스도를 누가 탓할까.

"그만해!"

스도의 포효를 차단하듯 소리친 사람은 다른 누구도 아닌 호리키타였다.

1초만 늦었어도 스도의 주먹이 호우센의 뺨을 쳤을 타이밍.

“스도…… 경솔하게 저 애의 전략에 말리지 마.”

“하지만!”

젖은 머리카락을 닦으려 하지도 않고 호리키타가 호우센을 응시했다.

“교섭 결렬이 불만이면 잘 행동했어야지.”

반을 위해서는 어떻게든 호우센과 협력 관계를 맺었어야 했다.

하지만 이 이상 얽히면 그걸 감안해도 마이너스라고 판단한 걸까.

호리키타는 한 번도 시선에서 벗어나지 않았던 호우센을 그만 단념한다는 듯이 시선을 돌렸다.

“돌아가자.”

“그, 그래도 괜찮냐.”

스도가 열받은 얼굴로 호리키타에게 되물었다.

“괜찮겠습니까, 호우센 군.”

나나세도 거의 동시에 호우센에게 같은 것을 확인했다.

“뭐가?”

“저는 호리키타 선배와 손을 잡아야 한다고 생각했습니다만.”

“핫, 상대가 먼저 교섭 테이블에서 내려왔어. 우리가 양보할 게 아니라고.”

호우센은 호리키타의 교섭 포기에 별말 없이 그만 해산으로 받아들였다.

나는 곁눈질로 호리키타를 살폈다. 여기서 교섭이 결렬되면 타격이 클 텐데.

하지만 내가 본 호리키타의 옆얼굴은 아직 실의에 빠지지 않았다.

여전히 교섭 중이라는 듯, 그런 표정을 짓고 있었다.

2

계산을 마친 호리키타와 함께 노래방을 빠져나온 세 사람. 거기서 끝일 줄 알았는데 호우센과 나나세가 따라왔다. 스도는 이따금 뒤돌아보면서 위협하듯 노려보았지만, 도중까지는 어차피 가는 길이 같아서 뭐라고 말하지는 않았다.

그런 상황을 이해했는지, 호우센은 어딘가 이상하다는 듯 말을 걸었다.

“기다려.”

“그럴 필요 없잖아. 이제 이야기는 다 끝났어.”

호리키타가 냉정한 대응을 돌려주었지만, 호우센은 물

러설 기미를 보이지 않았다.

아무래도 호리키타의 모 아니면 도 식 도박이 좋은 방향으로 움직이는 모양이었다.

"네 말이 맞아, 호리키타. 난 그날, 2학년 D반을 만나려고 간 거야. 이 학교에서 D반은 최하층 반이라는 걸 바로 알았거든. 다른 반에 무시당할 바에야 같은 D반끼리 손을 잡는 게 제일 빠르지."

호리키타가 읽은 대로 호우센은 2학년 D반에 신호를 보냈었다.

그것이 호리키타의 생각과 같이 대등한 협력 관계를 맺기 위함인지 아닌지는 또 별개의 문제지만.

"그래서?"

"'그래서?'가 아니지. 정말로 교섭이 결렬되어도 좋냐? 너와 나는 비슷한, 같은 생각을 한 리더라니까?"

"네가 우리에게 허무맹랑한 요구를 계속하는 한, 달라지는 건 없어."

"그럼 이대로 랜덤으로 파트너를 맺고 페널티를 받을 각오로 특별시험을 치를 셈인가?"

"그래. 필요하다면 페널티를 받는 것도 각오할 생각이야."

뼈아픈 사태가 되겠지만, 절대 극복하지 못할 시련인 것도 아니다.

이미 반 내의 학력 E나 D에 근접한 학생의 안전 확보는 쿠시다 등 덕분에 잘되어가고 있다.

"알았다. 그럼 이건 어때?"

교섭을 재개한 기억이 없건만, 호우센이 일방적으로 이야기를 시작했다.

"내가 반 애들한테 명령해서 파트너가 되게 해줄게. 대신 포인트를 넘겨. 200만."

양보하기는커녕 액수를 더 올려 강경한 교섭 재개를 요구했다.

"200만? 정체를 드러냈네."

"뭐라고 하든 자유야. 하지만 너희가 퇴학을 확실하게 면하려면 이것밖에 방법이 없어. 이미 다른 반 녀석들 대부분은 파트너를 정했어. 포인트를 아껴서는 아무것도 얻을 수 없다고. 아니면 나한테 눌리고 싶냐?"

"누른다고? 어떻게 누를 생각인데? 너희는 시험을 대충 치를 수 없다는 규칙에 보호받아서 퇴학 위험이 없는 것뿐이야. 그걸 깰 용기는 없을 거 아니야? 그럼 우리는 어떻게 파트너를 맺든 확실하게 501점을 받을 수 있도록 대비하면 그만이야."

1학년과 2학년을 나누는 분기점.

멈춰 선 호리키타가 돌아보며 물었다.

"그런 돌아가는 방법 말고, 이걸로 누르겠다는 거다."

호우센은 주먹을 꽉 쥐며 기분 나쁘게 웃었다.

"폭력으로 지배…… 어딜 가나 그런 생각을 하는 사람이 있지."

"마음에 안 들어도 이게 내 방식이다."

"그래? 그럼 우린 평생 서로를 이해할 수 없을지도 모르겠네."

갈림길에서 멈춰 섰던 호리키타가 다시 걷기 시작했다.

마지막까지 꺾이지 않는 호리키타.

아니, 그렇다기보다도 호우센에게만은 꺾일 수 없는 거겠지.

여기서 꺾여버리면 대등한 관계는 절대 형성할 수 없다.

"기다려."

"또 뭐니?"

"알았다. 아까 했던 이야기 고려해볼게."

최후의 순간에 가서야, 나올 줄 몰랐던 말이 호우센의 입에서 튀어나왔다.

"무슨 속셈인데?"

"아슬아슬한 순간까지 자기한테 유리하게 교섭하는 거야 당연한 일 아닌가?"

어디까지나 양보를 끌어내기 위한 전략이었다는 것이다.

"그럼 완전히 대등한 협력 관계를 받아들이겠다는 뜻이지?"

"그걸 깔고 연장전이다. 여기는 남들 눈에 띌 가능성이 높으니 장소를 바꿨으면 하는데."

일요일 밤 10시가 가까워지고 있었다. 학생 대부분은 기숙사로 돌아갔을 테지만, 그래도 누군가가 온다면 이야기가 밖으로 샐 수도 있다.

"그렇지만 기숙사로 데려갈 수는 없는데."

통금을 생각하면 오늘 더 의논하기에 적절한 장소는 없다.

하지만 서로 시간이 부족한 지금, 뒤로 미루고 싶지 않은 문제이기도 했다.

"어디든 좋아. 기숙사 뒤편이든 어디든, 시간만 있으면 이야기를 마무리 지을 수 있어."

그런 자신감을 내비치는 호우센에게, 당연히 호리키타가 응하지 않을 리는 없겠지.

냉정하게 굴면서도 호우센이 쫓아오기를 바랐을 테니.

"……좋아. 너한테 10분 줄게."

"이쪽으로."

호우센은 우리를 작년에 3학년들이 썼던 기숙사, 즉 올해 1학년들이 쓰는 기숙사 쪽으로 유도했다.

그리고 기숙사 정면에서 돌아 들어가, 뒤쪽으로 장소를 옮겼다.

한층 어둡고 조용한 이 장소는 쓰레기를 버릴 때 말고는 사람들이 다니지 않았고, 다른 용도로 쓸 일도 없었기 때문에 일단 이 시간에 누굴 마주칠 가능성은 없을 터였다.

"그럼 다시 시작해볼까. 우리가 제시한 조건은 그대로일 건데 그걸로 괜찮니?"

"음……."

호우센은 고민하는 척 팔짱을 꼈다.

그러더니 금세 팔을 풀고 오른손 검지, 중지, 약지를 세웠다.

"300만. 나한테 주면 지금 당장이라도 바보들을 구제해줄게."

이 제안에는 나를 포함해 이 자리의 모두가 입을 다물 수밖에 없었다.

"너 지금 무슨 소리 하니?"

어이가 없다는 건 이럴 때 쓰는 말일까. 호리키타도 무심코 한숨을 푹 내쉬었다.

결렬된 교섭을 다시 하자고 해놓고선 포인트를 더 높게 불렀다.

이제는 상식적이지 않다는 생각마저 들었다.

"못 알아먹냐? 300만에 파트너를 해주겠다잖아."

"야, 장난치지 말라고. 우리는 1포인트도 못 준다고 아까부터 말하고 있는데!"

"장난치는 거 아닌데. 그러니까 이렇게 다시 교섭의 장을 마련한 거 아닌가?"

마치 이 교섭의 자리를 자신이 다 연출했다는 식으로 말했다.

"들어주려고 한 내 판단 미스였구나……."

한 가닥 희망이었던 호우센의 정상적인 판단. 그것은 이루어지지 않았다.

"기다려. 돌아갈 수 있을 것 같냐?"

주먹으로 벽을 가볍게 치며 위압적인 태도를 보이는 호우센.

"남들 눈에 띄지 않는 여기라면 네 장기인 폭력이 통할 줄 알았어?"

"적어도 너희를 반쯤 죽여 놓는 것 정도는 가능하겠지?"

"그럼 좋을 대로 해."

호리키타는 고개를 절레절레 흔들며 이 자리를 벗어나려고 했다.

설마 진짜로, 물리적인 수단을 취할 거라는 생각은 없었을 테니까.

하지만――

옆에 서 있던 나나세가 살짝 고개를 돌려 외면했다.

앞으로 무슨 일이 일어날지 예견하기라도 했다는 듯이.

호우센이 몸을 움직였다.

"스즈네!"

스도가 소리치며 허둥지둥 달려가 호리키타의 팔을 잡아끌었다.

그 직전까지 호리키타가 서 있던 자리를 호우센의 발차기가 휙 지나갔다.

그리고 그 거구가 단숨에 호리키타와의 거리를 좁혔다.

"윽. 무슨――!"

호리키타는 호우센이 진심으로 덤벼든다는 것을 알아차렸지만 몸이 따라가지 않았다.

그녀를 지키듯 스도가 끼어들어 호우센의 주먹을 받아냈다.

"으윽!"

"하핫! 어디까지 상대할 수 있는지 한번 보여줘 봐라!"

"바라던 바야! 스즈네를 건드는 놈은 가만 안 둬!"

즐겁다는 듯 웃으며 호우센이 스도를 공격하기 시작했다.

그리고 이제는 한계를 넘어선 스도 역시 맞대응했다.

"무슨, 무슨 생각을 하는 거야……!"

진짜로 시작되어버린 싸움에 호리키타가 동요했다.

아무리 이곳이 감시망에서 벗어나 있다지만, 발각되면 문제가 된다.

설령 퇴학이 아니라도, 정학 처분은 받을 수 있다.

"호리키타 선배, 아무래도 이전의 학교와는 사정이 좀 달라진 게 아닐까요?"

상식적으로 이해하기 어려운 이 상황을 냉정한 눈으로 지켜보던 나나세가 입을 열었다.

"선배들이 작년까지 잘 숙지하셨듯이, 저희 1학년은 지금의 상황을 선배들보다 잘 이해하고 있어요."

"그게 무슨 말이지……?"

"저희 1학년 대표 몇 명은 학생회실에 불려가 나구모 학생회장으로부터 직접 설명을 들었습니다. 올해부터 이 학교는 더욱 실력주의가 될 것이기 때문에 자유로운 형태를 만들 거라고."

"싸움이 그 자유로운 형태라고 지금 말하는 거야?"
"그런 말은 아니에요. 하지만 호우센 군이 확인하기로는 다소의 싸움은 학생에게 늘 따라다니는 것, 작년처럼 엄격하게 심판하지는 않을 거라고 나구모 회장이 약속했습니다."
호리키타의 오빠인 마나부와 달리 나구모는 싸움에 관대한 사고방식을 가지고 있다는 것.
학생들끼리의 갈등을 중재해주는 학생회가 싸움을 어느 정도 용인한다면, 이전만큼 문제 행동으로 다루리라 보기는 어렵다.
호리키타와 나나세가 대화를 나누는 사이에, 호우센과 스도의 사이에 우열이 드러나기 시작했다.
"하아앗!"
호우센은 스도의 타고난 신체 능력도 아무런 문제가 아니라는 듯, 스도를 웃도는 힘으로 벽에 밀어붙였다.
그리고 두 손으로 멱살을 잡아 올리자 스도의 두 다리가 땅에서 점점 떨어졌다.
"이, 이 자식이!"
밀리면서 스도도 필사적으로 저항했지만, 방어하기에만 급급할 뿐이었다.
호우센은 스도를 든 채 벽에 꾹꾹 밀며 압박을 가했다.
"윽! 이, 새끼가!"
스도도 호우센의 두 팔을 움켜쥐고, 어려운 자세로 무릎을 꽂아댔다. 살짝 흔들리는 호우센의 몸.

두 팔의 압력과 몸이 들려 피할 길이 없는 스도의 몸에 호우센의 발차기가 날아들었다. 웬만한 일에는 기죽는 법이 없는 스도도 그 위력에 밀려 뒤쪽 벽에 꽂히고 말았다.

싸우기 전에는 팽팽할 줄 알았는데, 막상 뚜껑을 열고 보니 상당한 실력 차이가 있었다.

적을 만들기 쉬운 스도는 그동안 많은 싸움을 해왔을 것이다.

농구로 단련된 신체 능력과 체격 때문에 지금까지는 적수가 거의 없었겠지.

하지만 호우센은 차원이 달랐다. 아마 스도와는 비교되지 않을 만큼 많이 싸워봤고, 험난한 아수라장을 빠져나왔을 것이다. 경험의 차이가 역력했다. 그리고 한 살 차이가 조금도 느껴지지 않는 거구와 강한 완력. 게다가 재빠른 몸놀림은 그야말로 천재적인 능력.

천하의 류엔마저 호우센과 싸우는 걸 말렸던 건 이런 이유 때문이었다.

'육탄전을 해서 이길 수 있는 상대가 아니다'라는 것.

그래도 스도는 쉽게 쓰러지지 않았다. 2학년 중에서 강하기로 둘째가라면 서러울 스도는 이 정도로는 무너지지 않는다. 하지만 그건 호우센에게 계속해서 일방적으로 공격당한다는 이야기이기도 했다.

호우센은 멈추지 않고 스도에게 좌우 연타를 쏟아부었다.

스도는 돌파의 실마리를 쥐고 싶어도 강렬한 주먹을 받

아내느라 정신이 없었다.

조금이라도 반격의 기회를 잡으려고 시도했다간 순식간에 가드가 뚫리고 얻어맞게 될 것이다.

"이런 짓을 해봐야 아무한테도 도움 안 돼!"

호리키타가 소리쳤지만 전해지지 않았다. 이제 호우센을 말로 말리기는 불가능한 상황이었다.

하지만 스도에게는 분명히 전해졌다. 한순간이지만 그가 호리키타를 쳐다보았다.

자신이 어떻게든 지켜야만 하는 존재의 목소리에, 자신을 강하게 북돋웠다.

"하아아아아!"

결사의 각오로 호우센에게 태클을 걸고, 벽에서 힘으로 밀며 상대를 쓰러트리려고 시도했다.

"하. 나랑 힘겨루기가 하고 싶은 건가?"

정면에서 거구가 돌진하자 호우센이 웃으며 스도의 몸을 잡아 들어 올렸다.

"우, 우오옷?!"

호우센은 휙 반회전해 스스로 벽 쪽으로 가더니 스도를 놓은 왼손으로 도발했다.

"벽 쪽이 불리하겠지? 딱 좋은 핸디캡이군, 자 덤벼 봐."

"까불지 말라고!"

완전히 발동 걸린 스도가 포효했다.

스도는 곧장 자기 차례라는 듯 달려들었으나…….

"어이, 스도, 호리키타의 얼굴을 좀 보라고. 널 귀신이라도 보듯이 노려보고 있는데?"

그렇게 말하며 주먹을 멈춘 호우센이 스도 뒤에 있는 호리키타를 손가락으로 가리켰다.

한창 싸우던 중에 나온 호우센의 무방비한 행위. 무심코 화를 참지 못하고 호우센과 육탄전을 벌이고 만 자신을 돌이키며 마음이 초조해진 스도는 그만 눈앞의 강적인 호우센에게서 시선을 떼고 뒤돌아보고야 말았다.

물론 호리키타가 스도의 싸움을 환영할 리는 없다.

하지만 귀신 보듯이 하지는 않았다. 어떻게 해야 좋을지 걱정과 고민을 하며 바라보고 있었을 뿐.

그만두라고 외치는 것밖에 할 수 있는 일이 없었을 뿐.

순간 보인 스도의 방심.

그러나 깨달았을 땐 이미 늦었다.

흉악하게 웃는 호우센의 얼굴을 스도는 보지도 못하고 뺨에 강력한 한 방을 맞았다.

완전히 불시에 날아온 강타.

스도가 맷집이 강하다지만 호우센의 일격은 지금껏 경험해보지 못했을 충격일 터였다.

만약 목까지 단련되지 않은 평범한 학생이었다면 아픈 것으로 그치지 않았을지도 모른다.

그 커다란 몸이 뒤로 날아가, 낙법조차 치지 못하고 그대로 땅 위에 미끄러졌다.

"윽——?!"

차마 소리가 되지 못한 신음과 함께 아파서 괴로워하는 스도.

더러운 수법 따위 쓰지 않고도 시종일관 리드해왔던 호우센이 스도를 일부러 간단한 덫에 걸리게 했다.

육체뿐 아니라 정신적으로도 타격을 주기 위해. 의식은 잃지 않은 듯했지만, 스도는 통증에 괴로워하며 몸을 뒹굴었다.

이런 상황 속에서 나는 호우센 카즈오미가 어떤 인간인지 다시금 생각했다.

호우센이 무슨 생각으로 오늘 교섭에 임했는지를. 호리키타의 말대로 호우센은 처음 만났을 때 2학년 D반에 볼 일이 있다고 했었다. 그리고 그건 조금 전 자신이 직접 인정했듯 D반끼리 손을 잡는 것의 유용성을 생각했기 때문이었다. 도중까지만 해도 일관성 있게 자신들이 우위에 있다는 사실을 교섭의 재료로 썼었는데, 그건 딱히 나쁜 행동이 아니었다.

하지만 호리키타의 강경한 자세를 본 단계에서 그게 어려운 일이라는 걸 알았을 터.

강경한 교섭을 이어나가면 호리키타는 손잡는 것을 단념할 거란 걸 이해했다. 하지만 그래도 호우센은 양보하지 않고 강제로 방향을 틀어 더욱 강경한 시비조로 나왔다.

여자의 얼굴에 물을 뿌리고, 지금도 스도에게 진짜 싸움을 걸고 있다.

정학이나 퇴학의 위험을 생각해볼 수 있는 가운데, 왜 이렇게까지 강하게 나올 수 있는 걸까.

그런 생각을 계속하고 있었다.

정말로 폭력에 의한 지배로 흐름을 바꿀 수 있다고 생각하는 것일까?

아니, 이 남자가 그 정도로 멍청한 사고방식을 갖고 있다는 생각은 들지 않는다.

그럼 뭘 원하는 걸까. 이 싸움의 끝에 호우센은 도대체 뭘 얻을 수 있지?

"자 이렇게 해서 의지하던 보디가드는 사라졌다. 다음은 누가 내 상대지?"

나와 호리키타를 번갈아 보면서 호우센이 다가왔다.

호우센은 스도를 상대하고도 호흡이 조금도 거칠어지지 않았다.

"우리가⋯⋯ 네 폭력에 굴할 것 같니?"

"여기서 철저히 짓밟아, 질질 짜면서 각서 한두 장 쓰게 하는 거지. 그걸 거부하면 끝까지 집요하게, 죽을 때까지 쫓아다녀줄게."

아무리 싸움에 관대하다지만, 도가 지나치면 문제가 된다. 이런 형태로 뭘 쓰게 만든다고 한들 효력이 있을 리가 없다. 이 상황을 모면하기 위해 일부러 따르는 척할 수도 있지만, 그건 아마 불가능하리라. 호리키타는 호우센의 방식에 굴하지 않을 테니까.

"……좋아. 내가, 너를 막을 거야."

각오한 호리키타가 싸울 자세를 취했다.

"이거 재밌군. 하겠다면 나야 대환영이지."

호우센은 호리키타에게 무도 경험이 있다는 사실을 조금도 모른다.

하지만 그런 기습공격 비슷한 기책이 통할 상대는 아니리라.

아직 그 사실을 이해하지 못하는 호리키타.

그리고 조금도 신경 쓰지 않는 호우센이 커다란 팔을 뻗었다.

호리키타는 그 팔을 재빨리 피하며 일격필살을 날리려고 호우센의 턱을 노렸다.

순발력을 발휘한 선수 승부.

"호오?"

하지만 그 화려한 주먹은 어이없을 정도로 쉽게 호우센의 팔에 잡혀버리고 말았다.

"뭐야, 꽤 몸놀림이 좋잖아. 하지만――."

커다란 팔을 휘두른 호우센의 손바닥이 호리키타의 뺨을 때렸다.

호리키타도 당연히 방어 또는 피하려고 시도했을 테지만, 압도적인 속도 앞에 손쓸 도리 없이 맞고 말았다. 마치 주먹에 맞은 것처럼 호리키타의 몸이 날아갔다. 호리키타는 땅을 구르면서 낙법을 취했다.

"스, 스즈네!"

이를 악물고 몸을 일으키던 스도가 소리쳤다.

하지만 아직 다리가 움직이지 않는지 똑바로 일어서지 못했다.

"여어, 호리키타. 나랑 계약 맺자니까."

호우센은 쓰러진 채 고통을 참으며 올려다보는 호리키타에게 다가가며 그렇게 위협했다.

"500만. 그거면 전부 해결된다니까?"

이제 액수는 천정부지. 낼 수 없는 액수까지 치솟았다.

"노, 농담하지 마…… 아야노코지, 아무나, 선생님 좀 불러줘……."

이 자리를 수습하려면 이제 어른의 개입을 기대하는 수밖에 없었다.

혹은 많은 사람을 모아온다면 호우센도 더는 주먹을 쓸 수 없을 것이다.

"적수가 안 된다는 걸 알았으면…… 뭐, 그렇게 나오겠지. 하지만 괜찮겠냐? 내가 일방적이었다고 해도 너희가 주먹을 썼다는 사실은 어떻게 되는데? 같이 사이좋게 정학이라도 먹을까?"

정당성을 호소해본들 우리 쪽에도 불똥이 튀는 것은 피할 수 없다.

하지만 더 이상의 참극이 벌어질 바에야 제삼자가 개입

하는 게 나은 것 또한 사실.

"이 새끼가!!"

"걸리적거려!"

일어나 다시 덤벼든 스도에게 호우센이 가차 없는 발차기를 꽂은 후 나를 조준했다.

"네놈은 언제까지 구경만 할 거지?"

"도, 도망쳐…… 아야노코지……."

"도망? 그건 관두는 게 좋아. 여기서 네가 도망치면 호리키타와 스도는 지금보다 몇 배로 더 다치게 될 테니."

나는 이런 상황에서도 생각했다.

오늘 호우센이 하고 싶었던 건 뭐였을까.

통할 리도 없는 요구를 정말 폭력으로 관철할 생각이었나?

아니, 그건 너무나 비현실적이다.

"호리키타. 마지막 기회를 주마."

"……마지막?"

"지금, 여기서 내게 복종하고 포인트를 마련한다면——아야노코지는 안 죽일게."

그렇게 말한 호우센이 주머니에 손을 넣더니 뭔가를 꺼냈다. 어두워서 그게 뭔지 보이지 않았지만, 가려진 끝을 거두자 은색으로 빛나는 물체가 모습을 드러냈다.

"너, 너 무슨 짓을……!"

"보면 알잖아. 칼이야, 칼, 틀림없는 진짜 칼."

파티 굿즈로 쓰는, 칼날이 들어갔다 나왔다 하는 장난감과는 광택부터가 명백히 달랐다.

“네가 나와의 계약을 거부한다면 이걸로 아야노코지를 찌를 거다.”

“농담하지 마!”

“농담하는 거 아니야, 포인트를 얻기 위해서라면 난 이 정도쯤 할 수 있다고.”

칼을 오른손에 쥔 호우센이 나를 향해 천천히 몸을 돌렸다.

“그나저나 결국 끝까지 알 수 없었군. 너의 『대단함』 말이야.”

내 눈을 보며 호우센은 어딘가 어이없다는 식으로 그렇게 말했다.

“굳이 이런 식으로 위험을 무릅쓰면서까지 일을 크게 벌일 필요가 없었던 것 같군.”

마치 지금까지 무모하게 군 일련의 흐름은 뭔가를 경계 또는 기대해서 그런 거라는 듯한 발언.

한 걸음, 한 걸음 나와 가까워졌다.

그 걸음을 멈추게 한 것은 호우센과 같은 반인 나나세였다.

“이제 그만하세요, 역시 당신의 방식은…… 전 인정할 수 없습니다.”

호우센과 내 사이에 끼어들어 팔을 벌리고 막는 나나세.

“비켜, 나나세. 네놈은 아무도 도망치지 못하게 감시하

는 역할인데, 정작 감시자가 주제넘게 나서다니.”

“저는 1학년 D반을 위한 길이라고 생각해 끝까지 호우센 군을 도울 생각이었습니다. 어떤 지독한 전략이라도 납득해왔습니다. 하지만 그건 제 잘못이었던 것 같네요.”

나나세는 호우센을 막으면서도 시선만은 호리키타에게로 향했다.

“애초부터 호우센 군과 손잡는 것은 불가능했습니다. 호리키타 선배는 호우센 군이 2학년 반에 모습을 드러냈을 때 2학년 D반을 의식하는 말을 듣고 이번에 협력 관계를 맺으려고 생각하셨죠. 하지만…… 그건 처음부터 이렇게 하기 위한 수단일 뿐이었습니다. 설령 500만이라는 엄청난 포인트를 낸다고 해도, 같은 운명을 맞이했을 겁니다.”

그런 충격적인 진실을 듣고 호리키타는 더 크게 동요했다.

아무리 교섭의 문을 두드려도 호우센은 열지 않는다. 그리고 그건 호리키타의 잘못이 아니다. 이 전개를 예상할 수 있는 사람은 우리 쪽에 아무도 없었으니까.

도저히 이해할 수 없는 이 흐름 속에는 필시 정보의 불평등이 있다. 호우센과 나나세는 알고 있고 우리는 모르는 정보가 있다. 그런 상태로는 처음부터 제대로 된 교섭이 성립할 리가 없다.

“주절주절 시끄럽네. 애당초 나한테 일임하겠다고 한 건 네놈 아니었나? 아야노코지를 해치우면 우리 반은 많은 자금을 얻을 수 있어. 그럼 얼마나 유리해지는지는 불 보듯 뻔하지."

"그렇지요. 하지만 저는 아직 아야노코지 선배가 굳이 노려야 할 정도의 학생이라는 판단이 들지 않습니다."

"그런 건 나랑 아무 상관 없다고. 방해하지 말고 꺼져."

호우센은 거구를 움직여 호리키타에게 했듯이 나나세에게도 손바닥을 날렸다.

나는 그 광경을 눈앞에서 바라보면서 혼자, 이 자리에서 하나의 답에 도달했다. 이렇게 해서 모든 의문이 해결되었다.

"자, 간다, 아야노코지."

호우센이 오른손에 들고 있는 건 의심할 여지 없는 흉기. 이 자리에서 보고 있던 모두가 저 칼날이 내게로 향하리라 생각했다.

웃으면서 칼을 들어 올리는 호우센.

나는 생각이 정리되는 것을 느끼면서 몸을 앞으로 구부렸다.

"아야노코지——!"

누가 보아도 도망쳐야 할 상황에도 나는 앞으로 달려 나갔다.

아마 다들 내가 이성을 잃었다고 생각하겠지.

칼을 든 상대에 맞서다니, 제정신이 아니다.

심지어 칼을 쥔 건 비실비실하기는커녕 강인한 상대.

하지만 호우센만은 웃음이 더욱 짙어졌다. 바보가 달려

드는구나, 하고 생각했겠지.

그러나 내가 취한 행동은 찔리는 것을 막기 위함이 아니다.

점점 다가오는 나를 느끼며, 호우센은 칼을 쥔 팔을 더욱 가속했다.

칼이 노리는 목적은, 그 칼날이 노리는 곳은── 내 몸이 아니었다.

호우센 카즈오미. 자기 자신의 몸이었다.

빠른 속도로 움직이는 칼을, 나는 왼손을 써서 목적지에 도달하기 전에 멈춰 세웠다.

호우센의 팔을 잡기만 해서는 멈출 수 없었기에 손바닥을 써서 억지로.

"──?!"

이 행동을 호우센은 분명 예상치 못했을 것이다. 아니 아예 예측조차 할 수 없었겠지.

자신을 칼로 찌르는 상황을 예상할 수 있는 사람이 있을 리도 없다.

휘두르던 팔은 멈췄고, 호우센의 미소는 순식간에 사라졌다.

"이 자식…… 아야노코지이!"

당연히 당황했다. 일부러 찔리려고 앞으로 나온 나를 모두 이상하게 여겼으리라.

스스로 찔리러 가는, 얼핏 보면 자포자기 같은 행동.

손바닥을 관통한 칼 사이로 피가 뿜어져 나왔다.

"그 칼, 정확하게는 페티나이프. 그거 내가 산 거야."

"무슨 소리냐……?"

"넌 내가 가진 칼을 사용해서 네 다리를 찌를 계획이었겠지. 그리고 칼에 찔렸다고 난리를 부리기만 하면 물증과 함께 난 퇴학 처리가 된다. 그런 수법이었지?"

칼을 쥔 모양새만 보아도 그게 상대를 찌르기 위한 게 아니라는 것은 명백했다. 칼날이 위로 향하게 잡은 것은 찔렸다는 사실을 보이기 위해. 그리고 칼을 자기 다리에 강하게 찔러 넣으려면 손잡이를 반대로 쥐는 편이 자연스럽다.

"하── 그걸 알았다고 해도 스스로 찔리러 오다니, 너 돌았냐?"

마른 웃음을 짓는 호우센에게서 일말의 동요가 엿보였다.

"널 완전히 멈추려면 이 방법이 최고였으니까. 그리고 피차 마찬가지잖아. 너도 크게 다칠 걸 각오하고 한 짓이니."

그게 유효한 전략이라는 걸 알아도 대부분은 차마 흉내 낼 수 없는 위험한 자해 행위. 그렇기에 찌르고 나면 찔렸다고 주장할 수 있는 것이다.

"너희 1학년 중에서도 극히 몇 명에게만 주어진, 뭔가 특별한 시험 같은 게 있나 보군. 그리고 그 내용은 나나세와

의 대화를 보니 『나를 퇴학시키는 것』이고. 이곳까지 어떻게든 불러내서 억지로 싸움으로 발전시키고 다친 호리키타와 스도의 모습에 화가 난 내가, 혹시 몰라 숨겨온 칼을 써서 호우센을 찔러 퇴학당한다—— 그게 이 형편없는 사건의 각본이다."

아무리 싸움에 관대하다고 해도 칼까지 등장한다면 정학으로 끝나지 않는다.

퇴학은 물론이고 형사 사건으로까지 발전할 위험이 있겠지.

"보통이 아니라는 소린 들었지만, 조금도 티를 내지 않아서 솔직히 얕보고 있었어. 설마 스스로 찔리러 올 줄이야…… 이 칼이 네 거란 걸 어떻게 알았지?"

"나도 나름대로 조사한 게 있거든. 어제까지 그 페티나이프 구매자는 나뿐이었어. 그런데 똑같은 나이프를 가지고 있으니, 싫어도 알 수밖에 없지."

칼을 잽싸게 피해 호우센의 팔을 쥐는 거야 간단히 할 수 있다. 하지만 그래서는 근본적인 해결이 되지 않는다. 결국은 거리를 벌리고 다시 칼로 자기 다리를 찌르려고 시도하겠지. 확실히 막으려면 호우센의 전략 자체를 확실히 봉쇄하는 수밖에 없다.

호우센이 칼을 놓으려고 했지만, 나는 손에 힘을 주어 주먹을 꽉 눌렀다.

"……뭐야 너…… 정체가 뭐냐고……."

내 힘을 알게 되자 호우센은 지금까지 보여 왔던 여유를 완전히 잃은 듯했다.

"자, 어떻게 할래. 이 칼의 주인이 나라도 찌른 건 너다. 게다가 미리 사려고 했다는 것까지 조사를 끝냈어. 변명거리를 찾지 못하면 퇴학이다, 호우센."

손잡이에는 내 지문과 함께 호우센의 지문도 묻어 있다. 손바닥을 찌른 이 상황에서는 쉽게 발뺌하기 불가능하다. 자기가 세운 전략을 그대로 되돌려주었다.

"그것까지 간파하고 한 행동이라는 건가……!"

호우센은 나를 무섭게 노려본 후 칼을 쥔 손을 놓고 억지로 거리를 벌렸다.

내 손바닥에는 칼이 그대로 꽂혀 있었다.

이렇게 해서 형세가 완전히 뒤집혔다.

그러는 사이에 호리키타와 스도도 천천히 몸을 일으켜 체력을 회복하기 시작했다.

"괘, 괜찮아? ……아야노코지."

"아야노코지……."

"걱정 안 해도 돼."

두 친구가 내 상황을 걱정하는 것도 무리는 아니지만, 그건 나중 일이다.

여기서 호우센을 완벽하게 제압해야 한다.

"네놈, 어디까지 알고 있는 거냐……. 설마 나나세, 네가 말했냐?"

"저는 아무 말도 하지 않았습니다."

"제일 처음 위화감을 느꼈던 건 아마사와와 케야키 몰에 쇼핑하러 갔을 때야."

"아마사와? 그 애가 이번 일과 관련 있다는 거니……?"

"그래. 호우센이 칼을 사려는 걸 누가 말을 걸어서 사지 못하는 모습을 직원이 목격했어. 이 어마어마한 작전을 생각한 사람은 너지만 더 완벽하게 만든 사람은 아마사와야. 당사자가 직접 칼을 사서 찌를 경우, 당연히 조사하면 다 나오게 되어 있지. 하지만 내가 직접 칼을 사게 만들면 상황이 크게 달라질 수 있으니까."

굳이 비싼 페티나이프를 고른 건 유일하게 '칼집'이 있었기 때문이다.

아마사와나 호우센의 시선에서 보면 이 페티나이프가 가장 나은 선택이었으리라.

물론 칼날을 감쌀 방법은 그것 말고도 많겠지만, 휴대하는 것까지 고려하면 칼집이 있는 것을 사두는 게 편하고 확실하고 빠르다. 그날 아마사와가 분명 처음 왔을 가게에서 거침없이 이 칼을 발견해 골랐을 때 느낀 약간의 위화감. 그것이 첫 단서. 금요일에 아마사와가 헤어 고무밴드를 잃어버렸다면서 방에 찾아왔었는데, 사실은 칼을 찾기 위해 접근한 것일 뿐. 의도적으로 놔두고 갔거나 단순한 거짓말로 생각하는 게 자연스럽다. 또 칼 회수가 너무 빠르면 가져갔다는 것을 내가 눈치챌 가능성도 있었기 때문에 아슬아슬한 시기까지 조정. 그런 다음 지문을 묻히지 않고 방에서 페티나이프를 가지고 나와 호우센에게 제공했다.

만약 칼 회수에 실패했다면 아마 이 계획도 연기되었으리라.

"칫, 잘 알지도 못하는 여자를 시킨 게 실패 요인이었나."

"아니, 오히려 아마사와 덕분에 이 전략이 형태라도 갖춘 거다. 너만 움직였으면 진작 망했겠지."

"어쨌든 지금 상황은 네놈이 우위에 섰다는 거겠지, 아야노코지 선배."

배어 나온 피가 호우센의 옷에도 묻었다. 이제 변명의 여지가 없다.

이제 강제로 칼을 빼앗아 자기 다리를 찌른다고 해봐야 혼자 이길 수는 없다.

물론 전력을 다해 막을 거기도 하지만.

그건 대치 중인 호우센도 이미 강하게 느끼고 있겠지.

중요한 건 지금부터다.

"이 일은 나와 호리키타 그리고 스도만 알고 덮을 수도 있어."

"무슨 꿍꿍이야. 나를 퇴학시킬 귀중한 기회를 버릴 셈인가?"

"그 대신이라고 말하긴 그렇지만, 두 가지 조건이 있다."

"두 가지라고?"

하나는 말할 것도 없다. 본인도 알고 있으리라.

"호리키타와 D반끼리 대등한 협력 관계를 맺는 것."

"거절하면 퇴학이니 따를 수밖에 없겠지. 또 하나는 뭔데?"

"이번 특별시험에서 네가 내 파트너가 되어줬으면 한다."

호우센을 처음 봤을 때부터, 만약 내가 파트너를 마음대로 고를 수 있는 상황이라면 이 남자를 택하지 않을까 생각하고 있었다. 거기에는 여러 가지 이유가 있는데, 가장 큰 건 그는 문제 행동을 일으켜 튀는 것도 불사한다는 점에 있었다. 내가 만약 츠키시로라면 학교에서 튀는 짓은 웬만하면 하지 말라고 지시할 것 같으니까. 호리키타와 교섭이 제대로 되지 않으면 개별적으로 호우센과 접촉해 조건을 제시하는 것도 시야에 넣고 있었던 만큼, 이 일련의 흐름은 내게 유리하게 작용해주었다.

"……제정신이냐?"

"입학하고 아직 이 학교에서 하지 못한 게 많이 있겠지. 지금 퇴학당하면 아무것도 못 즐긴 채 끝난다. 중학교 시절이 어땠는지는 모르겠지만, 류엔과 경쟁했다는 이야기는 단순한 소문으로 그치겠지. 네가 별 볼 일 없는 놈이었다는 걸로. 적어도 1년 동안 내가 봐온 류엔은 지금의 너랑은 비교도 안 되는 강한 남자였어."

"이 새끼가……!"

호우센 카즈오미라는 남자에게는 당연하지만 확고한 자존심이 있다.

그건 자신이 강자라는 자부심.

육체적으로는 더 강할지 모르겠지만 한 인간으로서는 류엔이 위라는 말을 듣는다면 화날 것이다.

그리고 무엇보다 오늘 나에게 진 것을 용납할 수 없으리라.

더구나 호우센의 학력 B+. 시험을 대충 쳐서 0점을 받는다면 고의로 판단돼 퇴학을 면할 수 없다. 같이 망하는 길을 택해 나에게 보복하는 일은 당연히 없겠지. 물론 한 없이 결백에 가깝지만, 호우센 카즈오미가 백퍼센트 화이트 룸 출신이 아니라고 단정 지을 수는 없다. 그 부분만은 아무리 파도 불식시킬 수 없을 것이다. 하지만 이제는 상황이 달라졌다. 만에 하나 호우센이 시험을 대충 친다고 하더라도 나에게는 '칼에 찔렸다'는 사실이 남아 있다.

뒤에서 명백하게 이상한 사건이 있었다고 한다면 츠키시로도 바로 퇴학으로 내몰지 못할 것이다.

어떤 경위가 있었고, 왜 호우센이 0점을 받았는지 심의에 들어갈 터.

결국 츠키시로가 어떤 수작을 부리든 만반의 태세로 퇴학을 면할 수 있다.

"좋아, 좋아, 아야노코지 선배. 이렇게 가슴 뛰게 만드는 상대는 처음이다. 완력으로 굴복시키는 것만이 즐거움이 아니라는 건 잘 알고 있어. 내가 죽여줄 테니 기대하고 있어라."

살짝 보였던 동요도 지금은 옛날이야기. 이미 호우센은

생각을 전환해 다음 싸움을 보고 있었다.

"저는 여기 남겠습니다. 아야노코지 선배에게 설명해 드려야 할 것도 있어서."

"뭐? 무슨 꿍꿍이야, 나나세."

"그렇게 하는 게 1학년 D반을 위한 길이라고 판단했기 때문입니다. 이제 우리에 대한 아야노코지 선배와 호리키타 선배의 경계심이 강해졌습니다. 그럼 차라리 모든 반에 주의를 기울이는 편이 낫다고 생각하지 않나요?"

자세한 건 잘 모르겠지만, 호우센은 그런 나나세의 제안을 받아들였다.

"좋을 대로 해."

이 자리에서 제일 먼저 떠나야 할 남자인 호우센은 기숙사로 돌아갔다.

3

남겨진 우리와 1학년 나나세.

험한 이야기 한두 개쯤 나올 법도 한 상황이지만, 그 전에 해야 할 게 있다.

바로 내 왼손에 꽂힌 칼을 보고 냉정을 잃은 호리키타를 진정시키는 일.

"어, 어떻게 해야 해……? 그, 칼은, 뽀, 뽑는 게 나아?"

아무리 호리카타가 평소에 쿨하다고 해도 이런 상황을 본 적은 한 번도 없으리라.

"아니, 일단 꼴은 좀 웃기지만 이대로 두는 게 나을 거야."

괜히 뺐다간 대량 출혈의 가능성도 있다.

"그보다도 둘 다 다친 데는 괜찮아?"

"너 다친 거에 비하면 난 안 다친 거나 마찬가지지……."

"맞아…… 나도 괜찮아."

스도도 옆까지 걸어와 왼손의 참상을 보고 인상을 찡그렸다.

"너, 그 상태로 어떻게 그리 냉정하게 있을 수 있냐?"

"글쎄, 모르겠는데."

평소대로 구는 것일 뿐 특별한 이유는 없다.

"그보다도…… 싸움, 잘하던데……."

"그냥 억지로 칼을 막은 것뿐이지."

"……그렇게는 안 보였지만."

조금 전까지 나와 호우센의 대결을 지켜본 스도의 솔직한 감상.

온갖 수라장을 빠져나온 경험이 있는 만큼, 호리키타까지 포함해서 대충 얼버무리기는 어려우려나.

나는 오른손으로 휴대폰을 꺼내 차바시라에게 전화를 걸었다.

"도움이 좀 필요합니다. 지금 1학년 기숙사 뒤편에 있는데 빨리 좀 와주실 수 있나요. 물론 아무도 모르게요. 그리고 수건 한 장도 가지고 와주세요."

갑작스러운 말에 당황한 차바시라였지만, 긴급성을 알아차리고 바로 오겠다고 약속해주었다. 그전까지는 여기서 움직이지 않는 편이 좋겠지.

괜히 이동했다가 이 손을 다른 학생들이 보면 일이 성가셔진다.

그나저나…… 나나세는 이 상황을 보고도 조금도 동요하지 않는 눈치였다.

손을 관통한 칼, 사방에 낭자한 피를 보고도 태연하게 굴고 있다.

시각적으로 강렬한 자극을 전혀 느끼지 못한다.

"나나세한테서 뭔가 얘기를 들을 수 있을까?"

"말하지 않으면 저희 1학년 D반에 불리한 상황이 될 것 같네요."

"이번 전개를, 넌 미리 알고 있었다…… 맞지?"

"네. 호우센 군이 자기 다리를 찔러서 아야노코지 선배를 퇴학시키는 게 목적이었습니다."

주눅 들지도 않고, 늘 그렇듯 정중한 어조로 그렇게 설명했다.

"우리한테 우호적으로 굴었던 것도 전부 이걸 위한 연기였다는 거니?"

"아니요, 그건 아닙니다. 호리키타 선배와 손을 잡고 서로의 반을 뒷받침해주고 싶다고 생각한 건 진심이에요. 단지…… 아야노코지 선배를 노리는 전략이 더 우선이었을 뿐입니다."

호우센도 나나세도 2학년 D반에 집착했던 건 내가 있었기 때문.

"왜 그런 짓을? 난 아야노코지와 달리 이번 일을 용서할 마음이 없어. 상황에 따라서는 지금 당장이라도 학교에 알릴 생각도 있고."

이유가 짐작 가지 않는 호리키타가 나나세를 추궁했다.

"방식에 문제가 있었다고는 생각하지만, 아야노코지 선배를 퇴학시키려고 한 건 학교의 뜻을 반한 행동은 아닙니다. 아직 1학년 중에 극소수밖에 모르지만, 아야노코지 선배를 퇴학시키면 대량의 포인트를 얻을 수 있거든요."

여기서 마침내 내가 호우센의 표적이 되었던 이유가 명확하게 드러났다.

"2학년 D반 아야노코지 키요타카. 이 인물을 퇴학시킨 학생에게는 2,000만 프라이빗 포인트가 지급된다. 그런 특별시험이 저희에게 주어졌기 때문입니다."

"무슨 소리인지 전혀 이해가 안 돼. 그런 부당하고 어리석은 특별시험을, 도대체 누가 정한 거야?"

그 질문에 나나세는 입을 다물었다.

"……우선 알려드려야 할 것은 다 알려드렸습니다. 이렇게 해서 아야노코지 선배도 저희 이외의 1학년 모든 반에 강한 경계심을 품으셨지 않을까요."

깊게는 말하지 않고 어디까지나 최소한의 필요한 얘기만 해준 나나세. 호우센과 나나세는 말할 것도 없고 아마 사와도 이 사실을 알고 있다. 그렇게 생각하면 남은 1학년 B반과 C반 학생 일부도 알고 있을 터다.

"그런 대답으로 납득할 리 없잖아? 실제로 아야노코지는 큰 부상을——"

나를 위해 나나세를 몰아붙이던 호리키타를 제지했다.

"괜찮아. 상황을 알려준 것만으로도 충분히 나나세는 협력해주었어, 고맙게 생각한다."

"저는 1학년 D반을 위해서 비도덕적인 선택인 걸 알면서도 호우센 군에게 협력했습니다. 실제로 2,000만 포인트가 다른 반의 손에 들어간다면 상당한 격차가 생기니까요."

A반으로 가는 티켓이라고 생각하면 고작 한 장에 불과하다.

하지만 이번 특별시험을 생각하면 자금력은 많으면 많을수록 유리하다.

"하지만 호우센 군을 도운 이유는 그게 전부가 아닙니다."

조용하고 차분한 어조로 말하는 나나세였지만, 나를 보는 그 눈빛에는 날카로운 뭔가가 포함되어 있었다.

"저는…… 아야노코지 선배가 이 학교에 어울리지 않는 사람이라고 생각했기 때문입니다."

여기서 비로소 나나세는 증오와 같은 감정을 내게 내비쳤다.

하지만 그 이유는 알 수 없었다.

잠시 뒤 나나세는 고개를 꾸벅 숙여 인사한 후 이 자리를 떠났다.

○깊어지는 수수께끼

다음 날인 월요일, 나나세와 호리키타의 협상으로 그날 중에 대등한 협력 관계를 맺는 데 성공. 화요일에는 총 157조가 탄생하면서 모두 필기시험에 집중할 수 있게 되었다. 코엔지는 협력하는 자세는 보여주지 않았지만, 나나세가 직접 나서서 파트너가 되어 달라고 부탁하자 의외로 흔쾌히 수락. 이 점에는 호리키타를 포함해 나도 놀라지 않을 수 없었다. 왼손이 크게 다친 보람이 있었다고 해도 좋으리라. 내 왼손에 감긴 붕대를 보고 놀라는 학생이 많았지만, 차바시라와 마시마 선생님이 잘 수습해서 비밀에 부칠 수 있었고, 그 덕분에 사실을 아는 사람이 늘어나는 일 없이 무사히 특별시험을 맞이했다. 지난 2주간, 1학년과 접촉할 기회는 많았지만 결국 화이트 룸 출신은 알아내지 못했다. 특별시험이 끝나도 액션이 없었던 것을 생각하면 정말로 존재하는지마저 의심스러울 정도였다. 내게 가까이 접근한 인물들은 모두 주의해야 한다고 말할 수 있다. 중학교 시절이 확실한 호우센은 제외해도 될 거라고 보통은 생각하겠지. 하지만 류엔도 아키토도 호우센을 직접 본 게 아니다. 즉 진짜 호우센과 접촉해서 모든 과거를 알아낸 가짜일 가능성도 있었다. 나나세는 언뜻 독이 없는 것처럼도 보이지만, 나와의 거리를 좁힌 방식이라든지 노래방 이후의 태도, 처음부터 계산된 접촉이었다는 것 등 역시 간과할 수 없는 요소가 있다. 또 아마사와는 호우센과 손을 잡고 나를 퇴학시키려 했던 요주의 인물이지만, 이것도 전부 2,000만 프라이빗 포인트를 위해서 그랬다고 생각하면 납득이 가는 범위다. 어느 누구 할 것 없이, 화이트 룸 출신과 연결 지을 만한 요소는 하나도 없었다.

적어도 빈틈을 보이면 당하는 그런 상황이 당분간 지속될 것 같다.

그리고…… 오늘, 5월 1일. 이번 특별시험의 결과 발표날이 찾아왔다.

시험 결과는 일과의 끝인 마지막 6교시 때 발표되었다.

"지금부터 특별시험 결과를 발표하겠다. 칠판에도 표시되겠지만, 자세히 살펴볼 수 있도록 각자의 태블릿에도 일제히 표시될 거야."

굳이 칠판을 뚫어지게 보지 않아도 각자 원하는 부분을 확대해 볼 수 있다는 뜻이다.

호리키타의 시선이 내게 향했다. 이번 특별시험, 높은 점수를 받는다는 의미에서는 역대 최고의 난도였다는 점을 의심할 여지가 없다. 동점으로 무승부라는 결말은 일단 없겠지.

필기시험 당일, 호리키타가 대결 과목으로 지정한 것은 '수학'.

화면이 전환되고 태블릿에 시험 결과가 나타났다.

학생들 대부분은 다른 숫자에는 눈길도 주지 않고, 우선 자기 점수를 확인했다.

한편 나는 내 점수보다는 반의 상황을 파악했다.

퇴학생은…… 아무래도 무사히 피한 것 같군.

재배열해도 제일 낮은 총점은 579점. 모두 무사히 통과하는 데 성공한 듯하다. 학생들이 열심히 한 것도 물론 있지만, 학교 측이 4월 초 특별시험부터 엄청난 난도를 내밀 리는 없었다는 것도 있다. 실제 시험 문제도 이케와 사토 등도 별 어려움 없이 250점 이상은 받을 수 있는 것들이었다. 즉 처음에 보여주었던, 학력에 따른 예측 점수표는 의도적으로 낮게 잡은 것일 뿐.

주위로부터도 안도의 한숨이라든지 기쁨의 환호성이 점점 들려오기 시작했다. 자, 일단 호리키타의 점수도 확인해볼까. 나는 수학 항목을 눌러 점수가 높은 학생부터 순서대로 표시되게 했다.

과연 대결하기로 지정한 과목답군. 호리키타는 87점. 그 다음이 케세이로 84점인 걸 보면 얼마나 공부했는지는 생각할 것까지도 없었다. 그 후 대체로 학력 A에 가까운 학생들이 줄을 이었는데, 어느 과목이든 공통적으로 80점이 큰 벽이었다. 100점 중 나머지 10점 정도는 완전히 1학년 내용의 범위에서 벗어났고 심지어 상당히 어려웠으니까.

환희로 가득 찬 반 분위기가 서서히 웅성거림으로 바뀌어가는 게 느껴졌다.

이유는 알아볼 필요도 없었다. 내게 시선을 보내는 차바시라와 그 사실을 깨달은 학생들의 시선. 수학 시험에서 호리키타의 87점 위에 내 이름이 새겨져 있으면 당연히 그렇겠지.

"마, 만점이라니…… 이거, 진짜야?"

어느 과목도 90점 이상 받은 학생은 반에 존재하지 않았다.

단 한 과목, 내 수학 점수만 빼고.

참고로 그 밖의 과목은 대체로 70점 전후를 받았다.

한 과목만 튀는 결과에 많은 학생은 이해가 따라가지 않았으리라.

이번 필기시험은 예상보다도 몇 단계나 어려운 내용이긴 했다. 나는 만점을 받을 위험이 컸지만, 그걸 알고서도 일부러 힘을 빼지 않았다. 반 아이들과 학교 전체의 주목을 받는 것도 이젠 피할 수 없겠지만, 앞으로 츠키시로가 할 행동을 생각하면 조금 보여준다고 해도 별 지장은 없었다.

오히려 내가 먼저 선수 치는 것이 나중을 고려했을 때 문제를 적게 만들고 끝낼 수 있다.

평소 같으면 이케와 함께 시끄럽게 굴었을 스도가 깜짝 놀라면서도 조용히 나를 응시했다.

지금까지의 내 행동 그리고 지난번에 호우센과 얽혔던 일.

그런 것들을 생각하면 다른 학생들보다야 덜 놀랄지도 모르겠다.

어쨌든 이 4월에 상황이 크게 달라지기 시작했다. 나에게 이상한 시선을 보내는 학생들이 이것저것 물어올 것을 각오해야만 하겠지.

1

수업 중에 내게 말 거는 학생은 없었지만, 방과 후가 되니 달라졌다.

차바시라가 하루의 끝을 알림과 동시에 다가온 것은 호리키타가 아니라 아야노코지 그룹의 케세이였다.

"키요타카, 잠깐만."

D반의 1등이라고 해도 과언이 아닌 성적을 자랑하는 케세이는 이 시험에서 100점을 받는 게 얼마나 어려운지 잘 알고 있을 터였다. 그의 얼굴에는 많은 의문이 실려 있었다.

"미안한데 나중에 얘기하면 안 될까, 유키무라? 내 용무를 먼저 처리하고 싶어."

마치 그를 밀어내듯 호리키타가 끼어들었다.

"그래. 미안하다, 케세이. 이야기는 나중에 하자."

"어, 어어."

그 밖에 하루카와 아이리뿐 아니라 많은 학생의 주목을 받는 가운데 나는 호리키타와 함께 교실을 빠져나왔다.

잠시 아무 말 없이 앞장서서 걷던 호리키타는 주위에 사람이 없는 것을 확인하고 나를 쳐다보았다.

"변명은 안 할게. 난 내가 할 수 있는 일을 최대한으로 했고, 그래서 만족할 만한 점수를 받았어."

"재도전은 안 하는 건가?"

"마지막 문제는 무슨 말인지조차 이해할 수 없었어. 그런 거, 지금의 나는 절대 풀 수 없겠지? 언제쯤 되면 풀 수 있을지조차 모르겠으니까."

"측도론과 르베그 적분은…… 아마 대학교에 가서 다루게 되지 않을까?"

그런 사정에 대해서는 자세히 모르기에 정확하게 대답해 줄 수 없다.

어렸을 때부터 배운 거라고는 하지만 어느 것 하나도 참고가 되지 않으니.

"……알았어, 물어본 내가 바보지."

뭔가를 단념하듯이, 호리키타가 일부러 들으라는 듯 크게 한숨을 내쉬더니 도끼눈으로 나를 쳐다보았다.

"분하지만 인정할게. 널 인정하지 않을 수 없는 일이 두 번이나 연속으로 일어나고 말았어. 더 덤벼봐야 내가 바보 같다는 생각밖에 안 들 것 같아."

충분히 고군분투한 호리키타지만 지금 칭찬해도 역효과만 날 것 같군.

"그러니 네가 전에 말했던 조건으로——"

"여기 있었나, 아야노코지."

호리키타가 아마도 학생회에 대한 이야기를 꺼내려고 했을 때 훼방꾼이 등장했다.

담임 차바시라가 나를 찾으러 다녔던 모양이다.

"저한테 무슨 용건이죠?"

"아주 싸늘하게 나오는군. 지난번에는 내가 도와주지 않았다면 힘들었을 텐데?"

"그렇죠. 그 점은 감사합니다."

"오늘은 이만 돌아갈게. 다음에 다시 얘기하자."

아무래도 차바시라 앞에서 말할 수는 없다고 생각했는지 호리키타가 일단 이야기를 마치려고 했다.

차바시라는 그런 호리키타를 눈으로 배웅한 후 나를 다시 쳐다보았다.

"내가 방해한 것 같지만 급한 일이라. 츠키시로 이사장 대행이 널 불러. 따라와라."

"그렇군요."

그렇다면 대화를 끊어서라도 말을 전해야 하겠지.

조금 앞서서 걷던 차바시라는 뒤돌아보지 않고 내게 말했다.

"일단 말해두는데, 마시마 선생 말에 따르면 이번 특별시험 때 츠키시로 이사장 대행에게서 딱히 특이한 동향은 보이지 않았다고 하는구나."

"그렇겠죠. 움직인 건 시험 전, 시험을 준비할 때였으니까."

특별시험 중에는 그저 결과를 기다리기만 할 뿐.

"앞으로 강경 수단으로 나올 가능성은?"

"무슨 뜻입니까?"

"칼에 찔린 건 보통 일이 아니니까. 네 아버지가 움직이고 있는 것 아닐까?"

"이것과 그건 아무 상관 없는 일입니다."

이번 일은 차바시라에게 구체적으로 알리지 않았다. 물론 예의 2,000만 프라이빗 포인트 건에 대해서도 말이다. 아마 차바시라도 금시초문이겠지.

"그렇다면 다행이지만, 너를 구속해 억지로 학교에서 데리고 나가려고 할지도 모른다고 생각했어."

"그럼 남의 도움이 필요해질 테니. 그건 걱정할 필요 없을 겁니다."

작은 토끼를 데리고 나가는 것이라면 모를까, 덩치 큰 인간은 그렇게 할 수도 없다.

"그럼 다행이군. 우리는 네 도움이 필요하니까. 이번에 네가 수학에서 만점을 받아서, 나 역시도 네가 보통이 아닌 존재라는 걸 확신했거든."

나로서는 잃은 게 더 많은 만점이었지만, 이런 식의 부산물도 조금이나마 얻을 수 있었다.

잠시 후 나는 응접실 앞에 도착했다.

그리고 차바시라를 남겨두고 혼자 응접실로 들어갔다.

"일부러 여기까지 와줘서 고맙군요, 아야노코지 군."

"담임 선생님을 쓰면서까지 무슨 생각이죠? 수상하게

생각하던데."

내 쪽으로 차바시라를 끌어들였다는 사실은 입도 뻥긋하지 않았다.

그냥 이사장 대행에게 갑자기 불려간 이상한 상황을 연출해두었다.

"이사장 대행인 제가 교실까지 직접 데리러 갈 수도 없으니."

자, 앉아요, 하고 재촉했지만 나는 따르지 않고 그대로 서 있었다.

그걸 확인한 츠키시로가 이야기를 시작했다.

"슬슬 4월도 끝나가는데 투입된 학생이 누구인지는 짐작이 좀 갑니까? 그걸 확인하지 않으면 안 된다고 생각해서요."

4월 안에 화이트 룸 출신을 찾아내면 손 떼겠다고 말했던 그 건을 말하나?

"아쉽게도 누가 화이트 룸 출신인지는 알아내지 못했습니다."

"아주 시원시원한 대답이군요. 적당히 아무나 의심스러운 학생의 이름 정도는 불러도 되는 것 아닌지?"

"확신이 없으면 말하지 않습니다. 적어도 지금 상황에서는."

"그렇군요. 그 아이가 잘 숨어들었다는 뜻이네요."

감탄스럽다는 듯 츠키시로가 고개를 끄덕이더니 만족스

러운 표정을 지었다.

"화이트 룸 출신 특유의 기색이 일절 느껴지지 않았습니다. 아주 깔끔하게 냄새를 지웠더군요."

"지난 몇 개월, 커리큘럼에 따라 평범한 고등학생이 될 수 있도록 노력했다고 하니."

미리 대비했다는 건가. 뭐 그렇게 하지 않았다고 하면 말이 안 되지만.

"그나저나 자네는 입학 초기에 꽤 애를 먹은 모양이던데. 말투, 태도, 생각하는 방식, 생활하는 방식. 그 모든 것이 부자연스러웠지."

마치 옆에서 보기라도 한 듯 말하며 츠키시로가 이상하다는 듯 웃었다.

그건 단순히 놀리는 것처럼 보였지만, 모든 것을 장악했다고 어필하는 행동이었다.

"일반적인 고등학생에 대해서는 공상 속 이미지밖에 없었거든요."

"어쨌든 아야노코지 군은 아직 간파하지 못한 거군요. 그걸 확인했으니 이제 됐습니다. 그만 돌아가도 좋아요."

이야기를 마치려는 듯 나가라고 하는 츠키시로. 왼손을 감은 붕대에 대해서도 전혀 물어볼 낌새가 없었다. 나는 그대로 태도를 바꾸지 않고 츠키시로에게 말을 계속 이어나갔다.

"츠키시로 이사장 대행, 혹시 뭔가 계산 착오라도 일어난 겁니까?"

"그게 무슨 소리죠?"

"이미 5월이 되었습니다. 당신은 4월 안에 결착을 짓고 싶었던 게 아닌지요?"

"아니, 아니, 서두를 필요는 없어서 말이죠. 주어진 유예 기간은 생각보다 길답니다."

"그래요? 저는 또 『예상 밖』의 문제라도 일어난 줄 알았네요."

"흥미로운 이야기를 하는군요. 근거라도 있습니까?"

"적어도 이번 특별시험에서 그쪽은 저를 퇴학시킬 준비에 만전을 기울인 것처럼 느꼈습니다. 남은 건 화이트 룸 출신이 저에게 접근해 파트너가 되면 끝. 그런데 그런 조짐을 보이는 학생이 1학년 중에는 없었습니다."

물론 파트너를 희망해왔던 츠바키 등이 있지만, 그 정도 접촉은 숫자에 포함시킬 수 없다.

"1학년 중에 화이트 룸 출신이 없는 것 아닌가, 하는 생각마저 들 정도입니다."

"그럴 줄은 몰랐다고?"

"아무리 생각해도 이해가 안 가네요."

"중반까지 파트너를 정하지 못했다는 건 OAA를 통해 알았습니다. 하지만 자네는 특별한 인간. 쉽사리 화이트 룸 출신을 보내버리면 들통 나서 위험해질 거라고 판단했을 뿐이죠. 다음 타이밍을 노리는 게 더 현명하다고 생각해서."

"느긋하군요."

"그럴지도 모르죠."

"츠키시로 이사장 대행의 의도와는 반대로, 화이트 룸 인간이 지시에 따르지 않았다. 그렇게 생각하면 이번 일련의 흐름은 다 이해가 되는데."

"전혀. 자네는 참 흥미로운 발상을 하네요."

재미있다는 듯 츠키시로가 눈을 가늘게 뜬 채, 준비해놓은 차를 한 모금 마셨다.

그리고 잠시 침묵한 뒤, 컵을 입에서 뗐다.

"좋아요. 제 발언에 신빙성을 구해도 곤란하지만, 인정하죠. 이번에 저는 자네의 퇴학을 확실히 하기 위한 계획을 짰습니다. 하지만 그 아이는 그걸 무시했어요."

처음에는 부정했던 츠키시로가 바로 방침을 전환해 사실을 인정했다.

"아이니까요. 단순한 반항기여서 그런 거라면 귀엽게 봐주겠지만, 그게 아니라면 다소 웃지 못할 일이 될지도 모르겠군요."

명령을 내리고 투입한 학생이 츠키시로의 지시에 따르지 않았다.

과연 그게 사실이라면 과연 웃을 수 없는 사태겠지.

"조심하세요, 아야노코지 군. 이번에 화이트 룸 출신의 투입을 결정한 건 제가 아닙니다. 그리고 제 지시에 따르지 않고 독단적으로 행동하기 시작한 걸 보건대, 아무래도 윗

선에서 심상치 않은 걸 생각하고 있을 위험이 있습니다."

"내친 것 아닌가요? 당신 능력이 따라주지 않아서."

"그럴지도 모르죠. 하지만 제가 받은 지시가 자네의 퇴학이라는 사실은 변함없어요. 설령 제가 장기 말로 쓰였다고 하더라도 저는 끝까지 그 지시에 따라 움직일 뿐이고, 실패해서 버려진 거라면 그건 그거대로. 다음 장소에 배정되는 걸로 끝."

하나인 줄 알았던 츠키시로와 화이트 룸 출신. 하지만 그런 심플한 관계가 아닐 가능성이 이 시점에 생겨났다. 하지만 이 이야기가 사실이라면 노리는 게 뭘까.

서로 연대해야 나를 퇴학시킬 확률을 더 확실하게 올릴 수 있는데.

아니면 이것조차 나를 현혹시키기 위한 페이크인가.

화이트 룸 출신의 폭주인가…… 뒤에서 그 남자가 실로 조종하고 있나.

확률로 따지자면 거의 반반이라고 할 수 있다.

츠키시로는 어디까지나 사람을 속일 수 있는 자이므로 그렇게 의식해두는 것이 중요하다.

적어도 이 남자는 초조해하지도, 동요하지도 않는다.

"마지막으로 하나…… 만약 그 애가 자네 아버지의 의향조차 무시한다면 상황에 따라서는 퇴학을 고르는 쪽이 차라리 다행일 수도 있어요. 자네가 화이트 룸의 최고 걸작이라는 사실이 흔들림 없으면 없을수록, 그 질투와 증오는 헤아릴 수 없을 테니까 말이죠. 자네가 어떻게 되어야 그 아이가 납득해줄지, 상상만 해도 소름이 돋는군요."

그런 츠키시로의 농담 같기도 한 진심 어린 충고를 뒤로 하고 나는 응접실을 빠져나왔다.

특별시험 종합 순위
1위: 2학년 A반 평균 725점
2위: 2학년 C반 평균 673점
3위: 2학년 D반 평균 640점
4위: 2학년 B반 평균 621점

5월 1일 시점 반 포인트
사카야나기가 이끄는 2학년 A반: 1,169포인트
류엔이 이끄는 2학년 B반: 565포인트
이치노세가 이끄는 2학년 C반: 539포인트
호리키타가 이끄는 2학년 D반: 283포인트

작가 후기

2020년, 올해도 너를 무사히 만났네. 나 ……키누코야. 기억, 하니?

……네! 그리하여 키누코……가 아니라 키누가사 쇼고입니다.

여러분, 새해 복 많이 받으세요. 무사히 2학년 편 1권이 발매되었네요! 1학년 편을 읽어주신 분도, 이번에 처음 읽으시는 분도 부디 올 한해 잘 부탁드립니다. 그리고 2학년 1권 발매에 맞추어 실지주 아트북 제2탄도 발매되니 그것도 잘 부탁드려요. 다음 달부터는 2학년 진급 기념 이벤트도 있을 예정이니 세계 각국에서 이벤트 회장을 찾아와주시길 기다리고 있겠습니다, 라는 선전도 가끔은 끼우는 걸로!

자, 기념비적인 새로운 시리즈에 돌입한 만큼 지금까지보다 더 많은 일이 있었습니다. 갓 1학년이 되어 미숙했던 아야노코지와 그 친구들도 학년이 올라가면서 여기저기서 성장의 조짐이 보이기 시작하지 않았나요. 2학년이 되면서 찾아온 변화라든지, 신입생의 등장 등 어쨌든 쓸 게 많아 제한된 분량이 허락하는 한 최대로 많은 페이지를 쓰게 되면서 후기용으로 배정된 한 페이지마저 깎이게 되었습니다. 아슬아슬하게 공략을!

이번에는 주어진 행수가 적은 관계로 많은 이야기는 하지 못하지만, 뭐 금방 또 만날 거니까요. 다음 권도 많이 기대해주세요. 그리고 공식 홈페이지도 즐겨주시기를!

어서 오세요 실력지상주의 교실에 2학년 편 1

2021년 2월 15일 1판 1쇄 발행
2023년 11월 15일 1판 4쇄 발행

저 자 키누가사 쇼고
일러스트 토모세슌사쿠
옮 긴 이 조민정
발 행 인 유재옥
본 부 장 조병권
편 집 1 팀 박광윤
편 집 2 팀 박치우 정영길 정지원 조찬희
편 집 3 팀 오준영 이소의 이해빈
라이츠담당 김정미 맹미영 이윤서
디 지 털 김지연 박상섭 윤희진
미 술 김보라 박민솔
발 행 처 ㈜소미미디어
인쇄제작처 ㈜코리아피엔피
등 록 제2015-000008호
주 소 서울시 마포구 토정로222, 403호 (신수동, 한국출판콘텐츠센터)
판 매 ㈜소미미디어
마 케 팅 박수진 최정연
영 업 최원석
물 류 백철기 허석용
전 화 (02)567-3388, Fax (02)322-7665

ISBN 979-11-6611-456-4 04830
ISBN 979-11-6611-455-7 (세트)